賴維仁・著

無敵天下

【下卷】

1

「錢爺，請看這一包白芷根。」秦金生卸下肩上扛著的一個捆紮結實的白麻布包說：「這上頭的黃印兒許是水跡，只不知打不打緊？」

錢管家微微一皺眉說：

「白芷？那是打四川長寧進的一車貨，可清點齊了沒有？總共有幾包有水印兒的？」

「都點齊了，有三包有水印兒，兩包白芷，一包石斛。我瞧著許是那桐油雨遮破了口，滲了雨水了。」

「你都扛來我瞧瞧。」錢管家說。

「是！我這就去。」秦金生應著，回身欲待舉步。

「慢著。」錢管家又說：「明兒一早再說罷！」

這於錢管家是極少有的事，對底下人他雖然極少疾言厲色，卻是令出必行，這都是昔日他跟隨余管家內修外治之時，用心揣摩得來的御人治事法則。然而此刻的出爾反爾，一如寒冬冰水滴進心頭，把他這幾日來的坐立不安勾勒得清清楚楚，卻連一向析理明白的自己都摸不清來路。

這時的錢博志已是年近四十的青壯漢子，頷下蓄的那部長可數寸的短鬚，活脫就是當年余管家的影子，他行事馭下也無不以余管家為師。余管家錦旋之後，他全力輔佐少夫人，唯少夫人馬首是瞻。但錢博志之所以為錢博志，乃在於他內心之中那一泓清可見底的明泉，他據之以明善惡、斷是非。他暗中細察，對少夫人的明快果斷、高瞻遠矚自是欽敬十分，不過少夫人呼風喚雨的霸氣，他自感身份，既不能亦不敢模擬於萬一。倒是先時余管家的風範，錢博志無一不心領神會，且有進一層發揮之處。例如，余管家的謹守分際，事必躬親，固然在在令人敬仰，疏漏的地方卻也有時難免。錢博志看在眼中，忖思在心，輪著他自己發號施令之時，他便逐步施展他的抱負。因而楊府近幾年雖遭逢大變，在錢博志力主大局，通盤闢劃之下，反更見興旺。少主人楊嘯天——錢博志尊稱老爺——及楊君平——在錢博志口中，則承繼了少主人的稱號——深感得人，越發放手讓他綜理內外，從不橫加干預。

老爺與少主人於月餘前相繼出門遠行。先是少爺楊君平，行前召錢博志來「離物居」有一番話說。

「錢管家，」楊君平面露沉思地說：「我此次關外之行，是奉我爹之命去踐他老人家的一個五年舊約，早則半月，遲則……」

他遲疑片刻，改口說：

「府裡上下，有錢管家掌理，我十分放心。只是我爹年事已高，自我娘辭世之後，我見他時生恍惚，頗令我憂心，倒要博志兄份外分心照顧才好。」

錢博志連忙站起身說：

「少爺這是哪兒話，容博志放肆說一句，老爺便是博志的重生父母，這照顧老爺的事，本就該博志親手打理，少爺儘管寬心前去罷。」

這裡楊君平才走不及兩天，小廝來傳喚，說是老爺有話交代錢爺。錢博志連忙前往「離物居」老爺的住所。

楊嘯天早坐候在那張大書桌後，面容清癯，亂髭滿頷，挺坐在椅上直如一竿擎天瘦竹。

「博志，你先坐下。」楊嘯天藹聲說，眉間隱隱若有重憂。

錢博志行了個禮，在一側坐下，卻只坐了椅面一半。

「我叫你來不為別的。」楊嘯天說：「我近日在這內宅之中悶得慌，打算前往江南一遊，因你平少爺也不在府中，這府裡上下裡外，諸事龐雜，該行該止，你可逕行作主，不必猶豫，以我所見，這也難不倒你！」

錢博志心中一驚，不為這重責大任——老爺說得不差，這的確難不倒他——倒是老爺要出門遠行怎的事前毫無徵兆？也不見少主人提起，竟是連少主人也不知情麼？

「我是一時興起，連平少爺也不及告知的。」

似是在釋錢博志心中之疑，他不由又是一驚，偷眼覷去，老爺垂眉斂目，神情端肅，不知是從那參差短髭還是從哪裡，逼射出一股蒼勁的風霜之氣，直趨身前，彷彿把老爺整個人像一塊嶙峋巨岩瞬間挪移到咫尺近頭，他從來也不曾把老爺看得這般分明。這哪像富甲一方的鄉紳，又哪像號稱武功今世第一的大豪傑？

老爺緩緩抬起雙眉，碧光如注，罩在錢博志全身上下，就如兜頭火噴而至的兩蓬綠燄。錢博志打了一個哆嗦，卻由衷心悅誠服，這才是他願為之灑熱血、拋頭顱的舊日老主人！

「博志，」老爺慢聲說，像是有意緩解他眼中凌厲的碧光：「我久矣不問家中庶務，我看你平少爺亦非此道中人。來日這幾爿商號的經營，博志，你怕是不能辭其辛勞的！」

錢博志不敢漏去一個字，一面心裡頭字字把玩，一面敬謹回答著：

「老爺但請寬心，只要博志有得一口氣在，絕不教老爺、少主人丟人現眼！」

「甚好。」楊嘯天說，但碧綠燄燄的目光卻絲毫未從錢博志身上撤去：「我視富貴如浮雲，不過這一片祖業，我卻不容他自我手裡中落！」

碧光暴熾，錢博志由不得連打好幾個寒顫，上身前傾，不敢正視前頭的老爺。

楊嘯天輕嘆一口氣，錢博志只覺雙肩一輕，眼角向前偷覷，原來老爺兩眼微闔，把那兩道能鉗人致死的碧綠光柱收回去了。

「有你這句話，我心甚安。不枉當日你余二爺全心舉薦了你！不過，你平少爺容或有他自個的主張也不一定，你日後自然會明白……」

說著，側臉隔窗眺望天上浮雲，半晌不語。

錢博志才待開口，只聽老爺又往下說：

「你余二爺堅辭返鄉，至今怕十載有餘了罷？」

錢博志回道：

「是！余爺返鄉十二年了。」

「你余二爺是個真君子！我無日不思之如渴！他如還在此，當可以為我解許多心中之惑……」

老爺兩眼越發朦朧。錢博志但覺他跟老爺之間忽然沙塵滾滾，迷濛難測。錢博志無端地滿心悽惘哀傷，有一種異樣的舉目無親的茫茫無主。這是衝勁十足的他從未之有的現象。

老爺微嘆一口氣，面色油亮蒼黃，短髭疲軟蕪雜，像個落魄小老兒。錢博志心裡暗暗一驚，深責自己竟然有這大逆不道的想頭。老爺續往下說：

「譬如，平兒如今已到了受室的年齡，如有你余二爺在，我豈有這後顧之憂……」

語聲一頓，似乎大有警覺，話頭一轉說道：

「博志，我明兒一早便要上路，特為說給你知道。」

錢博志一怔說：

「老爺恁地急？容博志挑個貼身小廝，隨了老爺去……」

老爺搖手打住錢博志：

「不必！我這把老骨頭還不致於行動就要人照應。你去帳房給我備妥些散碎銀子就得了。」

「是！」

「你這就去罷。」

錢博志不敢多言，轉身才行得幾步，恍惚聽得老爺在呼叫他，其聲來自極遠處，但明明接連呼叫了兩聲「博志，博志！」他連忙回身，卻見老爺業已闔眼養神，哪裡叫他了？錢博志心中驚異，立足待了半晌，見老爺實在並無動靜，才踮起腳尖，輕聲走出房門去了。

一起始他在忙中倒也不以這為意，可是一閒下來，老爺自渺遠處呼叫他的聲音便無緣無由，不時地在他腦中響起，似是有話交代，話到嘴邊，又頹然作罷。這欲言還止的可駭之處，在老爺陡然間不可量測的高不可攀、在他遺世的孤身獨立、在蒸騰於他周遭的某種難解的重重疑惑。

這叢叢疑竇每在老爺的呼叫響起之時，便伴隨出現，把一個平日精明銳進，滿腔熱血的錢博志折弄得惶惶無主，不知如何是好。

＊　＊　＊

這一日自卯時起就雷電交加，隨即風驟雨疾，一瀉不止。眼看這活是幹不成了，伙計們或玩紙牌、或倚門眺望雨中街景。錢博志也不加阻止。只要伙計們行不逾矩，平日幹活兒得力，他是樂得讓他們鬆活鬆活的。這寬待下屬是他打余管家的行事作風揣摩得來的，運用之妙，尤勝於老成持重的余管家。

「錢爺，那不是老爺回來了嗎？」忽然一個伙計指著濛濛遠處高聲叫道。

錢博志聞聲丟下手中帳冊，奪門而出，站在廊下，踮腳遠望。果然在掣電轟雷中，一騎在暴雨中向這邊疾馳而來。騎上那人一襲青色防雨斗篷，不正是老爺楊嘯天雨天的裝扮？

這一人一騎眨眼便到了正門。大雨傾盆，疾奔之下，這匹赤練駿馬被雨澆淋得全身熱氣蒸騰，雖然止住了步子，但批耳噴鼻，昂首踢蹄，十分亢奮。

錢博志顧不得大雨如柱，搶步衝入雨中，縱聲高喊：

「老爺回來了，博志侍候您！」

青衣人翻身下馬，就這一刻，渾身業已透濕的錢博志搶前一步，伸手便去攙扶。只聽青衣人沉冷說道：

「錢管家，是我！」

錢博志一怔，臂膀已吃他帶住往裡一扯，進入廊下。一旁的小廝接下拋過來的轡繩，慌忙冒雨去牽馬。

兩人腳底青石板上頃刻積了一灘水。青衣人頭上斗蓬、身上青色雨布被暴雨沿途摧折得委頓不堪，便如一棵大樹，枝垂葉衰，只剩得樹幹還挺立著，說不出的悽愴荒涼，透出某種莫名的兇狠慘戾。

錢博志笑道：

「是少主人！我當是老爺呢，這一身……」

驀然目瞪口呆，說不出話來。

青衣人緩緩揭開斗篷：方臉挺鼻，兩眉重鎖，頷下參差短髭，面色清癯，活脫是老爺的翻版，但他的確是少主人楊君平。驚得他把言語凍在喉結的是少主人其後的舉止。少主人十分仔細地徐徐脫下罩在外頭的青色雨布，只見裡面一身斬衰，胸前用蔴布條交叉緊緊綁著一個瓷罈。

錢博志滿腔熱血如被冰封，凍在一瞬，四肢發軟，幾乎站立不穩。好一會，才顫著聲音，語不成句，斷斷續續地說：

「……是……是怎麼地……怎麼地……老……老爺……他老人家……老人家……」

楊君平雙眼血絲滿佈，目注胸前，低頭無語。

如何再撐得住，錢博志噗地跪倒在地，放聲號哭起來。不知究裡的小廝們聽見慘號之聲，以為發生什麼事故，紛紛擁了進來。

楊君平泥雕木塑地站著，一任泉湧的淚水滾落臉頰，隨同身上雨水，滴向青石板。

驚詫莫名的伙計小廝們遠遠圍在廊外，手足無措。一向機警伶俐的秦金生——是錢管家近年來極得力的幫手——見狀已約莫猜了個八九分，連忙走上來攙住楊君平，把他脫得一半的雨布輕輕卸下，輕聲在楊君平耳旁說道：

「少主人，您請先進內廳歇著罷，這外頭有錢管家照應著呢！」

楊君平的默默傷痛雖然到了極處，但武功練到他這樣的境界，面臨危難而不亂，已經是本能反應。他長嘆一聲，說：

「錢管家，博志兄，你請起來……」

錢博志只是伏地痛哭。楊君平以手輕觸他的肩：

「博志兄，你請起……」

錢博志哭道：

「請老爺受博志一拜……」

他哭聲不斷，起身略事整理透濕的衣裳，面朝楊君平胸前的骨灰罈，端端正正重新跪下，碰地有聲，一絲不苟地行完三跪九叩的大禮。

彷彿經過這一番情緒大波動，他心境略趨平穩，起身趨前攙住楊君平，哽咽道：

「老爺是博志的重生父母，這橫來的噩耗真教博志痛不欲生！」

楊君平嘆道：

「唉，此事說來話長，我爹心意堅如鐵石，兼以設計縝密，一步一步引我入彀，用心至深至苦，可恨我竟是絲毫不覺！」

錢博志聽得摸不著頭腦，但少主人的沉痛，不同於自己的悲戚則是一聽便知的。錢博志雖然明白少主人所指定然非同小可，卻顯然事關他們父子，自己礙於身份，不宜多問。

經這一番思慮轉折，他更趨平穩，垂眉闔目，神情端肅地靜候了一會，見少主人並無下文，才開口說道：

「少主人且先進內廳歇息，博志要火速做些安排，稍晚再來聽少主人吩咐。」轉首對站立一旁的秦金生：「你速去召大伙到廊下來，我有話說。魏大海，你伺候少主人去……」

楊君平說：

「我先去『離物居』罷。」

「是！大海，你好生伺候著少主人先去『離物居』歇息！」

魏大海高聲答應著，在楊君平前頭側身領路。才走得十數步，楊君平已經聽錢博志在外頭發話，字字分明：

「……咱們大老爺因故仙逝，大伙聽了，必定跟博志一般，被這晴天霹靂嚇得呆了！博志就是哭乾了眼淚也解不了這會兒心裡的痛！大伙要想哭的，儘管跟博志一樣，敞開來哭罷！……不過，博志這時倒有一個想法：咱們大老爺不像走得匆促，倒像是胸有成竹，別有深意的。大老爺的深意，咱們不敢妄自揣測。為今之計，咱們今後唯有更加把勁兒，齊心協力來輔佐少主人，以慰大老爺在天之靈！咱們仍當大老爺坐鎮在『離物居』，時時刻刻靜看咱們幹活兒……」

這時便有哭泣之聲此起彼落，錢博志語轉哽咽，停了片刻，續往下說道：

「博志有幾句要緊話要說給大家，大伙兒好生聽著：第一樁，大伙散了之後，立時換上素服。第二樁，七日之內不得飲宴作樂。不過，這有家室之人，或家有尊長，不在此限，只要心誠意敬便好。這第三樁……」

轉首面朝秦金生：

「你去伙房交代，撤去所有葷食，七日之內咱們商號之內一體茹素……」

楊君平緩步走去，雖然漸行漸遠，卻把錢博志的話語聽得一字不漏，暗中點頭。他這一路奔馳返鄉，思潮翻滾不息，卻是條理明晰，絕無晦澀難懂之處。自從與父親那一戰之後，他便有另一種迥異於打通經脈的貫徹前後，來自於父親的不可撼的堅決授予，縱然有永恆的蝕骨傷痛，然而，楊君平自己也不知怎的，覺著有某種奇特的透明之感，哀傷而沒有負重。

哀傷而無負重，所以他才能挺身直立，思想入於細微：「……以至純至寬至大之心面對物之至細至微……」這是父親的訓誨。如今他的處境正是在除此心中之「閉」，復返「純淨寬大」的時候。

他的思慮真的微細而宏大，像是立身在極目鳥瞰巨大遠景的峰巔，思緒一路鋪陳過來，從他今後的行止，乃至於家中這一片產業，鉅細靡遺，一清二楚。

此時耳聞目見錢博志處事的能耐，心中漸漸無疑。不過，也還不到明白宣示的當口，他猶待細細琢磨一番。

他哪裡知道自己這一層的精密仔細，正是得自他母親的遺傳。

*　*　*

這一日，楊君平差小廝請錢管家過「離物居」來有話要說。

這已是楊君平返抵家門半載以後的事。這半載楊君平在大伙眼中是個神秘難測的少主，並非因他獨居「離物居」，不涉事務。這一層他與乃父是大不相同的，他倒是每隔數日便在商號中現身。他的現身在大伙心中引起一種不以為異的可異。這有個原因：楊府偌大家業世代經營，非一般暴發戶可比，伺候過兩代東家的老伙計比比皆是。子承父業，一脈相傳的也大有人在，因而大伙心目中依稀還記得當年尾隨在威風凜凜的少夫人身後的那個稚氣十足的小少爺。如今他仍有當日的身影，所以他的現身沒引發改朝換代的憂疑不安，卻不知怎的，總覺著這小少爺擱那兒一站，摸不著猜不透，自有一股氣勢，叫人想去親近又不敢造次。套一句伙房何老侉的實心粗話：「操，這小哥俺瞧著就打心眼歡喜！人家可是打娘胎裡就是要做俺東家的！」

錢博志到底與眾不同，他另有領會。他一眼便看出少主人是整治了一條直腸子，「有備」——或竟是「無備」——而來，胸中纖塵不染，一無雜念，這又不同於所謂的「虛懷若谷」。少主人之來，不在於「巡視」，在於求教，其意甚明，因而錢博志便在少主人來到商號之時，藉機對伙計做若干宣示，不厭其詳，施教於無痕。他留心察看，只見少主人有時目露讚許，十分受教的模樣，有時兩眼澄澈深邃如兩泓碧澤，觀不出所以然來。

錢博志要到這時分，才覺著這個少主還真是深不可測。不過他向來不敢逾份去揣摩主子的心意，只憑自己一股赤膽忠心的熱忱，敢於任事、只許成功不允失敗的拗勁，謀定而後動的雄才大略，用心經營楊府這一片家業，從不存分毫刻意討好主子的心思。十餘載以來，余管家看他如此，楊嘯天自也不例外。

少主人特意傳喚，這是半年以來的頭一遭，而且直入「離物居」，老爺隱遁避世的禁地，這尤為罕見，其中隱隱約約的深意直叩錢博志丹田，但他一本其銳進而不逾矩的習性，把方寸不偏不頗穩穩置放在正中間，緩緩向內廳走來。

楊君平早已立候在「離物居」正門。錢博志疾行數步，行了個禮說道：

「少主相召……」

楊君平扶住錢博志的手臂說：

「博志兄，咱們進去再說！」

於是楊君平在前，錢博志落後一步相隨，一起進入楊君平居住的那一間。錢博志先時亦曾來「離物居」見過老爺，雖然目不斜視，依稀記得老爺房裡竟跟少主人這一室幾近於一模一樣。他哪裡知道這是當年老爺親自一手擺設的？

就在那張一模一樣而略小的紫檀木桌前，設了一張方椅，與桌後那張太師椅面面相對。楊君平在太師椅上坐下來，指著方椅說：

「博志兄，請先坐下！」

錢博志有些不敢貿然坐下的模樣。楊君平說：

「博志兄，你要一逕如此拘禮，有些話我倒要不便啟齒了！」

錢博志的神情從略顯迷惑中廓然一清，一如平日他處置棘手事兒一般，決心一下，一往直前。他回了一聲：

「是！」

不等第二句話，決然坐下，卻也只坐了一半；腰桿挺得畢直，頷下一綹短鬚，齊齊整整垂得跟他腰桿一般直。余管家當年就是以這副坐姿直嵌童稚的楊君平心中。他回頭命小廝沏上茶來。

「倒也無甚大事相煩。」他開口說：「這半載來，親眼目睹我兄為這幾爿商號勞心勞形，卓然有成，始知其中艱辛非涉身其事者不能深悟，如若不再向我兄一吐心中欽敬之忱，只怕夜不能安枕呢！」

「少主這話真要折死博志了！」錢博志肅容說。他雖然也讀過幾年書，卻向來不善咬文嚼字：「這是博志份內的事，何況老爺勝過我的親生父母，就是為老爺跟少主粉身碎骨，博志也歡喜踴躍，沒有第二句話的，只是……」

他猶豫了片刻，憶起少主眼中讚許之外，有時發出的澄澈卻不可測的光芒，往下說：

「只是博志儘管盡心盡力，只怕許多事還是顧此失彼，沒能盡如人意。」

楊君平已知他因何猶豫，微微一笑：

「博志兄通盤策劃，焉有顧此失彼之理，我對我兄諸多舉措泰半都頗能領會，有些則思之再四，對其深意尚不能舉一反三，因而便有惶惑之意。」

錢博志垂首不敢多說，心裡頭則對這少主深感驚佩，自己不過心念略動，便被猜個正著，這比之於當年少夫人的精靈剔透實在不遑多讓。有這等能耐，為何對自己家中這片產業竟漠然無動於衷呢？錢博志實在想不透其中道理。

楊君平極為體貼地不等錢博志的接語，繼續侃侃而談：

「近數月來，我無日不在我爹靈堂前，跪思往後咱們家該當何去何從。起先但覺心中萬馬奔騰，其亂如麻。近日以來，卻有陰霾盡掃、月明如鏡之概。博志兄，我把你當我的至親，不瞞你說，我爹早有決死之心，生前便把今後如何的大事交由我來抉擇。」

忽然語聲一頓，話鋒一轉，兩眼投向錢博志的臉上：

「我回來那日，聽你跟大伙說我爹走得胸有成竹，實在是一針見血的見地！足見我兄知我爹極深，我爹對你信任有加，視你如子侄，果然是有至理的！」

錢博志初則是由頭至踵承受到由少主人雙瞳徐徐送來的一片清亮嫩白、細緻綿密、無所不在卻又不可抗拒的柔光，大不同於老爺那兩蓬極烈性、一著體便教人熱血沸騰的碧綠光芒，正在暗中比較，忽地聽見「視你如子侄」一語，頓時兩眶熱淚便如泉湧，不自覺沿頰而下，沾濕了胸前衣襟。半晌才說：

「老爺在日，博志只記得『業精於勤』一句話，一心想把咱們的商號弄他個旺比千家，沒能好好孝敬他老人家，如今回想起來……」

語轉哽咽，再也說不下去了。楊君平長嘆一聲：

「博志兄，這事不要說出你意外，就是我又何嘗料及！我爹意深志決，一意要成全我……」

錢博志覺得此刻沐浴在身上的那一團柔光不知何故正倒引而去，去得極速極遠。他舉眼望去，只見少主人凝目沉思，眼光並不曾離開自己，遙遠的是他的神情。

這有個原因。楊君平那時正陷入那周而復始的迷濛霧境之中，只要通往他父親的洞口一開——只要一句話——他便像是被浮托起來，雙手雙腳都著不了邊際。瞇眼覷去，一切都在朦朧遙遠之處，怎麼也切不到近旁去，虛飄飄、空蕩蕩的。

但他能見著他爹，唯獨他爹他瞧得仔細。雖然也是遙不可及，卻仔細得極其特異。譬如說，他爹是細密地擠壓在一個極高極銳、僅能容身的什麼巔峰所在。縱然他爹眉眼清楚，卻看不明白他是喜是憂、是悲是樂。而每逢一落入這個境地，他便耐不住心頭一種急切之情的蠢動，急於確切界定到底他父親是在甚麼樣的心境。喜也罷憂也罷，悲也罷樂也罷，只待一定，模糊飄浮便可不再，他自己也就會精確明朗起來。

楊君平略一昂首，把凝視的雙目挪開：

「今日請你移駕過來，倒不是專為談論我爹。實在是因我近十數日來茅塞頓開，生像我爹給了我當頭棒喝，不能不有所感慨。」

「咱們這就從頭說起罷。家祖以絲鹽起家，延至我爹，以我爹的習性，自不會改弦更張，幸得余管家的觸類旁通，把藥材一行趁勢納入。數月來我看你送來的旬報，這藥材儼然後來居上，凌駕了絲鹽，足見余爺的高瞻遠矚。依我的淺見，這絲鹽已日趨極限，似不容咱們再墨守成規，坐等其式微了。是否可就其相輔相成的行業，另圖發揮？這得好好兒想想去。至於藥材，我倒另有一想，既然咱們不愁藥源，何不索性敞開來做，遍尋有良心的名醫，延請他們來我鄉懸壺，咱們大力資助。窮困人家，藥資一概豁免，這豈不真的濟世救人了？」

錢博志聽得又驚又喜，怎麼這個少主想得竟跟自己差不離呢？而不能解的難題則又增了一道，既然有這般的胸懷、精微的見地，怎地在他看起來卻有些自暴自棄呢？

疑惑發於一瞬，隨即滿臉堆現由衷的讚嘆：

「少主看得極深！可不就是這話！不瞞少主您說，博志在夜深人靜的當口，每常想到的也就是咱們楊府今後如何得能往前更趕一步。打從老太爺、老爺起，楊家字號可都領在前頭，這如今少主人當了家，咱們更不能落在人後！要趕在前頭，便不能盡在老窖裡攪和，得用點霹靂一聲雷的手段……」

楊君平點頭，目光清澈，又回到他臉上：

「如何！我就知道博志兄必然與我心有戚戚焉！只是，我看我兄尚有心中之話沒有說出來，何不一起明說了？」

錢博志心想，少主又把我看了個透。不過，這心中的話就是少主不問，他也是要伺機進言的。他本來就不善虛言偽色，這時更是有血有肉，滿臉至誠：

「是！博志實在有幾句心裡頭的話。博志打從七歲入得府來，親眼目睹當年少夫人的行事。記得當年少夫人跟二少夫人把咱們府裡整治得真是好一片興旺景象！其後博志更親隨少夫人上下，雖然只學得皮毛，博志已經一輩子享用不盡了，少夫人跟余爺實在是我這一生的恩師，不過……」

錢博志這時一改他平日遇著少主人時一貫的坦蕩中夾著些許謙恭，仰臉正視著楊君平，以示他的無偽：

「打從少主回府這半載以來，博志算是實心體會到余爺先時常說的一句言語，他老人家說：有些事不是光靠著勤學便能成的。他老人家沒把話說全，如今博志是明白過來了。少夫人跟少主這一脈相傳，別人就是想學也學不來的。」

楊君平又出現迷濛遙遠的神情。錢博志不願錯失這機緣，得要趁早把心裡的話一吐為快才好：

「博志要斗膽說一句話，以少主的大才，如果親手操槳，楊府指日便是絲鹽藥界，天下第一府！」

說到這裡，他忽有風雲色變的感覺，氣息一窒，一股壓力透體湧來，話再也說不下去了。這瞬間的變異勢必與少主有關，然而抬眼看去，少主並無異狀。不然，並非沒有異狀——他從原先的朦朧遙遠，變成一座山一般的凝神專注，這潛湧而至、逼膚而入的重壓，都從不動無為的少主那裡綿綿密密發生，填滿了一屋子，錢博志因而窒息，卻又不是真的窒息那樣無從使力。心想，這或許就是少主的武功了罷，卻又是什麼樣的武功呢？

他哪裡知道他的一席話，把少主推進去的一個深坑，是與武功無關的，與敵對無關的全心思索，於是他的護身真氣乃自動鼓起，遍罩全身，進而逼向周身十丈方圓，作蛇信的測探，倒把一個不諳武功的錢博志撥弄得由裡而外，渾身上下不知如何是好。

把楊君平此刻的心繫得牢牢、懸得高高的，正是錢博志所說他得自母傳，這處置父親口中「俗務」的稟賦。不待錢博志一旁加註，他也知道自己在這方面果真有異於常人之處。那是極特異的感覺，一種濁水立清、條理頓明、黑白立判，毫不含糊的絕對真實。父親的教誨：「……以至純至淨，至寬至大之心面對物之至細至微，虛以引之，廣而納之……」，他是不自覺地通盤吸納，而且極其細膩地悠遊其中。這個道理誠如父親所說，發揮到極致，竟是文武相通的。

這是父親參悟的至理，但他此刻隱隱然覺著有什麼地方不對了。這不對的模糊印象卻似是來自赤誠踴躍的錢博志，來自他的一句「少夫人跟少主這一脈相傳」。不錯，正是來自這一句話。

根源一經確定，不對的感覺頓時大熾。慢慢，不對竟不足以形容自己的心境：那簡直就是一種「危險」。

他暗嘆一口氣，世間諸象遂又回到了眼中，於是他看見了直視著自己兩眼眨也不眨的錢博志。這一來，倒使得錢博志渾身都一鬆，覺著那緊逼得自己毛髮都要直豎起來的暗勁一忽兒消退得無影無蹤。他正要再拾話頭，聽見少主人緩緩地在說話：

「博志兄，咱們沒有外人在此，且不必虛套。我自知我的思路也還算清楚，也略有些想頭，不過，我有我的短處。我所怕的是，我終究不能全心全力投擲在這絲鹽之上。」

他躊躇了片刻，定一定神，硬生生把在心頭浮沉掙扎的危險感覺逼了出去，他的決斷全付諸於這一句話：

「我怕我不能像我娘那般，傾畢生之力來經營這片家業！」

錢博志如何曉得少主人心中的曲折，只顧自己一頭熱一個勁地往裡鑽：

「少主，很不用您使勁兒，只勞您不時點撥點撥，博志包管……」

楊君平搖頭道：

「話不是這麼說，這其間是有分際的。於我，這是極大的難處。」

他又略想了想，續往下說：

「我爹一生窮究武學，志不在商，這跟我娘有天上地下的區別。我爹對我期望之深，自不待言，卻並非要我經商以光大門楣。因此在他老人家驚天動地予我當頭一棒之後，我如猶自沾沾自喜於武學以外的機敏靈巧，這恐怕不是『忤逆』兩字解得了我的罪愆的！」

這就不是錢博志能隨意置喙的了。雖然是無言以對，但神情虔敬懇摯、戒護保衛、全力以赴、絲毫不置身事外的樣子，以楊君平年事之輕、歷練之淺，而又連番遭逢大變，對錢博志的摯情感受尤深，一時之間真覺得眼前這人真可以無話不談了。

「博志兄，我心意已決！咱們家的大業斷斷不能中輟，我爹的遺願我也斷斷不能辜負！經這半載的苦思，我倒勉強有了個兩全之策……」

說著，兩眼便如汪洋大海，浩瀚無際，深不可測，無聲地拔地而起，向錢博志瀰天蓋地而來。

「我這就要說來就教於你了。」

錢博志從未修習武功，如何抵擋得住這排山倒海的力道，四肢幾至於癱瘓，勉強說了一句：

「少主儘管吩咐就是，博志無不從命！」

楊君平微微一笑，煦煦清風，那暗勁不知不覺又消融得一無所感了。

「吩咐言重！只盼我兄不要推辭才好。」

從櫥子裡取出一厚本帳冊攤在桌上，卻正眼也不瞧它：

「我楊家自家祖父白手創業，經我爹、我娘，在余爺及你的大力襄助下，成就輝煌，讓我目為之眩。」低眉一瞥帳本，往下說：「應說是膽顫心驚！守成已是不易，何況發揚光大？再以我的處境尷尬，此事做起來只怕難上加難，倒真應了博志兄才說的那話：得用點霹靂一聲雷的手段方可！」

楊君平一路說來，並無遲滯，顯然他是早已熟思在心的，便如溝渠早就掘築妥當了，此時只是將遠水霍霍引入，一發便莫之能擋。

「其實，這算不得什麼驚天動地。一言以蔽之，我的私心自用而已。」

錢博志又是聽得丈二金剛。這位少主表面是波平如鏡，實則果真是難於測量。除卻心裡的驚異，他倒沒有別的想頭，一逕端正坦蕩，專心致志地聽下去。

「我這十數日來，詳讀了歷年的帳冊，格外是近兩年的細目，心中約略有了個底。我意以為，咱們家全數家產可分其為五等份。五份中三份，一仍舊規，以絲鹽藥材為主，以求固本；五份中兩份則分撥出來移作他用。這兩份便沒有拘限，任憑你我處置，咱們大可來他些霹靂作為。」

楊君平擎杯就唇，輕啜一口，志不在飲茶，專候渠中隱隱奔流而來的遠水。錢博志直挺挺坐著，傾耳凝神。過了片刻，楊君平才說：

「我所說『你我』，是實有所指的。這兩份之中……」

又一頓，錢博志忽然不知何故，在椅上坐都坐不穩，連忙曲起雙肘，牢牢扶住椅臂。等這暗勁一過，才聽楊君平往下說：

「兩份之中，一份全數歸你，一份則在我名下，這兩份不論你的我的，將來移作何用，悉由你來作主，咱們倆是成敗共享，榮辱與共！」

錢博志起先只是摸不清少主的底細，這一番話下來，他則是全然不懂了。他一臉木然，以他平時的精明機靈，眼中竟然充滿了求助的神色。楊君平端起桌上另一杯茶，遞了過去，緩緩說道：

「博志兄，且先喝口茶再說。」

這句話語聲輕微，卻直灌錢博志兩耳，震得他清醒過來，急忙伸手去接茶杯。楊君平借機以右手中指輕輕在錢博志伸過來的手背一觸，立刻，兩道一涼一熱的內力在錢博志手背觸膚而入，穿越他四肢百骸。他神思一清，頓時意識到少主這番話如泰山壓頂的沉重。楊君平親切和緩的話語又在這時輕輕切入，總不讓那潺潺之水斷流：

「這不是什麼驚世駭俗之舉，充其量是我方才說的，私心自用而已。試想想，不如此，我何以能脫身這終生纏繞，去竟我爹的遺願？或者我兄於此有話要說：『就不分財產，我豈能不盡全力？』這話我十成十信得過！不過，這卻要陷我於不孝不義，終至於兩頭不能兼顧，遺恨終生！因此，我實是強以此法，盼我兄助我脫困，如得我兄首肯，我倒要感激不盡呢！」

這一字一句錢博志聽得清清楚楚，只覺全身汗涔涔而下，兩手緊握扶手，微微發顫。好半晌，才說出一句：

「這五一之數，何等龐大，博志承當不起……」

楊君平見他嘴唇發白，額頭豆大汗珠不停滾下來，知他心裡驚愕太深，生怕那震嚇又再度奪走他的神志，於是一探右手輕輕扶住他的左臂，從掌心透出一股柔勁，逼進他的腦門，一邊說：

「博志兄，你就當他一如平日。五一又如何？我楊家全數資財不都早已在我兄經管之下了麼？這不過其中區區之數而已，何足掛齒呢？不過……」

柔勁從手心暖暖地不停灌注進錢博志體內：

「不過，我意已決，甚盼我兄務必勉為其難才好！」

錢博志在楊君平的內力溫推軟擁之下，震驚漸遁，極古怪地，一股雄心壯志在熱血澎湃之中，沸騰不已，但是豪情擁塞心頭，一句話也說不出來。好一會，才勉強說出一句：

「博志不曉得該說什麼才好，不曉得該……」

忽地眼中有淚光在閃動：

「少主，博志想要在老爺靈前一拜……」

楊君平一時不明白他的意思，問道：

「就現在麼？」

「是，少主，就是現在！」

說著人已經從椅上一躍而起。原來灰白的臉色，這時卻脹得通紅，雙拳緊握，一觸即發的態勢。楊君平便不再細問，起身領在前頭，向著父親的居室走去。也不過數步路便到了，楊君平輕輕推開房門。

父親房中一切，自楊君平返家之後，都是他親手打理，從不假手小廝。每晨他起得絕早，梳洗之後，第一樁事便是啟開父親的房門，拂拭宿塵，拈香行禮，這才去練功。這時室門一開，房內香煙繚繞，足見這香是無時或斷的。房中擺設絲毫未變，只是大桌上設了一個靈位，桌前放置了一個蒲團。

跟在後頭的錢博志才一跨過門檻，陡地往前一仆，也不就向蒲團，全身匍匐在地，只聽他壓低了嗓門，其聲瘖啞，叫道：

「老爺……」

雙肩聳動，終於壓抑不住，哭聲溢漏了出來。這哭聲一出，雖經他竭一身之力撲滅，卻怎能夠壓得住這洪流，其慟震地，拱動得一屋子嗡嗡作響。楊君平長嘆一聲，站在一側，任由錢博志盡情哭一個夠。

總有一盞茶的時光，錢博志才算平復過來。他原是四肢俯伏在地的，這時他撐起了上身，雙膝仍舊跪地，掏出絹子拭淨了臉上涕淚。經這一番周折，他再次面對靈位說話時，楊君平聽見的是清楚堅決的嗓音：

「方才少主人一番話，震得博志魂魄都散了！在老爺跟前這一哭，咱才總算又回了過來。博志自小沒爹沒娘，承余爺見憐，收在身邊跟隨老爺學得今日這一點本事，博志這一生實在是老爺恩賜的。如今少主人又交付這麼一項重責大任，咱要是執意推辭，便是辜負了老爺的大恩。不過，博志這一點能耐究竟能給咱楊府添多少光彩，博志此刻想也不敢去想，只是有一句話要在這裡稟告老爺：咱這一條命，這裡頭流著的滴滴鮮血，今後都是為著咱楊府，博志決不叫他虛擲一點一滴！」

說畢，依舊跪在原地，恭恭敬敬行起三拜九叩大禮。禮畢他才挺身站了起來，腰桿畢直，轉身向一邊的楊君平又行了一個禮，肅容說道：

「少主人，博志就聽從您的吩咐，沒有二話！」

楊君平不由得執起了錢博志的手：

「博志兄，我也不去說我心中的感激。咱們打明兒起，弄他個章程出來，一併把今後的動向也大致商榷商榷。」

「是！少主人說得極是，這得盡早做個商量，也好讓博志照譜兒來行事！」

楊君平看著錢博志說：

「這個自然！不過，倒有一件事我頗為不安！」

錢博志滿臉關切地問：

「少主，不知是哪樁事？」

「可不就是這樁！」楊君平說：「你開口必稱『少主人』，直叫得我渾身不自在！你年長我十來歲，我稱你一聲『兄』是理所當然，你何不逕呼我的名字就得了？」

錢博志一楞，臉上的關切換成尷尬，半晌才說：

「這……只怕不妥……只怕……且給博志一些日子，慢慢再說……」

楊君平微微一笑，也不去強他。

「博志兄，咱們這裡弄出點端倪之後，我便打算前往『大悲寺』一行，一方面將我爹骨灰移往彼處供奉，一方面我也渴望一見一別數載的恩師。」

錢博志臉上又現出關注之情，忍不住問道：

「少主……這……您今後的行止？」

楊君平沉吟了一會：

「我此時心裡也是茫然無從。我爹常告誡我說，咱們習武的人夙興夜寐，廢寢忘食，其志固不僅在於健身，更有攀高登頂，不為一般人所知的崇高意境；再就俗世的眼光來瞧，咱們學得一身武功，能為他人不能為的事，理應學以致用，總不能就此困居斗室，自暴自棄罷？我從『大悲寺』之後，或許就此涉足江湖也不一定。」

他想到的是當日痛懲張員外的那一樁偶發的事，快意固然快意，不過這時齊集心頭的，卻是快意之外的許多旁枝雜節的感觸。譬如，那時節他一現身當場，心中頓時廓然一清的那種精密入微的體察，條理分明的果斷等等，都屬於諸如此類的不純淨的雜感，混濁了原先的快意，變成時隱時現的蠢蠢躁慮。

這是詭異的。絕頂武功的追尋，在楊君平看來，簡直有如詩如畫的飄逸崇高，但武功照說卻是用來濟世救人的，為何一涉及這一層，涉及理路清楚明白，便不禁有武夫的村俗之感？為何，為何會有這抵觸？

或者，其實全然並無不相容之處。之所以如此，只因他默默之中，直認這稟賦是得自他母親：僅此模糊一念，便觸發了他深心中的躁慮，以及纖如一線的遙遠的危險感。

一旁的錢博志見少主人潛入極深的沉思，彷彿一粒透亮的水晶球徐徐沉入深池之中，觀之極清，卻越發的不可捉摸。他屏住氣息，一聲兒不敢言語。

楊君平一落入思索，他的內力便自動發出，四面蛇泳偵測。這時測到錢博志的細微異狀，這內力立即向自己示警。他略一抬眉，深池中的水晶球電光石火穿水而出，閃耀在錢博志眼前。錢博志眼睛不由得一花，細看去，卻哪裡有什麼火光了？只見少主人歉然看著自己：

「博志兄，不要以為我這人陰陽怪氣，實則是我在想前些時的一段際遇。且說我此後雖然遠出在外，我兄在家只管放手去做，我不時便會捎音訊回來，讓我兄確知我的行蹤。」

錢博志心中慚愧，怎麼自己略有些想頭便被少主人猜個正著呢？他把思路一整，不再胡思亂想，說道：

「是！少……您一身本領，奔波江湖，固然是毫無所懼，不過，人心難測，有時節也全非武功便可排解萬難的。」

「多承關照，這江湖上的嶮巇正是我要去歷練的。」楊君平說：「趁著這十數日，我還要多向博志兄請益呢！」

*　*　*

月餘之後，楊君平懷裡緊緊兜著父親的骨灰罈，整裝上路。錢博志備妥了足夠楊君平年餘花用的銀票及散碎銀子，直送到十里開外，一路上細細叮嚀。這時的錢博志盡去往日的拘謹，倒像是長兄之於幼弟，關懷備至。楊君平唯唯稱是，心頭既覺溫馨又極是感動。

楊君平辭別了錢博志，縱馬直奔他心目中第一個急切要去的地點。經過數日奔馳，這日晌午，遠遠望見一片桃林，他一鬆轡繩，一任胯下馬兒信步慢慢行去。粉紅迷濛漫目，一如走入夢境。楊君平不由得魂飛魄散。

「……為形所拘，不能縱奇想於形上……形之為物，為我輩習武者的大害……」

其聲就在耳邊。心中翻天攪地一陣震動，以楊君平這時的武功，竟然幾乎把持不住自己。他深吸一口氣，定住心神，凝目穿透嫩紅的魅惑，越林而過，只見一座小村落，十數戶人家，疏疏落落依傍著自山澗分岔而出的一彎清淺小溪。這時刻，自一戶茅草人家竄出一個一身紅的小人兒，活蹦亂跳，一路張著小嘴喊叫。雖然隔得老遠，那稚嫩的嗓門兒一字兒不漏，都進了楊君平耳中：

「姥姥，姥姥……」

忽然之間，一陣暖意，一如嚴冬的暖陽，極珍貴極慷慨地，自頂至踵，包裹了楊君平一身，把方才不期然的莫名爆發，震得他神魂出竅的蝕骨傷痛，溶得一星兒不見。

而青山默默，綠水潺潺，桃芳悠悠……都越發明媚細緻起來，他一提轡繩，緩緩穿過桃林，向村落篤篤走去。小紅人兒已經不知去向了。炊煙戶戶，門扉未掩，人都到哪兒去了呢？只剩闔村的寧靜安祥。

水晶球一般瑩潔、滑亮、結實的寧靜。你儘管一旁細細鑑賞，卻是進入不去的；你要強行進入，那水晶球就碎了，永不得復原了。

正略帶婉惜地細賞這一片芬芳雋永的安祥，楊君平心中隱隱覺得一阻、一暗。那不是敵意的示警，只是微微的不快：極遠處必有來人。此人此時應還在數里之外，但心頭暗影增濃，顯然這人來得極快，另有縱躍彈跳的氣勢，這人應該是跨駿馬而來。他先不去管這是何人，仍一心觀賞村景，而且竟是比這雜訊發生前更其專心一致，看得更其精細、明白，更其旁若無人。這就是楊君平異於常人的地方。

他只在間不容髮的一瞬，按轡、向側首回目一探，正當來人從那一片桃紅中，縱騎破雲而出的一瞬，只見一人白衣飄飄如雪，胯下一匹烏溜溜黑馬，如一隻白鴿乘一朵墨雲，展翅飛掠而來。黑白如幻，十分詭異。

楊君平雙膝輕輕一夾坐騎，緩步如初，向前行去。那匹黑馬剎那間疾射而至，從楊君平旁側貼身切過。不必細看，他已經知道這人臉上套了面具——自他跟父親對手，犯了永不可贖的滔天大錯之後，他對各種人皮面具便曾裡裡外外細細驗視過，是故他一眼便可認出假臉真臉之別——只剩一對眼睛裸裎在外，對著楊君平銳利地投射過凝聚的一瞥。

楊君平一些兒也不在意，自顧自散漫地信步前走。白衣黑騎毫不停留，一眨眼便奔得不見蹤影。

倒是楊君平此刻卻不由得思索起來。這人雖是白衫飄拂，障蔽了若干他瞬間遠去的身影，然而以楊君平的功力，只需刮取一些他背影的碎屑，便足以量測此人的深度。他看出這黑馬縱躍如飛，一起一落動輒數丈，這人的股部始終距離馬鞍半寸之間，從未落實在馬背。易言之，他是預知了黑馬的縱躍，同起同落，才能始終懸空。這遠遠超越了騎術的精湛，是輕功的極致表現。

楊君平是頗自詡他的輕功的，以自己所能，在馬背上恐怕也好不了許多，不由得對此人大為好奇，進而深思起來。

「我父親傲稱我從此天下無敵。天下無敵？我一路行來，不見一個會武功的人，今日頭一遭遇見此人，便覺他與我在伯仲之間。這『天下無敵』如何侈言得來？」想到這裡，警惕之心大熾。

隱去的小紅人兒又現身了，躲在一垛土牆角，探出小腦袋瓜來，一臉狐疑，兩眼眨也不眨盯著馬上這一輩子沒見過的生人，拖著兩條鼻涕，打著一雙赤腳。

三月的麗陽，暖裡透熱，極宜曝曬衣物。這一家園子裡架在三腳叉兒上的竹竿便晾著一床大紅花被子。陰涼下，幾隻母雞緩緩縮起一隻腳，緩緩探下去，側起頭來斜睨著不遠處踏蹄的過客。一隻怒紅滿面的大黃公雞，劈下一翅，咯咯咯，雄糾糾氣昂昂地圍著母雞兜轉著。

楊君平不知怎地，覺得這村裡的日子他是進不去的，一如先前他心裡打的譬喻，這裡是一顆水晶球，只供觀賞，不能進入。不知為何，他莫名其妙地憂愁起來。

警惕又在心裡湧泉似地冒現。一如往常，心中疑生異狀之時，他就會本能地由頭至踵如沐浴般檢視一遍自我。此時他直叩核心問自己的是，是因為這「天下無敵」的名號之虛幻可疑麼？或竟然直截了當與那白衣黑騎的神秘不可測、與他的人皮面具有關？

不然，不然，他立時便可以斷言自己與這嚴酷的自問絕然無涉，他是清白的。

他是清白的。卻為何又有這清白的念頭出現？這裡頭有什麼得要自清的麼？奮力想去，一片空白，一片茫然。總而言之，他確然與人是毫無瓜葛的。

然而，在明媚亮麗的陽光下，他總是不能釋懷。心中陰雲密佈，隱隱欲現的是一種莫名所以的自譴自責。

他長吸一口氣，身子浮了起來。胯下的馬感於背上一輕，不由得立住四蹄，一揚馬首，噴了一口氣。

楊君平伸手輕輕拍了拍馬脖，說道：

「此處既非我地，咱們走罷！」

心中又自問：然則何處才是我地呢？既不甘留在家中，我將往何處去？正有接二連三的詢問要爭相冒出，楊君平決然斬斷思維，一提韁繩。馬兒得訊，忽喇喇發蹄揚塵飛奔。向他們迎面而來的，是綿延不盡的三月芳草。

再也不眷戀這春日的蜜膩，楊君平直奔「大悲寺」。

在「大悲寺」靜候楊君平的，不是無念大師，是無念大師的一封短箋：

平兒如晤

為師知你必有大悲寺之行　原由不必細說　汝父嘗與為師長談竟夜　彼時為師見他求死之心甚決　但恨力不能回天耳　此亦命也　汝父謂他大去之後　遺灰務必攜來此處與為師長相作伴　為師已遵其遺願在他禪房之內設置靈位　為師當日日頌經以慰其靈

為師此番雲遊為自入大悲寺後首次　返寺之日不可期　你稍事憩息後　應即辭山入世　以閱盡眾生為要務

你我後會或有期或無期　不必固求　我名無念　當作無念行

附及

你父靈臺上有軟劍一柄　與你父隨身軟劍同時為一異人所鑄　我留之無益　盼汝善待之

楊君平見字如見人，兩行熱淚直滾衣襟，只覺全身透明，被恩師看得點滴不剩，在恩師慈顏下，自己更是不必作態了，於是撲倒禪床，伏枕抑聲哭到入夜。

一連幾日，他翻遍諸山，只想找出恩師或在什麼隱密山坳暗藏了禪機，一如師徒倆埋身飛雲峰雪堆裡的那一次。但是似乎恩師的慈容只掩映在白雲飄渺間，摯愛關切依舊，卻坦坦然如一張白紙，並無洩露，也無隱藏。群峰若愚，以萬萬年的沉默，廣大包容著山腹之下，蠕蠕而動的小小楊君平。

這發源自恩師及莽莽諸峰的廣大坦蕩，在楊君平的爬搔之下，發展至於無極，卻細密如一幅畫，在楊君平內心中栩栩出現。這無邊的廣大襯出他碌碌於尋覓的渺小。他停下縱躍如飛的身形，在飛雲峰他埋身雪堆的地方迎風而立。恩師似乎就隱身在五六里開外的飛雲峰，峰前峰後、峰裡峰外，無處不在。初春三月，刺刺山風逼體生寒。

他不由得上身前傾，微彎了腰，這豈是因為不勝春寒之故，而是那莫名的龐大不再是隔虛遙遙向他凝望的漠漠，而竟是猶如來自四面八方、迫膚而至、直入毛孔的那種驚心動魄。一霎那間，他承載不住自慚形穢的羞愧，於是緩步慢行，他折返「大悲寺」，不敢再以輕功的明目張膽，向群山自曝其小。

次日，楊君平收拾停當，橫腰一匝，藏於長衣之內的，正是師父留贈的軟劍。當下辭別了寺中的師兄們，逕奔茫茫大千世界而去。

2

時近臘月，朔風漸催漸緊。此處雖不是荒寒的北地，凍土裸露，也結實得跟石塊一般，篤篤馬蹄，敲出迴響。

楊君平單人一騎，一連數月，走遍了江南數個省份，行止悉照錢博志的安排。錢博志自是有他的盤算。行前，他這樣向楊君平說：

「兄弟，你今番遠離家門，我這做兄長的愚昧，只知你要轟轟烈烈做一番行俠天下的大業，至於是不是另有深意，我著實猜他不透。」

他頓了一頓，似是在濾清心中雜念，極懇摯地繼續往下說道：

「這不打緊，且不去說他，我忖量在心的是，咱們的分號遍佈大江南北，兄弟行程既然是隨興所至，何妨就依著咱們分號的遠近，一路採訪過去，似不失是個左右兼顧且兩全其美的法子？」

楊君平點頭說：

「大哥想得周到！咱們就這麼辦！」

於是錢博志把各地分號設籍所在——竟然不下二十處之多——一一詳記下來，交付楊君平。這是舉手之勞的事，難在錢博志把各地分號掌櫃執事的習性及行事風格瞭若指掌，也一併鉅細靡遺，娓娓說給了楊君平。

楊君平不由得大為折服：

「大哥用心如此之深之細，咱們商號能有今日，真非倖至！」

錢博志說：

「兄弟，愚兄肚子裡墨水不多，不會說什麼大道理。只是先時侍候少夫人跟余爺，兩位老人家一言一動莫不給博志天大的啟發，私底下常細細揣摩，悟出一個緊要的道理：事在人為！咱們做生意買賣的，成也在人，敗也在人。因此，博志於咱們各地分號的執事人等的用遣就絲毫不敢大意。不時差人捎信，囑咐他們旬報之中不必拘泥文字，卻務必暢所欲言，如有什麼見地，只管放言直說，不必顧忌。博志則每能於他們的旬報中見出他們的識見為人。有時難免也有才識不足、畏首畏尾、過於謹慎之輩，博志先不予撤換，另薦良才從旁輔佐，半年之後，觀其績效再作定奪。因而博志敢說咱們各地分號的主事者都是幹活兒能手，足能擔當方面大任的！」

楊君平嘆道：

「這就是了！大哥，你真是賜我良多！」

於是欣然就道。

果然，這一路行去，楊君平眼見各分號主事，或大開大闔，或巧思入微，雖各有不同，但與當地民情鄉俗十分契合，榫接巧妙，所到之處，明查暗訪，皆有美聲，不由得深佩錢博志觀人之細、用人之妙。

因而五、七處之後，楊君平便決意不再去干擾他們。心中酣暢，振筆疾書一封短箋，交由當地分號捎給了錢博志。

博志我兄如晤
弟數月來遊走各省　所至分號　處處可見我兄匠心佈置　我兄誠所謂將相之材也　弟本無憂　今更無懼矣

楊君平說他此時已經「無憂無懼」倒不是虛言。打從他跟錢博志商妥大計之後，他以為從此便海闊天空了，有一種恣意縱放的心緒，但覺自己如一張撒向四海的密網，縱目四顧，朗朗天下，無一處不在他指掌之間：那的確頗似帝王君侯之類的、極度掌控的高蹈歡喜。

如今這一張密網卻被只知默默耕耘、大智若愚的錢博志無意間一挑而起，一如陽春白雪，在暖暖麗陽下，消融不見。宛似原本明亮的室內，驟增了無數明燭，直把先前過度裝飾的光亮比成了自欺的幽冥幻境。此時的纖毫畢露，才是廣被天下、無所不至、無微不入、坦蕩蕩的至善之光。

不過就是一念之間的事，楊君平頓然覺得進出自如，無罣無礙。自己這一片家業，可以管，可以不管，可以有，亦可以沒有，全然不在念中。他告訴錢博志說他如今「無憂無懼」，其實是求其易解的說法，並不能把自己胸中纖塵不染的廣大說盡，這，他倒也不在意了。

自此，楊君平便真正沒入了人間世，用千種心、萬種情去遍閱人生諸象。

*　*　*

年餘前，由於興建了一條車馬大道，把長樂小鎮與鄰近的幾處通商大埠貫通連接，不數月便造就了長樂鎮一片繁榮景象，成了過往商旅必經之點。而原本孤街上的「滿頰香」，也不同於一帘獨挑的往日舊貌了。如今這車馬雜沓的大街上，各色飯莊、吃食店，大小不下十數家，都仿「滿頰香」，費盡心思取了醒目的名兒：什麼「滿懷暢」、「舌根香」、「至味居」等等，不一而足。

只是，這幫後起傚顰之輩，如何能跟三代經營的數十年老店抗衡？「滿頰香」依舊是輕描淡寫，不動聲色。只不過店家待客越發慇懃，桌椅擦拭得越發明淨，幾色家傳至味調製得越發精緻十分，毫不含糊。因此，過往旅客，莫不以爭先謀得一席，以快朵頤為旅途困乏中的一大快事。至於虎視眈眈於一旁的其他吃食店，儘管使出渾身解數，爭奇鬥艷，至多招攬一些不知究裡的生客，聊充場面罷了。

「滿頰香」日日高朋滿座，店家不得不增添了三、五個跑堂的。原先在外頭張羅的那店小二，由於人緣極佳，手腳俐落，兼且忠以事主、誠以待客，又因為他原姓「鍾」，遂得了個響亮的名號──「鍾滿貫」，意在名外：這店家因他的忠誠幹練，才得以日進斗金、滿盈滿貫之謂。

鍾滿貫如今老早不在外場上張羅了，日日一襲簇新藍布長袍，端坐在櫃檯之後，或笑臉迎賓，或敬謹入帳，真是名副其實的「掌櫃的」。這「滿頰香」當年創業之初，開店始祖那有什麼雄心壯志，不過仗著家傳廚藝，聊以糊口而已。至今業傳三代，這真正的老闆仍是以這杓上功夫實際操掌這爿店，從不見他現身。

「滿頰香」雖說生意興隆，卻極少招同業之嫉，這都得歸功於鍾滿貫。排妒去嫌，他自有他的法門。每逢店中一座難求，而食客依舊蜂擁而至之際，他就親自在門外迎客。

「這位爺，」鍾滿貫笑容滿面，躬身哈腰說：「您來得不巧，小店還得一盞茶功夫方勻得出座頭。爺要耐煩等，在下這裡有靠椅給您侍候著。只是小的生怕誤了您老大事，斗膽跟爺實說，其實對街『舌根香』也是家傳手藝，他家的『香辣子雞』端的是拿手絕活，爺要信得過在下，不妨移駕前去嚐個鮮兒！小店今兒侍候不周，下回您老要是不嫌棄，再來小店光顧，小的一準親自侍候！」

左一句「爺」，右一句「您老」，固然叫得人窩心，要在鍾滿貫情真意摯，言詞懇切，絕無敷衍推託之色。受阻的食客聞言莫不欣欣然而去。而對於鍾滿貫襟懷之廣大，亦莫不驚異敬佩。入了鍾滿貫指點的店家，總不忘了跟掌櫃的打聲招呼：

「掌櫃的，咱可是聽了『滿頰香』掌櫃的言語前來貴店的。可別砸了貴店好名聲，也別擰了人家一番好心好意！」

這店家自是感激在心。鍾滿貫確然用心深遠，這左近食店，只要叫得出名號的，他無不瞭若指掌。「舌根香」有「香辣子雞」；「滿懷暢」便有「貴妃醉雞」；「香酥肥蹄」是「至味居」一絕，「酒香閣」的「香芋填鴨」亦不遑多讓……鍾滿貫都一一為食客指點，毫不吝嗇。「滿頰香」這暗中提攜之德，同業心中豈有不感念萬分的。

故此不出一年，「滿頰香」儼然已經是這小鎮吃食界備受擁戴的龍頭。這反倒使得機靈謹慎的鍾滿貫心生警惕，無緣無故滿懷的不自在。每常在夜裡收店歇業之後，跟他的東家訴說：

「東家，咱們一心求好，把這店張羅得也還像樣，只是我心裡頭不知怎，老有個疙瘩！」

東家看去像個憨實的小老兒，一心只在鍋鑊之間下功夫，外間事一概不聞不問。

「福生，」他叫著鐘滿貫小名，「怎的，有啥苗頭不對麼？」

「倒也還沒有。」鍾滿貫憂心忡忡地說：「東家，您老只管寬心，許是我瞎猜疑罷。不過，咱們還是凡事小心為上的好，出不得些許差錯！」

鍾滿貫不是瞎猜疑。那日，他內心的隱隱不安，在那一柱向他投射而來的目光中驀然成形。他先是一鬆，因為那種目光確然無誤向他說明，他的不安並非出於自個差錯，而是外來之憂。他一鬆之後，心頭更緊。唯其來自於外，其煩憂可慮之處，更甚於自己出了差錯。

那是設座在角落的一個中年精瘦漢子，一雙眼睛眨也不眨，只顧向鍾滿貫這邊洪水氾濫般推擁過來，目光似笑不笑，滿眼眶的言語，只待有人發問，便要傾巢而出，是這樣一種既不艱澀卻又不好懂的眼色。鍾滿貫算是機伶的，卻摸不清此人打的什麼念頭。一時也無暇去細想，只是心中打鼓，這廝只怕十分難纏，恐不是三言兩語便可善了的！

這人桌前兩碟小菜，一壺二鍋頭，都是「滿頰香」的拿手，是個識貨的角色。不過起始就不見他擎杯舉箸，鼓著一雙眼盡朝鍾滿貫這邊觀來。鍾滿貫只當不曾看見，一個勁弓背哈腰，迎賓送客，心中做了最壞盤算，卻不知到時該當如何來化解。

直過了兩三個時辰，人客漸稀，那中年漢子才緩緩起身，一搖一擺、一高一低，朝向櫃檯走過來。原來這人瘸了一條左腿。他這起身一走，渾身使勁，宛似帶起了一股殘疾之人特具的怪戾之氣。

鍾滿貫躬身說道：

「這位爺，小店侍候不周，您老沒吃好！」

「好說！」那人語氣平和，不像著了惱，可不知怎的，這反倒有一種風雨欲來之勢，「貴店果然名不虛傳，這就難怪無人不豎大姆指了！我初到寶地，有意在此落戶，往後說不得要常來光顧的！」

「就怕您老不賞臉！」鍾滿貫滿臉堆笑說：「我說您老人家怎的有些眼生，原來是新來乍到的貴客！這是小店的福氣。得，今兒小店作東……」

話不曾說完，那漢子手一擺：

「哪兒的話！這叫我往後還能來麼？掌櫃的，飯錢我自是要給的，不過，咱們一回生，二回熟，改日自然有叨擾寶店之處！」

說著，那一輪目光又是密密地射將過來，劈頭劈臉罩住鍾滿貫全身上下。鍾滿貫哪裡還敢言語，只有唯唯稱是。

那漢子微微一笑，說：

「掌櫃的，這飯錢是？」

鍾滿貫連忙回道：

「您老就賞十文錢罷！」

那漢子故意咂了咂嘴說：

「值，值！掌櫃的，你沒少算罷？」

邊說邊伸手探入衣襟一個斜佩胸前的褡褳內，掏出十枚制錢，遞過來交給鍾滿貫。鍾滿貫不敢怠慢，雙手來接。才跟那漢子的手指一觸，只覺由掌心至肩胛一陣酸麻，那十枚制錢竟比十兩黃金還沉，兩手托不住，一任他掉落在櫃檯上，花喇喇四散亂滾。

那漢子又是微微一笑，也不睬鍾滿貫，逕自一搖一擺、一高一低，頭也不回走遠了。鍾滿貫只是發楞，抬手抹去了滿額汗珠子，一屁股坐下來，半日言語不得。今日看似風平浪靜，其實還真是驚濤駭浪。自己平日何等機伶圓融，怎的這回竟是處處挨打，半分力氣都使不上呢？真的是無處理論，而惶惑憂疑之慮又增了幾分。

不出數日，那漢子一高一低地又搖進了「滿頰香」。儘管前番兩人交談熱絡，儘管鍾滿貫一見他就慇懃相迎，他竟故作姿態地，宛似從未識得鍾滿貫此人。而兩眼鼓鼓，警示的意思甚濃，彷彿在說：個中秘密唯你知我知，不足為外人道！鍾滿貫終日懸吊的一棵心，越發掛得高高的放不下來。

他不發一語，搖搖擺擺仍在角落那副座頭坐下來。依舊是兩碟小菜、四兩二鍋頭，只是甚少見他動箸。他不言不語坐夠兩三個時辰，人客漸散，他也起身來到櫃檯前。鍾滿貫早已如箭在弦上，靜候他前來。然而，古怪的是，這人在他前頭一站，他就前功盡棄，精神渙散，只差沒有癱坐在身後的高櫈上。

其實，那漢子也不過就是一搖一擺，兩眼炯炯走來而已，並不曾有一丁點驚天動地的動作，可就在他把一隻手撐在櫃檯上身子向鍾滿貫傾倚得十分貼近的一瞬間，加上這閒閒的一聲稱呼：

「鍾掌櫃的。」

他的隨意一站，便變成極可驚可怖、極狎暱的欺近。鍾滿貫不由得打了一個哆嗦，嘴裡卻不敢怠慢：

「不敢，難得爺還曉得小的賤姓……」

「鍾掌櫃，『鍾滿貫』這名號在這小鎮誰人不知？哪個不曉？且不說別人，這不足一里的小街上，倒有十數家吃食店，店家道起足下大名，無不交相誇讚，都道『滿頰香』鍾滿貫才是龍頭老大！」

鍾滿貫一張臉脹得赤紅，平日的機警靈巧都不知驚飛到何方去了，囁嚅著道：

「慚愧……慚愧……兄弟們的抬愛……」

那漢子手一拍檯面說：

「鍾掌櫃，你也不必忒謙！這是實至名歸嘛！不瞞鍾掌櫃你，連日來我遍嚐了這左近十數家吃食店，要論這菜香酒醇，貴店數第一，龍頭老大的名號果然不是虛得的！」

鍾滿貫哪裡說得出話來。只聽那漢子往下說：

「鍾掌櫃，難得你恁地厚得人望！看來這條街上，閣下可是有一呼百諾的能耐哦，嘿，嘿！」

說著，從褡連裡摸出十枚制錢，這番他不遞給鍾滿貫，只齊齊整整捋放在檯面上。

「我就託大，不問這飯資了，這十枚錢你就擔待點，先湊合收著，不足之數，我改日再補上。」

鍾滿貫這才一驚而醒，急忙道：

「足足有餘，足足有餘，您老……」

那漢子說：

「在下姓趙，單名一個『盛』字，成皿盛。」

「是，趙爺，您……」

「得，鍾掌櫃，」這趙盛伸出中指在檯面上一點說：「咱們改日再談！往後說不得還要叨擾、還要叨擾，嘿！」

自此一連數日，趙盛每日午時一到，便搖搖晃晃來到「滿頰香」。所要者不多，兩碟小菜，一盅二鍋頭而已，但總要挨到兩三個時辰人客漸稀之後，方離座到櫃檯前來，把十文錢交付給鍾滿貫。不同於前番幾次，他言語不多。

「鍾掌櫃的，今兒的食客比前兒又多了兩成！」

或竟是敞開來說：

「掌櫃的，貴店日日高朋滿座，怕不真個是日進斗金呢？」

說畢便揚長而去。鍾滿貫苦惱莫名，身邊又沒有一個可供參贊的親信，把個鍾掌櫃折弄得不知如何是好。這趙盛言語雖簡，然而他目光森森之中那層意思：「個中秘密，你知我知，不足為外人道！」竟是越發清楚明白。越是如此，鍾滿貫越是百思不得其解。

忽地有一日不見了趙盛的蹤影。自午至昏硬是不見他一高一低、一搖一擺的身形。鍾滿貫每日心中只有此人，這會兒莫名其妙地就此不見，其可驚可疑猶勝於他每日的按時應卯。饒是鍾滿貫不時引頸極目四望，卻哪裡見到他半點影子？

一連數日無不如此，把鍾滿貫勾弄得神魂不定。他索性不去想他。不去想他，卻驀然之間，在幽微冥晦之處，有一種釋脫不盡的深重罪孽，一種不祥之兆。趙盛的隱去，等如他刻意給出一大片地段，空無一物，要讓鍾滿貫去參透禪機。

他突然明白，趙盛的退走，乃因為他業已知曉自己澈悟了他「你知我知」的秘密，他們如今已然是互有契約，是「同謀共犯」了。而自己心中原先不能究其原因的罪孽深重、不祥之感，都起自於趙盛強加於他的那種謙懷大度的自行退隱。

這一大塊地段、一大片空白，是鍾滿貫整日價忙累得半死也充填不滿的。他一如扛著枷鎖的罪囚，卻不知自己是何罪名。這是他白天黑夜緊埋在心裡，不能言宣的惶懼重壓。

這樣熬過了無涯無際的十日。第十一日凌晨，天際猶在黝暗如漆之時，忽地雷電大作，頃刻下起了傾盆大雨，連下了兩三個時辰不見停歇。鍾滿貫知道凡逢此驟雨不停的天候，過往商旅都不急著趕路，或尋個客棧歇腳，或找家飯莊子打尖，以候雨歇。於是便跟廚下的東家商議，差人冒雨到早市多備些雞鴨魚肉、一應蔬果，以備不時之需。自己則早早開了店門，叮囑店小二把桌椅拭抹得乾淨，靜候早客上門。

果不其然，巳時未過，便陸續有客人入得店來。這些遠道客人驟逢豪雨，無不淋得濕透，踉蹌搶入乾暖潔淨的店內，頓時身心俱暢，要菜要酒，呼喝之聲此起彼落，把鍾滿貫忙得暈頭轉向，自巳至未，腳不沾地，便如外頭的暴雨一般，一刻兒不曾停歇。

好不容易食客一個個酒醉飯飽，急雨嘩啦，一時並無止歇之象。舊客不急於離座，又暫且不見新客人入來，鍾滿貫遂交代店小二好生侍候茶水，自己則踅入櫃檯，欲待把今日午間的進帳核計核計。

這裡鍾滿貫在帳本兒上才寫幾個字兒，無緣無故但覺腦門發炸，渾身不自在起來。一抬頭，赫然見趙盛笑咪咪，一肩半斜，站立在櫃檯前不足一尺之處。

鍾滿貫驚得把手中一枝中山兔毫掉落在帳本之上，墨汁濺得一紙。他怔在那裡話都說不出來，半日才掙出一句：

「趙爺，這，這，您老……」

趙盛兩眼眨也不眨，只顧笑咪咪看住鍾滿貫。

到底鍾滿貫算是見過世面的，人本精明，當下長吸一口氣，鎮住一顆砰砰亂跳的心，說道：「趙爺，您盡站那兒幹啥？請裡面上座，在下這就給您老招呼些吃的過去……」

「不慌，不慌。」趙盛笑容滿面：「不瞞你鍾掌櫃，趙某業已在店外觀看這雨景老大一會了。只見掌櫃的忙裡忙外，不得片刻閒兒，貴店真是好一副興旺景象！」

鍾滿貫一臉赤紅：

「都是大爺們抬愛……趙爺，我這就給您送一壺酒來……」

「不忙。」趙盛說：「我適才已在別處喝了幾盅過來，這會兒倒還不渴。」

果然，風隨雨動，觸鼻滿是酒氣。眼前站著的已是一個酒意甚濃的趙盛了。

「鍾掌櫃的，你儘管忙你的去，我站會兒不打緊。」眼睛一溜櫃檯上的帳本：「看光景，這大半日貴店好有百十來兩銀子的進帳罷？嘿，嘿！你且先忙著，咱們回頭再說話！」

他定定神，又說一句：

「咱們回頭再說話！」

鍾滿貫心想，是了，今日是要見真章了。既然遲早躲不過，左右都是一刀，不如趁今兒開門見山，弄他個水落石出也好。一念及此，心中大定，吸了一口氣說：

「是，趙爺，就聽您吩咐！不過，小的這時節剛好喘得一口氣。座上爺們都還在飲酒進食，伙計們還張羅得過來。趙爺您要有什麼金言，在下此刻就可以洗耳恭聽！」

說著，側耳傾身，極其恭謹的模樣。趙盛頗覺意外，從頭到腳把鍾滿貫掂量了一番：

「好說，掌櫃的，什麼金言銀言！倒是有幾句心底裡的言語，無非為的是貴寶店爾後長遠之計！」

鍾滿貫雖然滿懷不解，苦於茫無頭緒，摸不清他話中之意，只有越發地端然肅立，目不斜視，以示其誠。

「就等趙爺您的教訓，小的絕不敢漏脫一個字兒！」

趙盛老辣辣地說：

「好，既這麼著，趙某想借一步說話！」

眼角一瞄店門外，鍾滿貫會意，轉頭交代店小二：

「我要跟趙爺在外頭說幾句話，大伙好生侍候著座上的大爺們！」

跟著趙盛出到店門外來。下了這大半日的大雨，此刻略見舒緩。路面積水成潭，淅淅瀝瀝的雨珠，把潭面啄點成麻。街角簷下，輓車的、套馬的，不一而足，市聲漸沸。鍾滿貫心想，往日也不是不曾見過這忙碌景象，何以不識其中的無憂無慮，直到此時方……不由得心中一聲長嘆。

只聽得一旁的趙盛開口說道：

「鍾掌櫃的，這雨勢一歇，眼看這八方車陣，十方人馬，頃刻便得擠翻跟前這條路。真個是昔非今比了！」

「是！一年半載之前，咱們想也不敢想有這等熱鬧景象！天可憐見！」

「這過往商旅怕不比往日多了十數倍之多罷？」

「趙爺法眼金口，這數字也差不離了。」

「貴店必然也大發利市囉！」

「不瞞爺說，小店雖則也沾了一些光，不過，這沿街的兄弟們，也著實分了小店不少勞！」

「不怕他們搶了貴店生意？」

「爺哪兒的話！有眾兄弟協力替小店分勞，小店感激還來不及呢！」

趙盛微微一笑：

「這是由衷之言？」

也不等鍾滿貫回話，以手撫頷，續往下說：

「鍾掌櫃難道心中無憂麼？」

鍾滿貫忽地有一種複雜難以解脫的至煩之感，彷彿這一概都因趙盛頷下無鬚，卻以手撫頷，這奇詭的動作而起。

「小的不解趙爺的深意……」

趙盛雙眼投向遠方：

「不是不解，只怕是不敢明言罷？」

鍾滿貫囁嚅著：

「小店往日只在鍋杓上用心，但盼客官們吃喝得開心。如今承爺們不棄，平白為小店增添了不少光彩，實在不敢有這不知足之心！」

趙盛點頭道：

「鍾掌櫃果然是個實心漢子，卻有些言不由心。打從我進得貴寶店那一日起，趙某便看出掌櫃你心有隱憂，只因初逢乍識，趙某不便多說而已。」

鍾滿貫不由得想起此人眼中那「你知我知」的詭密含意，暗中打了一個哆嗦：

「趙爺好眼力！小的的確無時無刻不在心裡頭叨念著：就是生怕啥時候伙計們侍候不周，掃了爺們的興，這罪過小的可真是擔當不起！」

趙盛微笑說：

「鍾掌櫃好機鋒！只怕不是這說法。」

他手指摳著無鬚的下頷，不過就是這麼個小舉動而已，含意卻有十足的淫邪。至此，他便毫無顧忌，一口氣說了下去：

「不是這說法，還是我替你說了罷。貴地原不過是個荒僻小市集，你『滿頰香』縱然廚藝再高強，名聲也遠不到百里之外罷？倏忽間，小市集成了通衢要道，『滿頰香』居然有當朝要員慕名遠道前來嚐鮮，看來，這裡竟是風水寶地，足下這一代注定是要發的，這也不去說他。單說貴店罷，自一年半載之前以至於今，哪一日不是白花花銀子大把進帳？這人來人往的客商之中，難免有哪一群雞鳴狗盜之輩，看著眼紅，便有覬覦之心，只要這惡心一起，貴店指日便要大禍臨頭！鍾掌櫃的，你所憂於心者，不外是這樁，趙某料得如何？」

趙盛雖然眼角含笑，其銳利鋒芒可沒放過鍾滿貫，含意不必猜測，明明白白撂在鍾滿貫前頭。料得對自然是對，料得不對也得對，這是我趙某強加諸於你身，你閃避不得！

鍾滿貫不敢仰視，怯怯地說：

「趙爺說的自然不假，不過，竊盜宵小，歸官府管轄，咱們庶民百姓，托庇官軍的福蔭，討口飯吃，總還不為過罷？」

趙盛冷哼了一聲：

「說你實心，你偏偏迂腐起來！掌櫃的，你幾時見過咱們的官軍大爺保國衛民的？不來此剮你一塊肉，算你祖上積德！」

鍾滿貫心中不服，卻不敢嘴硬，半日才委婉說：

「是！不過，小的也聽說有官聲極好的官兒，打比說……」

趙盛不待他說完，劈頭插嘴：

「得！我知道你口中的好官是誰，可是那姓曹的知府麼？再也休提這狗官！此人滿口仁義道德，卻假其妻妾家小，貪贓枉法，將他凌遲處死也不為過，偏有你們這一幫愚夫愚婦，把他當愛民如子的好官來愛戴，真是羞死人了！這無恥之人家中私庫怕不藏有黃金白銀百十萬兩，盡是欺哄詐騙得來的不法之財！他能如此，咱們就算偶而偷巧，取得他的九牛一毛，又有什麼打緊？」

趙盛說到這裡住了嘴，兩眼從鍾滿貫臉上挪開，投向泥濘滿地的街心。鍾滿貫不知此人心中在想什麼，不敢貿然答語。車聲轆轆，蹄聲得得，豪雨乍停，等不及的客商已經匆忙上路，要趁天黑之前趕一程路了。

半日不聽趙盛言語，鍾滿貫遂大著膽子說道：

「是！小的覺著咱們這承平日子過得久了，好官確然是日漸難求了。看來，咱們這螻蟻一般的小命一條，也只有自求多福了罷？」

「鍾掌櫃的，你到底兒醒過來了，這話極中肯！」

趙盛興緻盎然地把目光又回到鍾滿貫臉上，似有滿腹的體己話要傾巢而出。不過，鍾滿貫卻還有話要說：

「倒是小的還有一事不曾省得，難道這江湖道上的俠士也就放得過這幫為非作歹的盜賊，一任他們胡作非為不成？」

趙盛瞇著兩眼打量著鍾滿貫：

「你倒說給趙某聽聽，是什麼樣的江湖俠士果真專做那路見不平、拔刀相助的營生的，嘿嘿！」

鍾滿貫這時倒熱絡起來：

「小的近日聽往來的大爺們傳言，江湖上出了一位大俠，這位大俠武藝高強，行事神出鬼沒，無人能料得他的行蹤，專門的濟弱鋤強，為民除害！」

「哦？趙某怎麼沒聽說？」

鍾滿貫忙說道：

「小的不敢誑趙爺！昨日還聽得有位爺在小店誇讚這位大俠呢！」

趙盛不語。片刻之後，他冷笑道：

「就算有這麼一號人物，你當他真個是濟世衛民的菩薩麼？不過都是些欺世盜名之徒罷了！他們為求揚名立萬，專挑那京畿要地，故意做些驚世駭俗之舉，以便人廣為傳頌，如此便成就了他的私願。你以為他會來咱們這邊陲之地行俠仗義？想也休想！」

鍾滿貫大是不服，抗聲說：

「小的淺見倒以為這輩大俠行事識見都不是咱們常人可比的，不定哪時節，遇著咱們有難，大俠就適時現身……」

「哼，你果真把他們當神仙活菩薩了？」

鍾滿貫說到興頭上，也不顧是否頂撞了趙盛，一個勁往下說道：

「是不是神仙，小的不敢說。數年之前，小的親眼所見，就在咱們莊上，也不知打哪冒出來一位少俠，直把咱們那位……」

才說到這裡，彷彿打橫裡飛來一擊，直中鍾滿貫腦門，他驚惶莫名，張大了一張嘴，一個字也說不出來。

趙盛歪頭看著他：

「怎麼啦，掌櫃的，怎的不說了？」

鍾滿貫只覺驀然之間，沒來由地萬念俱灰。怔了半日，垂下頭來，長嘆了一口氣：

「唉，趙爺，也沒啥好說的，還是您老有識見，咱們自求多福是正經！」

「如何？趙某的話一語中的，說到掌櫃你心坎兒裡去了罷？你猶自在那拐彎抹角！」

鍾滿貫苦笑道：

「不是小的拐彎抹角。趙爺您老替小的想想，咱們這幫手無縛雞之力的，遇著了難處，不求神拜佛，哪有招兒自求多福呢？」

趙盛微微一笑道：

「說得好，鍾掌櫃的！不過，你可知趙某力邀你來到這店門之外，正為的是要給你出招兒的麼？」

鍾滿貫經方才那無名一嚇，早亂了方寸。明知此人一步一坑，把自己引向不可測的陷阱，卻全然不知如何著手來防衛。事到如今，卻也由不得自己了，只有硬著頭皮，看他怎麼處置自己罷。

「趙爺菩薩心腸，真要替小的們斷了這後顧之憂，便是重生父母，您老人家怎麼交代，小的們怎麼照著行事！」

鍾滿貫提心吊膽說得大方，心中可是一沉：這一腳算是踩下去了！

「承鍾掌櫃信得過趙某。」趙盛胸有成竹地說：「其實這倒也不是什麼難事。」

趙盛又是以手撫頷那無鬚之頷，其橫霸、其淫邪，直把鍾滿貫不看在眼中。也不知他為何對他那光溜溜的下巴這等愛惜，把玩了老大一會，才慢條斯理地說：

「無非找個能人來此坐鎮而已，有此人為貴店把關，尋常一般宵小盜賊焉敢前來招惹是非？」

「是！趙爺高見！只是小的們螻蟻一般人物，打哪請得動這麼個高人哪！」

「鍾掌櫃也不必小看了自個。趙某來寶店吃食也非一日了，靜觀掌櫃你的行事為人，頗覺足下是個可交的漢子。再者趙某沒有走眼，察見了掌櫃心中之憂，趙某倒有意來為你分憂。」

「這，這，趙爺……」

「鍾掌櫃，請聽我把話說全。趙某絕非什麼高人，雖習得幾年棍棒拳腳，聊以防身而已。倒是有幾個兄弟十分了得，為此前幾日趙某分別走訪了這幾位昔日兄弟，承他們慨允，只要鍾掌櫃一點頭，他們便啟程來此助拳。只要他們幾人每日裡亮亮相，便足可保貴寶店歲歲無憂了！」

鍾滿貫原就極為精明幹練，儘管身陷束手縛腳的窘境，念頭卻轉得飛快，聽趙盛說到這裡，心中陡然一亮。是了，原來這迷魂陣的出處在此！方寸大定，思路越發明澈：

「天可憐見！虧得趙爺替咱這小店想得週全！只是有勞趙爺奔波，小的不知要怎地報答您老的善心才好！」

趙盛微笑搖頭道：

「且慢說報答的話，趙某這幾位兄弟平日也有他們自個的營生，不然何以養家活口？他們來此為掌櫃的鎮店，論情說理，鍾掌櫃自是要好好加以安頓方妥。這是要貴店破費的。趙某先時亦曾思慮及此，總覺與其屆時破巨金失大財，不如此時小作芹獻以保平安為要。鍾掌櫃會責怪趙某太過擅自作主了麼？」

雙目含笑，全神貫注在鍾滿貫全身上下。

鍾滿貫這時心中已漸踏實。他究竟是生意場上的人，畢生所見不過就是這錢財交易之事，只要是一手交錢，一手交貨，自己便處於分庭抗禮的局面，容或有所折損，也不致傷筋動骨了。

「趙爺，您老折煞小的了！小的感激還來不及，哪敢斗膽『責怪』呢？眾位爺們為小店助威，小店自當好好孝敬，這原不在話下。只是小的不曾見過世面，渾不知該怎的孝敬方不致辱沒了眾位爺們呢！」

趙盛兩眼不放鍾滿貫，聽他說得八面玲瓏，不由得也謹慎起來：

「這倒也沒啥定規。何況趙某兄弟既為仗義而來，只要有這安家度日之資儘夠了。」

鍾滿貫作難道：

「趙爺，恕小的笨得跟豬一般，委實不知……」

趙盛微笑道：

「鍾掌櫃的，你是在跟趙某裝聾作啞了。」

他故意沉吟了一會，然後一個字咬一個字，堅如鐵石般往下說著：

「既如此，也罷，趙某就刀切豆腐兩面光，我說得清楚，你聽得明白。這麼著，咱們也毋需定出什麼章程，就依你櫃檯上那帳本兒為準，貴店每日進帳若干，咱們九一分帳，貴店得九，咱兄弟得一，每日午時核計前一日所得。鍾掌櫃的，這麼說你總明白了罷？」

鍾滿貫大吃一驚。這人真是好大口氣，這哪是「安家度日之資」，直是要把「滿頰香」囫圇吞下嘛！自己初時以為至多多給些銀兩，可以渡此困厄，誰知竟是這麼個全盤皆輸的局面！想到這裡，不禁渾身發冷，額頭豆大汗珠子沿著面頰滾滾而下，怔在那裡作聲不得。

趙盛鼓著兩眼看住鍾滿貫：

「怎麼，鍾掌櫃，趙某說得不明白麼？」

鍾滿貫一震，舉手用手背抹去了額門上的汗珠子，結結巴巴地說：

「趙爺……您說得明……明白……只是……只是……」

「只是怎的？」趙盛瞪著眼看著他。

鍾滿貫長吸了一口氣，明知前面有一雙極兇狠的惡眼不會饒過自己，他只一個勁垂眉低目，硬不答理，先自行穩住了心神，好半日才回道：

「趙爺，小的有難處。小的雖說掌理這店中財務，在外博得一個掌櫃的虛名，其實小的東家才是正主兒。只因這祖傳廚藝，不經外人的手，因此敝東家跟其獨子爺兒倆日日只在這作坊中。店裡一應大小事項，小的照例兒無不逐一稟報敝東家定奪，從不敢私底下自作主張。趙爺方才一番言語，是施捨給小店的天大恩惠，卻也是從來沒有的大事兒，小的自是更不敢亂說得半句。斗膽請趙爺寬限幾日，容小的請得敝東家的親口允諾，再來給您老回報可好？」

趙盛點頭道：

「貴店的內情，趙某也聽聞得若干，諒鍾掌櫃不致誆騙了我。也罷，就明日午時，我在此面見掌櫃的！」

鍾滿貫支支吾吾地說：

「這……」

趙盛斬釘截鐵：

「就這麼著，明日午時，趙某專候回音！」

說畢，不等鍾滿貫回話，扭頭一搖一晃，一高一低地走向街心去了。

＊　＊　＊

驟雨初霽，雲開日現。雖然已近申時，仍照映出好一片雨後清麗的景象。滿腹愁思的鍾滿貫卻哪裡有閒情觀賞景致。他楞楞站了半日，左思右想，找不到半點出路。他長嘆一聲，轉身進店。才掀起帘子，迎面一位客倌緩步走了出來。低頭苦思的鍾滿貫無暇細看此人，卻不知怎的，但覺這人緩緩行來的神態中，透出極其可親可敬的寧靜，向自己密佈而來。他垂首側立一旁，讓這位客倌走過。這原是他平日禮讓客人之道，然而此時做來，格外有一種興奮踴躍的心甘情願。

「謝爺的駕臨！爺請走好！」

他說。這也是順口的客套，但自己心中卻有莫名而扎實的尊崇。他肅立一側，讓這位客倌靜靜出了店門，才入得店來。一個伙計隔著櫃檯樂和和向他嚷著：

「掌櫃的，剛才那位爺賞了咱們二百文錢！」

「飯錢多少？」鍾滿貫問。

「二百文！」

「嗯，這賞錢不薄。賞錢不必入帳，按例，你們四人分了罷！」

「謝掌櫃！」

「滿頰香」有此暗規，即客人的額外賞賜，概由店內伙計均分，鍾滿貫自己分文不取，故此他深得伙計們愛戴。

好不容易捱到歇店打烊，受盡煎熬的鍾滿貫就這幾個時辰倒像驟長了十來歲，愁容滿頰。等得東家收拾停當，吊著一桿旱煙筒在靠椅上坐下，他才敢趨前說話。

店東本姓魏，六十來歲年紀。外人雖明知他才是店主，因他外貌憨實，又不喜多言，多暱稱他「魏老兒」，他並不以為忤。鍾滿貫卻待他如父執，十分敬重。

「東家，」鍾滿貫憂形於色地說：「今兒店裡來了一位客倌，福生看他來意十分不善。」

「福生」是鍾滿貫的本名，這名兒也只有魏老兒才知曉。

「哦？是怎生一個客倌？又是怎的不善？倒說來聽聽。」魏老兒吸了一口旱煙，抬了抬一雙白眉說。

「說他今兒才來倒也不是。」

鍾滿貫想了一想，遂把趙盛如何第一日來便行止怪異、如何其異日增，忽而便不見了蹤影、如何今兒現身時，帶來一身陰狠毒辣之氣、如何假仗義肅盜之名，開口便索每日進帳的一成……等等，一字不漏，詳說給了魏老兒。魏老兒叭噠叭噠吸著他的旱煙筒，凝神細聽，一雙白眉不時聳動。

「東家，」鍾滿貫鎖著眉頭說：「這姓趙的立等著咱們的回話，這便如何是好？」

「福生……」魏老兒就著椅腳，敲去煙灰，伸出兩指，打煙袋裡捏起一小撮煙絲，捺入銅頭，嘬唇吹燃了紙媒，以唇就著煙嘴長吸了一口，紙媒火頭猛然一冒而熄。魏老兒呼出一口濃煙，把他的臉悉皆遮去了，這才慢吞吞說道：「福生，咱自小跟隨咱爹闖蕩江湖，也見識過幾個江洋大盜，那才叫狠！要說，在小莊子上橫鼻子豎眼睛的，不能是啥響噹噹人物。不過，咱瞧這姓趙的，耐得住這十天半月才露馬腳，倒也不是個莽張飛。」

「東家，福生瞧這廝十分難纏！他自個武功高強不說，卻又招來幾個什麼兄弟，咱們手無寸鐵，不是白白任他處置了麼？」

「這姓趙的守候了恁久，為的是啥？不就是為了抓咱們的七寸麼？」

「那，東家，咱們該怎麼著？福生如今是亂了方寸，半點兒主張也沒了！」

魏老兒一口一口吸煙，半晌沒有言語。

「福生你先別慌，」魏老兒嘆了一口氣說：「咱們由他去，咱們就聽他的！」

鍾滿貫打了個冷顫：

「東家，您老是說就照他要的數字兒給？」

「給！不給你能怎麼？」

鍾滿貫睜著一雙眼，說不出話來。魏老兒說：

「你聽我說，他今兒要一成，來日他要的是一半兒，不信你等著瞧！」
「東家，依您老看來，咱們這店不就遲早要白白送給他了麼？」
「哼，我倒真想撒手給了他！」
鍾滿貫大驚失色：
「東家……」
魏老兒不理會鍾滿貫，一口氣往下說：
「咱怕的是這姓趙的如果真有些見識，不讓咱們撒手！」
趙滿貫茫然不解，只是看著魏老兒。
「爺們光顧咱們這小店，是衝著『滿頰香』這布帘兒的麼？福生，你且細想想去！」魏老兒白眉雙垂，慢條斯理地說。
以鍾滿貫之聰，自是一點就透。他一拍後頸，大叫一聲：
「著呀，東家，咱的老爺子！福生算服了您老人家！這是咱們的撒手鐧，可不？」
魏老兒毫無喜色，只是越見風霜滿額。
「咱們得往前頭想，這姓趙的要的是我們的人，咱們該怎的打算？」
「這……」鍾滿貫一時無話可說。
就在這光景，但聽門扣一陣急響，有人在門外壓著嗓門低呼：
「鍾掌櫃在麼？邱清泉求見！」

鍾滿貫一楞：

「這是『至味軒』的邱掌櫃，這辰光他來幹啥？」

魏老兒手握旱煙筒，站起身來：

「八成兒是為那姓趙的！我且先閃開。福生，你只管跟他們說去，大伙兒先穩住陣腳，那廝要啥給啥，咱們大伙兒慢慢再商量！記住，不要說這話是我說的！」

「是，東家！」

鍾滿貫心悅誠服地回答著。他心頭之憂去了一大半，彷如吃了一顆定心丸。東家的沉穩持重、老謀深算尤出他意料之外。自己不過是乖巧機靈，善於應對而已，魏老兒才真是領軍的老帥。想到這裡，原先的孤寒憂懼頓時一掃而空。

等魏老兒進到裡間，他才揚聲應道：

「是邱掌櫃麼？兄弟這就來！」

疾步趨前，拔去門閂，大開店門，鍾滿貫不由得又是一楞。只見燈光搖曳之下，何止邱掌櫃一人，他身後一字兒排開總站了有五六人之多。這一條街上，有名有號的飯莊子掌櫃竟然都到齊了。

鍾滿貫心裡有數，抱拳說道：

「諸位掌櫃這辰光駕臨，想必有要緊事商量？」

邱掌櫃邁前一步說：

「正是要來請鍾掌櫃的開示！」

「不敢！就請裡間坐！」鍾滿貫側身讓客。

邱掌櫃滿臉憂色，也不謙讓，逕自當先邁步進得店來，餘人隨後魚貫而入。他們平日雖然敬重鍾滿貫的為人，但究竟是同業，尋常也不便多親近。此時得此機緣入得「滿頰香」店內，只見擺設齊整，桌椅潔亮，紅磚為地，沒半點積年油垢，更不聞絲毫腥膩餘味，迥異於一般飯莊子，臉上憂戚之中不禁摻入一點讚嘆。

「兄弟已經猜得各位掌櫃的來意。」鍾滿貫嘆了一口氣：「是為的那姓趙的煞神罷？」

「可不正是為了此人！」邱掌櫃也跟著一嘆：「這趙盛今兒申時方過，便到咱們店裡挨家傳話，說是明日午時要來收取啥護店之資，說是要明白其中原委，前來一問『滿頰香』的鍾掌櫃便知，又說鍾掌櫃已然應允，咱們自是不得推託。鍾掌櫃的，可有這事兒麼？」

「千真萬確！怎的沒有？」鍾滿貫苦著臉說。

於是把趙盛自頭天來「滿頰香」以至於昨日霸王硬上弓等等諸事詳情和盤托出。聽得大伙面面相覷，作聲不得。

「這姓趙的扯淡！兄弟幾時應允了？是他自個兒說明日午時立等我回話。唉，豈有此理！兄弟倒想知道，這廝跟眾位要的數字是多少？」

邱掌櫃雙手比了個九一的手勢，垂頭不語。

「操他！這算啥護店，這是打家劫舍，魚肉鄉民嘛！」一人罵說。

「誰說不是？咱們吃虧在軟不敵硬。兄弟瞧這廝是個殺人不眨眼的兇神惡煞，大伙著實要小心提神！」

大伙低頭不語。半晌，邱掌櫃說：

「鍾掌櫃，您老是咱這一伙的龍頭老大，在這節骨眼兒上，您瞧咱們該怎麼著方好？」

鍾滿貫搖搖頭，吁了一口氣：

「兄弟一時也沒有主意，有道是事宜緩不宜急。依兄弟的淺見，咱們自個兒不要亂了陣腳，這廝此時此刻要的是銀子，咱們暫且聽他的，他要多少給他多少，先把他穩住，慢慢兒再覷他的動靜。」

邱掌櫃低頭想了想：

「也只有這麼著。鍾掌櫃，咱這一伙大家一條心，您老怎麼交代，咱們怎麼跟！」

鍾滿貫連忙道：

「也不是這麼說，凡事大伙商量著辦罷！」

相對無言，一旁有人幽幽地說道：

「咱就他娘想不透這理兒。這方圓百里，也不光是咱們村子沾了這條路的光，偏偏這廝找上咱們！原先還當祖上積德，總算交了好運了，沒承望半路殺出這麼個瘟神，呸！」

鍾滿貫靈機一動：

「劉掌櫃問得好！這趙盛究竟是啥來路，別處不去，專衝著咱們來？邱掌櫃，您一向人面兒廣，得便打聽打聽他的底細，咱們也好見機行事。」

「我原也恁地想來著，既是鍾掌櫃吩咐，我回頭就差人去摸他的底去。這事兒我還能辦！」於是各自散去。鍾滿貫入內向魏老兒稟告大伙商談的詳情。魏老兒說：

「這事確有蹊蹺。且看邱掌櫃怎的回報再理論！」

「是！」鍾滿貫說：「明兒這……」

「就依這廝說的，照數給罷！」魏老兒連頭都沒有抬得一抬。

次日午時不到，趙盛已來到「滿頰香」，正眼不瞧櫃檯內誠惶誠恐的鍾滿貫，逕自在角落挑了一副座頭坐下來。店小二趨前恭身侍候。他一擺手說：

「我來此借坐片刻，不必侍候！」

說畢，昂首舉目，左顧右盼，十分志得意滿。坐夠了一盞茶時間，他起身離座，一高一低走到櫃檯前來。鍾滿貫不待他走到跟前，早已雙手捧著一本帳冊，畢恭畢敬肅立在櫃檯後：

「趙爺，小的昨兒已經稟告敝東家，敝東家說，趙爺等如是小店的恩人，萬萬不可怠慢。這孝敬之資便照趙爺的吩咐，一文不能少!喏，趙爺，這帳冊上是小店昨日一日所得細目，就請您老過目。」

嘴裡左一聲「趙爺」，右一聲「您老」，雙手捧上帳冊，待趙盛接過，他又唸唸有詞地說：

「敝店昨日巳時開店，戌時打烊，共有一百零五位客倌來店進食，共得錢八千四百文。一成孝敬，核計為八百四十文。」

從屜內掏出一個半大不大布袋，鏗鏘作響，雙手捧交給趙盛：

「趙爺，這八百四十文，小的已經給您備妥在此了！」

趙盛略翻了翻帳本，微笑說：

「貴店果然爽快！這帳我也不必看了，趙某信得過鍾掌櫃的。」

接過了布袋，手掌托著掂了掂，沒有第二句話，轉過身，一高一低，頭也不回地走遠了。

自此，每日午時一到，趙盛便現身在「滿頰香」。偶或也會略晚，鍾滿貫知他必定先收別處的錢去了，因他每逢遲來，胸前鼓鼓，褡褳內業已塞滿了制錢。鍾滿貫約摸替他核計了一下，他每日從這條街總可刮得五六兩銀子，每月可得近二百兩白銀，是一個六品官兒四五年的俸給了。

初時，趙盛得了制錢回頭就走，並不多話。直至有一日，趙盛以掌托袋，掂量了好片刻，略顯猶豫地說：

「掌櫃的，今兒這袋內共得一貫八百餘文，怪沉的，擱褡褳內墜得慌，討掌櫃一個方便，把這一貫錢折成一兩銀錠，也好讓趙某攜帶，可行麼？」

鍾滿貫連聲應好。要知制錢與銀子固然有其相應的兌換比，但任誰都寧可要銀子不要制錢，趙盛此話，其居心不問可知。鍾滿貫滿口應好，這在趙盛心中卻又開啟了一道大門，他但覺一路行來真個是通行無阻，此後更可以予取予求，無所顧忌了。一念及此，滿心歡暢，漸漸地露出狂妄之態來。

一日夜裡，魏老兒跟鍾滿貫說道：

「福生，今兒午間我得閒特意從門縫兒偷覷了這姓趙的一眼，我瞧這人兩眼高不著天，低不就地，滿身忸怩，倒要故作張狂，是個成不了大器的小人。他身後定必另有主使的人。邱掌櫃還沒有信兒過來麼？」

鍾滿貫說：

「就是福生也在等他的消息。明兒一大早就差人過去問問他去。」

不必前去催問，這日一早，邱掌櫃就差了親信來密告鍾滿貫：

「咱們掌櫃的要小的稟告鍾掌櫃：今兒夜裡他要前來拜見鍾掌櫃，有要緊事商量！」

鍾滿貫見機密如此，頓時渾身充血，亢奮異常。他匆匆入得作坊裡來，附在魏老兒耳旁，悄聲說：

「東家，趙盛這廝的來歷今兒夜裡咱們就可知曉了！」

魏老兒側臉一瞪鍾滿貫，鍾滿貫這才警覺自己的浮躁，卻不明白自己何以會這般。

「我會在一旁聽著。」魏老兒短短一語，說畢逕自忙他自己的去了。

夜近亥時，邱掌櫃方單身前來。鍾滿貫守候多時，正有些不耐，一聽門扣聲響，急忙一躍上前啟開店門。邱掌櫃閃身入內，回手便將店門緊閉，戒慎恐懼之色，盡在臉上。鍾滿貫心裡頭本有惡兆，此時越發確知趙盛是個天大麻煩。

「如何？」鍾滿貫急急問道。

邱掌櫃搖搖頭，見魏老兒在一旁橇上坐著，趨前行了一個禮：

「老爺子還沒歇著麼？」

魏老兒頷首說：

「邱掌櫃先請坐下，只挑緊要的說！」

「是！」接過鍾滿貫捧來的茶碗，啜了一口：「趙盛這廝到底打哪兒來，竟是查他不出。不過，他是那姓倪的婆娘招攬來的，卻是千真萬確，一絲兒不假。」

鍾滿貫大吃一驚：

「是……是那婆娘？這，這……邱掌櫃，這話當真麼？」

「假不了！」邱掌櫃說：「咱店裡的風火輪周光，您總聽說罷？他行事極是精細可靠，他親眼目睹趙盛每日夜裡都在那婆娘的鋪裡歇息，那店鋪樓上不就是那婆娘的住處？到天將明他才回他自己的住處去。近日這廝越發大剌剌，就大白天都在那婆娘家中出入，想是收了咱們的銀子都填往那婆娘的坑兒裡去了！」

鍾掌櫃還未來得及答話，只聽魏老兒在一旁沉著聲音說道：

「只怕咱們脫身不易了！」

邱掌櫃忙問：

「老爺子以為……」

魏老兒說：

「我早猜知趙盛只是馬前卒，卻不知後頭這主兒是這個女魔頭。我看只怕不單是這婆娘，諒她還沒那能耐，還得加上張七跟李員外李漢生兩個罷！」

鍾滿貫一拍桌子說：

「老爺子見得極是！這仨原就是咱們村子裡一霸，這如今加上個趙盛，越發如虎添翼了！」

「咱不明白，老爺子！那張七跟李員外容得了這廝麼？」邱掌櫃滿臉疑惑地問。

魏老兒哼了一聲說：

「怎容不了？這婆娘有本事制得了張七跟李漢生，腳踩兩隻船，她就有本事叫他們仨服服貼貼。這叫孽障！」

鍾滿貫嘆口氣說：

「東家說得是！可不是孽障？想當年那位少俠當著咱們滿村子人是怎麼教訓他們來著？但凡他們聽得半句，咱們這裡可不就太平盛世一輩子？」

邱掌櫃是鄰村來此掌店的，自然不知此事前因後果，聽說連忙問：

「這又是怎麼一回事？」

鍾滿貫於是把李員外如何勾引張七這姓倪的老婆，張七如何藉機訛詐李員外，如何一位路經本村的少俠化解了這樁醜聞……等等，一總說給了邱掌櫃。

鍾滿貫又嘆了一口氣：

「原先是李員外跟張七的事兒，八竿子搆不著咱們，如今倒過來是他們仨跟咱們來作對，這打哪說起呢？」

「哼，有這姓倪的婆娘，啥花樣變不出來？只怕咱們要吃這婆娘榨得油盡燈枯，她才能歇手！」魏老兒說。

三人相顧無言，滿臉愁苦。

「也先別犯愁。」魏老兒起身說：「咱們一起來想法子。天無絕人之路！難不成老天真的睜著眼任他們胡作非為了麼？」

這是慰人慰己的話。不過在這茫無頭緒的節骨眼，又能說啥呢？

這壁廂，趙盛卻不知自己業已被人摸了底，只覺眼前光明一片，觸目盡是柔綿馴服的景致，不見一根刺兒，伸手探足，如入無人之境。他漸漸被街坊的惶急恐懼嬌寵到自以為無所不能的境地。

這就是自趙盛現身「滿頰香」以來，演變至今的局面——「滿頰香」及其同業們惶惶然在黑暗中遊走，趙盛及其同伙則高蹈在雲際，施施然不可一世。

這一日，趙盛到得「滿頰香」時，比平日晚了約頓飯光景。胸前鼓鼓，褡褳內想必業已飽裝了制錢銀兩。不過，鍾滿貫剎時間心中的異感，並非絕然與他的鼓鼓前胸有關，及至於他一高一低走到跟前，才覺這也並非與他的酒氣醺然絕然有關。趙盛依然是那個精瘦的趙盛，卻不知怎的，鍾滿貫只覺此人看去驀然沒來由地比平日浮腫了許多。心中有此異感，由不得多看了他一眼。

趙盛步子一高一低猶似踩在一堆棉絮上，把他的浮腫飽滿襯得越發不實在。

「怎麼，鍾掌櫃，趙某今日那兒不妥麼？」他兩眼一瞪說。

「哪的話！趙爺挺精神的！」

「也不過就多喝了幾杯嘛！又不是叨擾你鍾掌櫃的！」他嘮嘮叨叨地說著。

鍾滿貫不敢答言，只顧低著頭去屜子裡掏帳本兒。

「趙爺，這是昨兒的進帳！」雙手把帳本捧過去。

趙盛聳起雙眉，眼睛抬得高高地，姆指沾濕了口涎，一個勁翻弄著帳冊。

「怎的，昨兒才得這一貫五百文麼？」他大著舌頭，粗著嗓門問。

「這是實帳，一文不差，絕不敢誑趙爺！」

「哼，也罷！」趙盛說：「你折二兩銀子給我，差這五百文，明兒從帳面兒上找還給你！」

鍾滿貫還來不及答話，趙盛又是兩眼一瞪：

「怎的，信不過趙某麼？」

鍾滿貫連忙躬身說道：

「信得過，信得過！就依趙爺吩咐！」

雙手遞上兩枚重各一兩的銀錠。趙盛接過，也不言語，回過身，一腳高一腳低朝前走了。鍾滿貫此時卻不由自主睜大了雙眼目注趙盛的身影。那卻又不是虛浮腫脹了，是猶似蛆蟲一般油膩的扭轉滾動，蛆蟲一般的專心致志，竭盡全身之力的，不過在於搬弄自己的跛足而已，除此之外，再無他念，是這一類的簡單粗陋。

鍾滿貫如何辨識得出自己心中的五味雜陳，只得出一句話，便喃喃自語地說了出來：「平日如此一個陰狠毒辣的主兒，竟然也可憐得緊！」望著趙盛漸扭漸遠的身影，一時倒也不怎麼痛恨此人了。

有了這一層異感鋪陳在心中，次日鍾滿貫目睹趙盛大異於平日的奇特行徑，起初並未十分吃驚。

趙盛是這樣現身的，從老遠連翻帶滾，頃刻便來到「滿頰香」櫃檯前，卻似翻山越嶺，跋涉了千百里，而且他莫名其妙地彷彿給剝光了——全身上下，除了衣著，都給剝光了，一無掩飾。只見七情六慾、悲喜憤恚，一總撕裂殘破，蕪雜混沌地胡亂堆擠在他臉上。

是這樣一個雜亂無章的「趙爺」，這倒也還好。

鍾滿貫見他風捲殘雲地湧現在櫃檯前，忙不迭把帳本捧上去：

「趙爺，這是昨兒的帳……」

話說得一半，只見趙盛一掌把帳本劈落，壓在他大巴掌下，只聽得他急喘吁吁，卻壓低了嗓門在鍾滿貫耳旁說道：

「鍾掌櫃的，你今兒店裡可有生客……生客麼？」

直到此時，鍾滿貫才著實看清了趙盛的面容，冷不防吃了一嚇。那是一張極其兇殘、極其驚恐的臉，兩眼直勾勾地直往自己臉上挖，猙獰而慘然。鍾滿貫不知又有什麼禍事要臨頭，心中著了慌：

「趙爺……啥……啥……生客……？」

趙盛急不擇言，全忘了體統：

「入你娘！生客都不曉得了麼？有那你沒打過照面的客倌、那惹眼的江湖術士上門來過麼？」

鍾滿貫更是摸不著頭腦：

「哦，這生客！咱這小店每日裡有成百的過往客商上門打尖進食，小的眼生，都不曾見過！」

「罷了，罷了！」趙盛手一拍櫃檯，長嘆一聲，看來他自己都不知道該說什麼。

正在纏鬧不清，忽地趙盛「啊」地沉呼了一聲。他但覺背脊一涼，急扭頭去看個究竟，啥也沒見著。倒是鍾滿貫眼尖，也跟著驚呼了一聲：

「趙爺，您老的衣裳……」

趙盛後背自左肩至右腰半邊衣裳不知何時不翼而飛，露出一背黑肉，破布塊散落一地。趙盛探手一摸，滿臉驚恐，轉身向廳內張望，只見十幾副座頭，桌桌人滿，飲饌划拳之聲不絕於耳，卻無一人落眼在驚慌失措的趙盛身上。才待回轉身來，驀然胸前又是一涼，只覺不知打哪襲來一縷透膚冷風，從胸前劃過，劃經之處，布帛撕裂有聲，整片衣帛應聲落地。這次竟是連他胸前的褡褳也不放過，破綻才露，褡褳內的制錢銀錠嘩喇喇滾落一地。銀錢落地的脆響，哪隻耳朵聽不見？一時滿座客人，數十雙眼睛齊齊投向櫃檯這邊，只見滿地銅錢，幾粒銀錠，一身狼狽的一個黑瘦中年漢子，以及此刻方從褡褳內慢慢飄落的一張寫滿兩行字跡的白紙。這荒唐詭異的景象看得數十雙眼睛滿是迷或不解。

趙盛急轉回身，臉色死灰，垂首彎脖，半日沒有一句話。鍾滿貫手足無措，一雙眼只是看著趙盛，也是出聲不得。好一會，才聽趙盛長嘆一聲：

「罷了！不想我趙某人今日栽在貴地！」

一咬牙，轉身向廳內目瞪口呆的食客抱拳高聲說道：

「趙某不知有絕世高手隱身貴地！是趙某一時糊塗，聽信了旁人言語，在此訛詐錢財。昨夜承蒙這位兄台飛函示警，又不知何時將此字箋藏於我褡褳之內，趙某竟是朦朧不知，如此絕世武功，趙某認栽！我知隱身在此的這位高人吝於現身，特此上告這位兄台，趙某知罪，今夜便要撤離貴地，從此不再行走江湖！」

說畢，滿臉汗涔涔而下，轉身向外，半身裸露，破衣飄零，一高一低走了。鍾滿貫如夢初醒，高聲說：

「趙爺，這滿地的銀錢……」

鍾滿貫這邊振喉高喊，才忽地發覺自個怎的這般理直氣壯，心中怨憤懼怕之情盡去，代之以滿懷充塞，直至喉際的慈悲關愛。一時他倒真想把這人留下，待之以平日的禮遇，好好款待他一番。這心中何以有這轉折，鍾滿貫自己也不明白。他不明白的另一樁事是，他這半句話的力道竟不亞於那一縷冷風，把這趙盛的狼狽尷尬推到最高處，驅趕他奔逃得更快，瞬間不見了他的人影。

座中食客，原先面面相覷，見這怪人走得不見了，才相互竊竊私語起來，卻又不敢高聲談論，因為任誰也不知這怪人口中的「高人」究竟是誰。就是身旁這默默進食的老漢麼？還是角落那一身勁裝的中年漢子？有那怕惹上無謂是非的，便悄悄起身來櫃檯早早把帳結了，出得店去。

鍾滿貫把散落一地的制錢、幾枚銀錠一一拾起，最後才慎重其事把那張字箋雙手輕輕揭起，捧在手心，只見兩行瘦金體力透紙背，寫著：

為虎作倀　欺宗滅祖
及早回頭　免招殺身

足見這位隱身高人對趙盛的行蹤從頭到尾知之甚詳，而他在本村出沒，也絕不是這幾日功夫，竟無人能察覺這位「生客」！

鍾滿貫不由得喃喃自語：

「真個是『舉頭三尺有神明』！」

他打了個冷顫，滿懷敬畏，收攝心神，目不斜視地回到櫃檯內。

此時便陸續有客人結帳離店。有的飯錢之外，也給賞錢，有的斤斤計較，在二三十文的飯資上頗有爭執。鍾滿貫一一敬謹以對。其實他真正用心的，在留意哪位爺方是「滿頰香」以及這一條街上這一溜飯莊子的救命恩人。可是儘管鍾滿貫傾心巴結，卻見不著一丁點異狀，心中納悶。

當晚他收拾櫃檯，赫然在櫃檯角落極不顯眼處，摸到半枚銀錠，重約半兩，折合制錢五百文以上。鍾滿貫是個極謹慎的人，銀錢重物，豈會隨意亂擲？心想，是了，這必定是那異人離店給下的飯資。只是他啥時走開的，怎的自個竟然絲毫不察呢？細想之下，自己只有在低頭撿拾撒落地上的制錢時，曾有一刻不在櫃內，這位恩人必然就在那時飄然而去。只是走得這般聲息俱無，卻也太過匪夷所思了！心中叫得一聲慚愧！自己竟然不知世上有這等能人，怪道那趙盛會嚇得屁滾尿流，乖乖就範，夾著尾巴落荒而逃了。

這日夜間，鍾滿貫把日裡這樁驚天動地的大事一一細細稟告魏老兒。魏老兒叭噠著旱煙筒，白眉聳動，聽得全神貫注。鍾滿貫說道：

「東家，這位爺可是咱們的沒世恩人！只是他老人家神出鬼沒，咱們想跟他老人家叩個頭都沒機緣，唉！」

魏老兒點頭說：

「這才是大豪傑，真俠士！我算是白活了一甲子了。這等奇人，我還是頭一遭聽說。福生，這位俠士既然慈悲眷顧咱們，他日自有機緣拜見，也不急在一朝一日。只是自此爾後，咱們越發要實心做事，慈悲為懷，方不致辜負了他的一番苦心！」

鍾滿貫垂首敬謹答道：

「東家說得是！」

過了一刻，鍾滿貫臉現憂色地又說：

「趙盛這廝是走了，不過，張七跟李員外是兩匹狼，外加那頭母老虎，他們能讓咱們安寧過日麼？」

魏老兒略微沉吟了一會：

「福生，你且看那張示警的字條，開首一句『為虎作倀』，不點明了這主謀另有其人麼？以這位俠士恩人行事的有頭有尾，縝密有致，焉能避重就輕？」

鍾滿貫深深點頭說道：

「還是東家看得透徹！福生倒是多慮了！」

魏老兒沒有說錯。打從那回父親楊嘯天默示他不可「為德不卒」之後，楊君平遇事便越發沉穩細密，謀定而後動，加以他際遇之奇、之慘，縱然猶是翩翩少年，心地倒像是一個飽經風霜的老人了。

3

「我先前怎麼說來著？」張七歪著脖子，儘管一張臉朝著那女人，一雙眼卻只敢挨著她的邊兒，盯著白粉壁：

「我瞧著那趙跛子就不是個好貨，這如今都應驗了罷？」

女人不作聲，低頭只顧看著手上執著的信箋。

坐在一旁，隱在燭光微弱的角落，一直不發一言的李員外，這時怯怯地說：

「先時我只覺此人可疑，不意他變節如此之快，說走就走！」

張七斜瞪了李員外一眼：

「咱的大員外！啥『變節』不『變節』的，咱可不懂！我忖量著這趙跛子揩足了油，一溜煙走為上策！要不，這十來二十日怎的還收不足二百兩銀子？咱們原先是怎麼算計來的？」

女人霍地從櫃檯後立起身，揚起一陣微風，把燭燄鼓動得一陣搖曳，李員外倒給她嚇了一跳。她把手裡的信箋一甩，說：

「到如今我也不知該說什麼。趙盛撒手一走，是我的失算。不過這人是儒不是賊，這我不會看走眼！你們瞧瞧這信札去！」

張七大字識不得一籮筐，女人自是要李員外去讀這信箋。李員外雙手撐著椅把，氣喘呼呼站起了身，艱難困苦地走上前來——一來，因他身軀實在肥大，行走不便，絕不像也是個會武功的人；二來，他委實不情願在燭光下靠近這女人。他從檯面上抓起信箋，就著燈光讀著紙上歪歪斜斜的幾行字。姆指粗的紅燭，照著李員外毛孔粗大，油光膩膩的肥臉，執著信箋的兩手，手指粗短，指甲藏垢。一個富甲一村的李員外，竟連指甲都懶得去修剪。女人坐了下來，臉扭向一邊。

張七一雙眼雖然不敢正視那女人，看著李員外卻是毫不容情。他看看李員外的肥臉，又看看他手上的信箋，終究憋不住了：

「倒是說話哦！是趙跛子寫的勞什子麼？」

李員外大大喘了一口氣：

「不是他，你當是誰？他上面混說了這麼些，我全不明白！」

女人冷笑了一聲，利眼一罩張七：

「張七，你說給他聽聽，這大半日，外頭都在鬧些什麼！他還在做白日夢呢！」

張七歪著脖子，瞪了李員外一眼：

「趙跛子喝足了黃湯，晌午到飯莊子收銀子去，也不知怎的，在『滿頰香』給人摔了個狗吃屎，衣服全叫人給扒了。有那親眼目睹的，都說趙跛子魂兒都嚇沒了，一地銀子全還給了人家！自此不見了他的蹤影！怎麼著，不是說他有萬夫不擋之勇麼？」

張七後頭那句話，明明是說給女人聽的，一雙眼卻一個勁只敢瞪著牆壁。

「哼，萬夫莫敵！你當我信了他？打一開頭他就說要尋他的兄弟來助威，是我駁回了他，我說你找你兄弟來喝西北風的麼？咱這幾個錢怎夠你們吃喝玩兒樂去？你要不能，趁早說，我另外設法，他見我玩兒真的，才一口答應，卻不知他是這般不濟！」

她一手從呆在一旁的李員外手裡奪過那張信箋，就著燭光又讀了起來。李員外走開不是，呆立原地，貼身在這女人一旁，其況味更其可怖。因她一無瑕疵的豐肌雪膚的逼近，把自己橫掃到一邊兒去，而她毫不藏私地就在咫尺，卻可驚可怖地遙不可及。他自己則如一塊從砧板飛落的肥肉，惹眼地沾付在她的衣襟上：是這樣一種況味。他就這樣肥膩尷尬一團，呆站在她一旁，把一屋子的燭光遮去了一半。

彎彎細眉一皺，為她那張一無瑕疵的白淨臉蛋增添一種風味別具的複雜多汁，也越發地可敬可怕。她不睬身旁李員外那沉甸甸龐巨的一團，逕自脆亮地唸了起來：

色迷財迷萬般迷　幸得當頭一棒喝
從此退隱歸農去　不涉江湖白與黑

張七茫然不解，左看看李員外，右看看牆壁，就是不敢看這女人，他之前動輒稱之為「我女人」的這個女人。

「入他娘！趙跛子打燈謎兒的麼？」

「張七，你聽不明白，一邊兒涼快去罷！」女人語轉低微：「說得乾淨！倒要瞧瞧你怎的脫卻這是非輪迴！」

揚聲說：

「趙盛這一走，只怕咱們給人摸了底，咱們得趁早籌劃籌劃。你呢，你如今可不能裝鄉紳大老爺了，你怎地說？」

李員外好不容易得她垂青問了一句，卻不意是這麼個不易作答的話，他苦著臉說：

「早先我怎麼說的？我來此地為的是過安穩日子，現如今東拉西扯，沾上一身腥，我還有啥好說？」

「哼，一般兒是個窩囊廢！我倪君釵上輩子造孽，這輩子遭了報應，都叫遇上你們幾個……」

張七又是一瞪眼：

「我偏不信沒了趙跛子咱們就沒了轍！叫人摸了底又怎地？豁出去大幹一場不就結了，我張七怕過誰來？」

倪君釵正眼也不瞧他，冷笑了一聲：

「你是誰都不怕，就怕了當年那個乳臭未乾的！他說一是一，你張七敢放個屁麼？」

張七歪起脖子，一雙眼說什麼也不敢挨近這女人，就只狠狠盯住在李員外臉上：

「趁早甭提當年！不是你捧著三百兩銀子給咱的麼？你自個兒先心虛了，倒說我害怕！要不是我饒了你，你們倆能夠有今日？真個是狗咬呂洞賓，不識好人心！」

李員外到底發了狠，從女人身邊挪開，一步一喘回到他的椅子坐下：

「哼，張七，你如今倒神氣！那會兒怎麼了？叫人一指定在當地，動彈不得，你當我沒瞧見？」

「你瞧見啥了？給人撂在半空，鞋都蹬沒了，你瞧見啥？你不是跟那趙跛子一般，有萬夫不敵之勇麼，怎地見了那小子就使不出來了？」

「張七，我說你是個不長見識的井底之蛙！我李漢生是學過幾年防身功夫，可也明白山外有山，人外有人的道理！我啥時候說過我功夫高強了？我實說了罷，這高手能人有一個就有兩個，你當趙盛是時運不濟，碰巧觸了霉頭麼？不定你我在此說話，都叫人聽了個一句不漏！」

說到這裡，李員外打了一個寒顫，直截了當想起當年那個夜裡，飄飛到自己喉頭那柔似布帛，利似飛刃的字條。他噤聲不敢往下說。

倪君釵眉尖一挑：

「得了，得了，都給我住嘴罷，原指望你們出出主意，不想你們倒越說越喪氣！像個男子漢麼？」

兩人遂齊齊封嘴不言語。李員外在椅子上擠成一團，一身綢緞，在燭光下閃閃發光。而今日的張七也非昔日的張七可比，也是一襲新衣，只是他扭著頸脖故作倨傲狀，倒像翹首張望的烏鴉，十分可笑。倪君釵早看膩了兩人的嘴臉，也不睬他們，逕自起身，自顧自去收拾店裡的事物去了。

倪君釵經營的這爿店，一起始是專一販售冥寶紙錢、香燭炮竹之類，在本莊是獨此一家，別無分號的。拜這條通商大道之賜，開張之後，生意興隆。當日倪君釵執意要開這爿店時，李員外猶圖維持他的威儀，說了她幾句：

「啥錢不好賺，賺死人錢？」

「死人錢穩賺不賠，你懂啥？你只管給我銀子就是！」

李員外拗她不過——說那時他的威儀已近式微也並無不妥——忍痛給了她百來兩銀子把這店開了起來，不意竟是利市百倍。不過，李員外的徹底淪落，倒也並非與這爿店的興旺絕然相關。

女人只管在兩人面前走來走去，明知那是對這兩人的折磨，卻一任自己在他們面前招搖，全然不把他們放在眼裡。這一日一如往常，她一身素淨，纖腰紮得極緊，酥胸豐臀，惹得兩人眼裡出火。

女人忙夠了一頓飯時辰，兩個人兀自楞坐著未動分毫，看似在互比誰熬得最久。這在趙盛未來之前，是常有的事，趙盛之來，如風掃落葉，他們兩團敗絮連這店的門兒都不敢上。而今日經過這一場驚天動地的大變，此時的夜深人靜，倏忽間擁塞了無聲的猙獰，血淋淋的短兵相接。兩個人像是遭人丟進來的狗子，莫名其妙被人燒起一股無名火，奮不顧身地就要撲向對方，在泥濘的淫慾中爭出頭。倏忽間，是這樣一股往日熟悉的感覺充填在他們心中。

倪君釵眼梢一瞄便看清他們心中的火苗，也不點破，一逕忙進忙出，在他們前面顫巍巍走來走去。其後半日不見她蹤影，便聽得裡頭銅盆鏗鏘作響，又是好半日才見她一手挽髻，一手抹臉走到外間來。也不知是她洗了啥香胰子，還是抹了桂花油，滿室生香，一張光潔的臉蛋越發膚白勝雪。原本扭著脖子看牆的張七，這時不由得盯著她看得目瞪口呆。李員外雙手緊握椅把，在椅子上不時扭動。

倪君釵滿面春風，全不把他們當回事。她在一張太師椅上坐下，右腿架在左腿上，白裙下露出一雙粉紅繡花鞋，鞋尖不時勾動著，像是分別在勾他們的眼。

「你們可聽著，我思前想後，這事兒只怕不能就此善了。趙盛一抽身，少了盾牌子，咱們指日便要露白，這節骨眼上，不能不有個打算。李大員外，您得給個話兒罷！」

一雙水汪汪黑白分明的大眼活溜溜地頃刻便從頭到腳把李員外看得點滴不漏。李員外但覺自己被瞧得千瘡百孔，體無完膚。他的心虛經由這女人的目光觸目驚心的提示，遠過於他答不出話來的心虛，是極其幽冥深遠，其罪不可恕的心虛。

他直起了腰，咳了一聲，鼓勇說：

「我打頭裡就說，這事十分兇險。如今可好，那趙盛還不曾跟人照面，自個兒先落荒而逃！依我看，咱們不如……不如……」

說到這裡，他打了個哆嗦，那是因為倪君釵一雙亮汪汪的眼睛，像一柄利刃，冷颼颼插入自己一堆肥油之內，他想說也難以為繼了。

倪君釵冷笑一聲：

「不如趁早收手，是罷？呸！做你娘春夢！這會兒你想脫身也來不及了。張七，你呢？」

利刃斬向瘦骨嶙峋的張七，喀嗒有聲，真要冒出火花兒來了。

張七倒也不閃避，但卻張口結舌了好半天才說出話來：

「你有能耐找個趙盛，怎不另尋一個來墊底兒？」

即令粗鄙如張七，也知這話過當了，收口已然不及。倪君釵心中一陣刺痛，霍地起身，三步併作兩步，直跨到張七身前，一指戮向他額門，咬牙狠狠說道：

「張七你個沒出息的！」

卻再也說不出話來。這一指一如戮在一堆棉絮裡，裡頭毫無拒敵的意思。你揉他、踩他、甩他，他還是他，他不死、不變，卻緊纏在你身邊，如影隨形。從張七擴及李員外，那是一片毫無指望的稀鬆綿軟。好不容易那趙盛初看是個堅挺不拔的漢子，不意摧折得如是之快，一轉眼連人影都見不著了！

她銳氣盡失，兩眼噙淚：

「我是要找一個，為啥我就不能找？……」

長嘆一聲：

「你們倆都給我出去罷，我想獨個兒清靜清靜……」

張七斜眼去看李員外，正遇著李員外偷覷過來的眼神，兩人默默無語，卻誰也不甘願當先起身。

正僵持著，緊扣著大門，巴掌寬的門閂驀然從中折斷，啪噠一聲，掉落在磚地上。寂然無聲的大廳，這啪噠一聲，響如焦雷，把三個震得跳了起來。這一聲之後，再無其他動靜，氣氛十分詭異。

張七煞白著一張臉，再也沉不住氣，結結巴巴地說：

「怎的……這是怎的一回事……」

李員外額頭陡然冒出豆大的汗珠子，一雙眼眨也不眨地只是盯住那兩扇毫無動靜的大門。倪君釵則把眼睜得老大，充滿了迷惑不解。

「你倒是去看看哦，這門閂……」

李員外不作聲，汗珠子滾落在亮閃閃的絲袍上，一滴汗一圈黑水印。半晌，他才搖搖頭。女人急道：

「你倒說話哦，搖啥頭嘛……」

李員外還是不言語，又過了片刻，啞著嗓門說：

「不濟事！這人要是來意不善，早對咱們下手了……」

女人吃了一驚，慌忙說：

「你啥意思？你說這外頭有人？」

李員外點點頭，嚥了一口口水：

「早走遠了，早走遠了！這人在示警，對咱們示警啊……」

張七驚慌失措，伸頭探腦，四處張望。倪君釵的那雙大眼倏忽間迷霧盡去，清澈得極其可怖。她想起了一切。她慢慢走回她的太師椅，頹然坐了下來。眼睛瞪著門閂落地的大門，半晌不語。然後，先是緊抓椅把的一雙白手，從手指開始抖動，抖個不停，向上沿著手膀、到肩膀，接著全身都顫抖了起來。

* * *

她想起的是那天夜裡。她一頭梳得油光水滑的秀髮，被一顆小石子彈得散落一肩。畢生頭一次遭遇這等怪事，嚇得手顫腳軟，哪有心事去挽髮？李員外說啥她聽啥，一步一顫，好不容易蹭到裡間，從貼身褲腰掏出一串銅鑰，持燭把隔間那道門開了，裡面埒著十數口大紫檀木箱，這裡頭可是貯放著李員外的極珍貴之物。

她在一張矮木櫈坐下來，這隱密幽暗之處托顯出的安全，把她心頭的慌亂暫且撫平下來。她把亂髮挽好，那用來別髮髻的釵環被彈得不知去向，哪裡有心去尋找？此時，她滿心想著的是那三百兩銀子。三百兩！她在進入這李府之前，幾時見過三百兩白花花銀子？好不容易這一串鑰匙到了自己手中，以為這十來口箱子終歸是「我的」了。那跟著張七的日子裡，自晨至昏的惶惶無主以及自己都不知怎的會有的那急切拚命的心情，暫且算穩住了，卻怎的才不過穩了幾日，白花花的銀子就要打從自己指縫流出去呢？

她手心緊緊捏著那串銅鑰，突然間，心中一股豪氣，她什麼也不害怕了。而且，極其詭異地，她對這三百兩銀子忽地有一種壯士斷腕的豪壯。就著燭光，她打開了一口箱子，裡頭一溜兒齊齊整整排著十幾錠五十兩的大元寶。三百兩就是六錠，滿滿一箱，去掉了一大角！她心中一痛，一咬牙，狠狠取出了六枚，胡亂用一個麻布袋裝了，彷彿既然那銀子不是自己的了，便半分兒價值也沒有，大可不必珍惜了。她起身出來，把角門鎖上，半提半拖著麻布袋兒往睡榻前一扔，正眼也不瞧那麻布袋，嘴裡說著：

「喏，裡頭三百兩，你明兒給了張七去罷！」

李員外猶自驚魂未定，怔怔地瞇著一雙眼瞪著適才飛來的短箋上那一筆瘦金體：

幸勿失信　否則此箋
將如利刃　斷汝之喉

頭上一頂睡帽，雖然遮住了禿頭，卻將李員外一張肥臉越發壓得扁圓寬大，加上一雙瞇眼，一個團團圓腹，大起大伏地喘個不停。她生像從未見過此人，自己怎的就從猥猥瑣瑣的張七那兒過來跟了這麼個人？她暗嘆了一口氣，再也不去瞧他。

李員外大大喘了一口氣說：

「倪家的，我實跟你說了罷，我不願再見張七那廝。明兒一早他準來，你就擱大門口把銀子撂給他就結了！」

「怎的，李大員外怕了他不成？」

他眼一瞪：

「我怕他啥？笑話！只是這廝傯懶得緊，胡纏歪鬧，沒完沒了，不近他的身是正經！」

女人忽地面露沉思之色：

「這像話麼？我自個兒拿銀子去把自己給賣了，這，這像是『古今笑』裡頭的笑話兒了。」

然後，嘴角冒出一抹十分詭密的微笑：

「李大老爺，你就不怕我倪君釵吃回頭草了麼？」

李員外先是不解她話中之意，抬起一雙細眼去看她，只覺眼前一亮，這女人就在這一刻兒功夫突地鮮腴豔麗百倍，讓他目為之眩。他茫然說道：

「你說啥？你要回去跟那窩囊廢？」

她笑得鮮麗奪目：

「你道我不敢麼？哼，窩囊廢！你們哥兒倆一般高！」

在她逼人的豔光下，他怯怯地垂下了頭。這全都看在倪君釵眼中，卻不知他何以有這怯色。她只奇怪地覺得自己一步便跨入一個豐沛富饒，予取予求，無畏無懼的寬廣世界。她似乎自此便一無局限，自由自在極了。

問明了時辰，隔日一大早，倪君釵提了麻布袋，六個大元寶可不輕，一步一蹭挨到大門口，這裡抽開門閂，門才開了個縫，便見張七歪站在門口，正伸頭探腦往裡張望，一見是秀髮梳得烏光水滑，一雙水靈靈活溜溜的亮眼極精準地，分毫不差把自己逮個正著的倪君釵，他全身都豎立了起來，不由自主地就歪起了脖子，眼睛斜到一邊去。

「可折煞了咱張七！大少奶奶，這大清早的……」語帶戲謔，人卻緊縮得像隻猴子。

這逃不過倪君釵的利眼。她一抄手，就把張七揑在掌心，這她自個也最明白不過，卻不知何以竟這般輕而易舉。另一樁她不明白其因的極容易的事是，她打從一開頭就認定自己棄他就李員外，全然過不在自己，自始她就是理直氣壯的。

她就地一擲那口麻布袋，六枚大元寶觸地相撞，發出脆響。她甩了甩手，冷笑一聲：

「為你這三百兩銀子，我手都快折了。趕緊拿了夾尾巴走人罷，歪鼻子斜眼睛作啥？」

「手折了？你自找的嘛！為啥不叫那混球自個兒來？不敢現身見我張七麼？」

倪君釵心中一動，睨著他說：

「我看著他是有些怕了你。」

張七兩眼飛快掠來飄了她一眼，又望向一邊去，嘴角一噘，得意地說：

「他早該怕了我！」

倪君釵原打算扔下麻布袋回身就走，這時她改了主意，索性以肩倚門，兩臂往前一抱，胸口高高鼓起，微偏了頭，似笑非笑，看了張七好一會：

「張七，你倒說說，他怎的就該怕你？」

張七覺得她語氣有異，頗似初識得她時的賣弄風情，不由得向她望去，果然她眼中銳氣似乎已然隱去，倒有一抹白雲蔽藍天的柔光。他全身一鬆，膽子一壯，說道：

「那說也說不完！」

他仰起臉來，故意打住了話頭。

「你倒說哦。」

張七偷瞥了她一眼：

「我倒想說，只是此時此地不宜。」

她環顧了一下：

「那要到啥時啥地你才肯說？」

張七越發壯了膽，便有些輕狂起來：

「倪君釵，你只聽我的便是！現今你要肯跟咱回去，咱包你三天三夜聽不完！」

倪君釵以手撫頷，一雙水汪汪媚眼盯住他不放，半日不作聲。張七吃她看得心裡發毛，也說不出話來。

倪君釵忽地噗哧一笑，撫頷的手指伸出來，直點到張七額門上去：

「張七！你當我還是當日的倪君釵麼？三言兩語叫你誑了去！這也不去說他。我全當你的話是真的，我只問你，我跟你回去，你怎地養我？就憑這三百兩銀子？」

張七斜著眼角睨了地下麻布袋一眼，狂態畢露：

「甭說這是三百兩，就是三千兩如今也不在我眼裡！你別小覷了我張七！」

倪君釵嘴一癟：

「有本事就別碰這三百兩！」

張七想都不想，頭一歪，逕直回答：

「呸！白賠給那混球？做他娘春夢！」

倪君釵也不動氣，側眼看著他：

「要白賠也是我在賠，你急個啥？再說，我倪君釵就值三百兩麼？」

張七一楞，答不上話來。

倪君釵說：

「三千兩也不在眼中，好大口氣！發了橫財了？看你也不像！」

「我才怎說來著？你只需聽我的就是，包你夜夜抱著雪花花大元寶睏覺！就怕你猶自抱著一雙臭鞋當寶貝，辱沒了你自個兒。倪君釵，就怕你不聽咱的！」

張七口沫橫飛地說著，照舊歪著脖子，斜看著一邊。

倪君釵這才把一雙眼從張七臉上挪開，凝望著前頭。原來水汪汪的亮眼，逐漸佈滿茫茫迷霧。好半日，她精神一振，像是一念之間，她主意已定：

「你是不說的了？」

「不說！不說就是不說！」

張七脖子歪得又硬又粗。

「行！咱也不稀罕！」

倪君釵回身就走，走了幾步，停下腳來，猛一回頭，剛巧瞧見張七彎腰去提那麻布袋。不知怎的，她冷從心底起，難抑一股悲憤。

她冷笑一聲：

「張七，我自有法子讓你說！不信你等著瞧！」

張七正彎腰使勁提那麻布袋，不知倪君釵扭轉身來正瞅著自己，兀自一個人自言自語：

「入他！三百兩還怪沉的！」

一抬頭見倪君釵睜著眼看自己，不由得心虛懼怕起來，越發不知所云地：

「三千兩便有十個這麼沉，入他！」

張七的懼怕立即傳入倪君釵眼中，一剎時，一種暗沉沉、孤鴻野鶴的淒寒直襲心頭：

「我倪君釵就這樣跟你們廝混一輩子麼？」

說著，一股熱血直衝腦門，轉身頭也不回進去了。

*　　*　　*

李員外自遭這一次驚嚇之後，總有旬月之久驚魂不定。每日夜裡都要親手關上窗戶，入睡之前還要一再巡檢，生怕自己一時疏忽，忘了上栓。門窗緊閉，難免燠熱，倪君釵一肚子埋怨：

「也沒見人唬得像你這般！」

「甭數落我，你那晚不也給唬得面無人色，乖乖兒數銀子去了？」

「好沒氣概，跟婦道人家來比！我倒要問你，你不是說，銅牆鐵壁也擋不住武林高手，你關門落戶擋得了誰？」

李員外無語，半晌才說：

「小心為上，小心為上！」

依舊夜夜親自巡查，這猶可說，最叫倪君釵不耐的是，半夜他也驚跳起來，趿了鞋滿屋子走一遭，鬧得一邊的倪君釵一宿不得成眠。

這夜李員外自夢中驚醒，一翻身起來直奔窗口，推開窗戶，探頭看了半日，才又緊閉了窗戶，返身上床。

早被鬧醒了的女人擁衾半臥，冷冷地說：

「趕走了賊子麼？」

李員外喘著氣上得床來：

「明明兒見得有人在窗外向裡張望的！」

「卻也奇怪！窗戶不是關得嚴嚴的麼？你怎知外頭有人？敢情你老人家在做夢罷？」

「大意不得！這幫人殊不能以常情來論斷！」

「李大員外！瞧你日夜難安，我倒要問你，你過往做了多少虧心事，動不動耳熱眼跳的？」

李員外聽這一問不由怔住了，在床側坐了好一刻：

「實不相瞞，十數年前，我李漢生少不更事，的確曾經為非作歹。只是……只是，我不是一心向善了麼？」

倪君釵哼了一聲說：

「你把我從張七身邊生搶活奪過來，也算是一心向善？」

李員外涎著臉笑說：

「倪家的，你捫心自問，是我生生奪你過來的麼？」

在他翻身起來及至回到床上，李員外一直未曾正視她一眼，這時由於被窩拱動，從她那壁廂暖烘烘向他壓來一蓬似香非香，極其貼肉的甜膩氣味，他不由便向她看去，只見她雲鬢已鬆，一抹烏亮秀髮斜斜拖向一側，把她襯得越發膚白勝雪，兩唇微微張開著。李員外頓時覺得體內如山洪暴發一般，熱不可擋。倪君釵哪裡知道自己瞬間引發的騷動？猶自詫異地看著有些莫名其妙像是蛆蟲似地扭動起來的這個男人。而彼時她的那種無辜，越發在那火苗上潑了一桶油。

「我的好人，我的好人！是我搶了你，是我搶了你！」

便向她猴了上去。她冷冷地一任他在自己身上廝纏。

「我當你嚇掉了魂，連這也忘了呢！」

他喘吁吁地只顧說：

「我的好人，我的好人，有了你任誰我也不怕了！」

假設他仍如往日夜裡，被夢魘驚醒，起身巡視一通，渾渾噩噩回來倒頭便臥，則李員外仍是他不變的李員外。然而，老天爺註定了李員外的屈辱要打從這一日夜裡開始。極其怪異的，一如他莫名其妙的發動，他莫名其妙地瞬間就了結了。他翻身仰臥，像是洩光了氣的球囊，半日不得一句話。倪君釵翻身向裡，不去睬他。

李員外終於訕訕地說：

「今兒邪門得緊，往常不是這模樣！」

她悶聲不響。他又說：

「往日裡你不鳴金我也不收兵的！」

她朝壁角冷笑了一聲：

「趁早別往臉上貼金！別叫我說出好話來！」

李員外遂不敢再言語。

夜半驚魂的戲碼，原先兩三日才得一次，自那夜之後，便夜夜必有。而且，李員外驚醒得極其古怪，他不是被夢魘驚醒那般驚慌失措，他是被他自己的「預謀」驚醒，因而有全身準備妥當那樣的井然有序。從窗口探視之後，他逕直回到床側。起始倪君釵倒也不察有啥異狀，只覺他向自己逼近的意圖其勢不可擋，忽地就如一團雪花一般消溶不見了。幾次之後，她不由得細細去察視他的異狀。

先是她眼中的這個男子不是昔日此時那血肉模糊，面目扭曲卻可一手掌握其來龍去脈的熟悉的人，而是容貌清晰，她全然不識的一個生客。其可異之處在此人的全神貫注、孤注一擲的銳利。

然後，忽然之間，那精心鬪劃、積極策動的進擊，如泡影一般都化為烏有了。

她冷眼靜觀了這一次接一次的倒塌，於是有一夜她就跟那裝備齊全的李員外說：

「我不知你在弄啥。只是你夜夜廝纏，我不得安寧！打明兒起，我自搬過那邊廂房去睡！」

說著，雙目凝注於他的雙目，一舉揮軍而入，直扣他的核心。他負傷累累，狼狽萬分，垂首無語。她因而明白自己又邁前了一步，因為彼時那一瞬間，她重溫了那寬廣富裕、無比自在之境。

李員外固然在夜間被逐出了倪君釵的眼界，白日裡卻是個遮止不了、癡頑不化的礙眼之物。這個事物尷尬地越長越大，這才是可驚可厭之處。

察覺這尷尬之秘的，是倪君釵一念的深入。

也不過就是平日飲饌之間的事罷。以李府在本村之富，錦衣玉食自不在話下，這也是當初倪君釵捨張七而就李員外她心中秘而不宣的原因之一。自入李府之後，她縱情於美饌佳餚，真是如魚得水。她本就是個極具巧思的婦道，如今終日無所事事，便挖空心思，調製了一些別具風味的美食，把李員外的口腹之慾撩撥得如瘋似狂，她自個也越發因此拉拔得水葱一般，白潤多汁。

一起始，李員外的暴肥、她自己一發不可收拾的貪欲，都是理所當然，並無不妥。直到他們分房而臥，相隔有距之後，她雙眼陡然水洗一般清澈明亮。那是至為奇特的經歷，一如往日，他們仍然共桌用膳，如今，一座之隔的李員外，是如此這般從模糊中纖毫畢現地坦陳在她眼底。

李員外清晰的圖像，不能怪罪他的肥大，肥大不是元兇。是因為他扁大的塌鼻，加上兩片油光閃閃的厚唇。食物入嘴之後，青紅皂白一體不分，胡咀亂嚼，叭噠有聲，那就是——她猶如目睹——老母豬在攫食。頓時她口腹之慾盡去，擲下雙筷。心想，怎地之前自己居然都不曾見著呢？

飽食之後，李員外便志得意滿地用一根削得尖細的竹篾剔牙，緊裹著滾圓肚皮的絲袍上是才滴上的點點油漬。倪君釵忽地覺查自個也在用銀簪子剔牙，霍地站起了身，憤然逕直走回自己的廂房，離得他遠遠的。

從此，她手不沾鍋鑊，足不入廚竈。李員外忽地沒有了美饌，並不知是何緣故，又不敢造次去問得，每日胡亂以廚娘的粗茶淡飯果腹，兩人隔桌相對無言。實在餓得慌了，只好自去飯莊子解解饞。倪君釵樂得自己一個人清閒無擾，而且不知為何，反覺森森然一股痛快，自丹田升起，彷彿在兩指之間，掐死一隻蟲子。

這一日，桌上又只一碟蘿蔔、一盤豆腐。李員外只把一雙箸在蘿蔔裡翻弄。

「這勞什子賽似棉花！豈可下箸！」

他故意調侃說，原意這戲謔之語或可掩飾他的譴責，話才出口，便怯怯向倪君釵投去一眼，趕緊諂笑道：

「哪比得上你那道紅燜肉軟爛多汁來得下飯！」

倪君釵每在他的怯懦中見出自己又挺進一程，冷笑回道：

「我倒想吃魚翅海參，只是無人弄來我吃！」

李員外訕訕地不再言語，而且從此他竟是全無聲息了。在那大宅之中，這無聲無闃的癡肥巨大無處不在，而大宅的局限，把他的巨大作了一則極其詭異的歸納，倪君釵從他的極肥大看見了他的極細小。

一如一團絨絨棉花球內藏了一枚細細的針，倪君釵在看見那團棉球移向角房時，那密藏著他十數口檀木箱子的小室，她就看見了那枚針好戰地忽伸忽縮，如虎蜂尾端的毒刺。他總會在角屋內待上大半日，等他再現時，毒針不見了，但見絨球越發蓬鬆光滑，因為有那飽滿膨脹的志得意滿附著其上的緣故。

因而在這大宅院內，倪君釵躲得了夜間，卻躲不了日裡那大中藏小，密裡裹針的無處不在。這宅內她是待不住了。於是她日日穿戴整齊，混跡到外頭去。

倪君釵的名頭，本村誰個不知？初時，她每行至一處，總有人暗中指指點點，以她的銳敏，焉有不察之理？但她從裡到外，不偏不倚，冰雪般透明，絕無一丁點隱匿藏私。一旁指點的人反倒自覺無處藏身，無趣地走開了。除了她無可置疑、十分奇特的無私的坦然之外，她深知自己容顏的長短。她不宜盛裝、不宜豔抹，因而她總是素顏淡服，令人一見便雙眼一亮，莫名其妙地心悅誠服。

那時，通商大道初通不久，來往客商一日多似一日，在這條穿村而過的小街上，店鋪也一日多似一日，尤以吃食店為最多，無不生意鼎盛。倪君釵為了趨避與李員外共食的「切膚之痛」，不時便到飯莊來用食。「滿頰香」是她最常到之處。婦道人家獨行在外，已經令人側目，何況獨食？算得是驚世駭俗的行徑，但因她先前既是「張七家的」，如今又是李員外的禁臠，兼且當地沒有人不識得她，久而久之，大家也就不引為異了。

要緊的還不在此，在她的突出眾人之上。她落落大方走入店內，毫不見羞澀，一如常見的她，冰雪般透明。她以極犀利極寬廣的雙目迎接來覷的眼光，彷彿她不是來此回你所問，是她積極有話要質問於你，是這樣一個主動進擊的倪君釵。

而「滿頰香」直讓她神魂顛倒。「滿頰香」的盤盤味醇、碟碟精美固然令她傾倒，最叫她豔羨的，是它的興旺之象。只見鍾掌櫃在櫃檯內哈腰迎送，無一刻停歇，她簡直可以耳聞銅錢錯落的叮噹響聲。她心裡自問，這「滿頰香」怎麼就發得恁的旺？她不及細想其究竟，只直覺丹田之內有一股勃勃的雄心升起，叫她坐立難安。

這街上新開張了許多店舖，無非賣些南北乾貨、日常家用之物，並不稀罕，唯獨不見有販售香燭紙錢的店舖，倒頗意外，遂又勾起那日腦中的閃電一念。

長日漫漫，倪君釵得閒也常去左近的名剎、道觀走動，或上香，或掣籤。她每去佛寺、道觀，必把長髮挽起一個高髻，撚香禮拜，虔誠敬謹到十分，令人不敢逼視。也就在這時，她察覺香燭紙錢甚不易得，其價頗昂。心中一動，如能開起一爿店，專以此為業，不也是一條求財的路子？而在本村遍尋不見類似的店舖之後，這個念頭一點而燃，一時雄心大熾，恨不得立時就把店開起來。然而一個婦道人家，即令是雄心萬丈的倪君釵，要做這拋頭露面的事談何容易？她思前想後，心裡有了盤算。

她跟了張七這幾年，他平日的出沒之處，她自然是知之甚詳，遂佯作不經意，在一個巷口巧遇了張七。

張七乍遇倪君釵，難掩驚喜之色，卻要扮出兇狠的臉色來：

「今兒晦氣麼，遇見誰來了？」

「也不知是誰的晦氣！張七，你少跟我繞彎兒。既是遇著了你，我倒有一樁事來問你，你聽還是不聽？」

她斜睨著張七。張七今番不同了，有那三百兩銀子打了底，衣著光鮮不說，脖子越發扭到一邊兒去了。

「是算計我張七的事便休提！別的嘛，且看他是好是歹！」

「叫你賺大把銀子的事，這是好是歹？」

張七斜過頭來看倪君釵一眼：

「我的姑奶奶！莫不是李大員外給攆了，又來了個張大爺不成？」

倪君釵冷笑道：

「也差不離了！張七，我只問你，你可知咱村子裡的香燭紙錢來自何方？」

張七奇道：

「問這幹啥？要祭拜那大獃頭也還早著哪！」

「你才獃頭！你聽我說……」

便把那開香燭店的念頭說給張七聽。張七沉吟了一會說：

「這不難，難的是開店的本兒。我那三百兩銀子是棺材本，若是要打咱張七的主意，趁早閉嘴！」

倪君釵哼了一聲說：

「說你不長見識，果真不假！你那三百兩能頂啥用？」

張七一拍腦袋瓜，笑道：

「罵的好！現擺著一個大獃頭在此，我愁啥？只是，只是，他能聽你的麼？」

倪君釵眉尖微微彎起，半閉了眼，嘴角似笑不笑。唇紅膚白，一股極其熟稔，貼肉微甜的氣味，直漫進了張七的鼻孔，頓時他半邊身子都酥了。

「我自然有法子叫他不得不聽！」半日，她才說。

張七向她挨了過去：

「有法子，有法子！我的姑奶奶哪能沒法子！」

倪君釵身子一閃：

「大白天裡正經點，你只管張羅去，成了事，有你的好處。三日後，我仍在這裡候你！」

說著一扭腰自顧自走了。張七心癢難禁，卻只能眼睜睜看著她走遠。

倪君釵略一鬆網，便確知自己立身於正中而擁有左右逢源之樂。張七在一邊，李員外在另一邊。她一手兼馭兩犬，其一貌惡而內懼，另一顏卑而內懼。她不知他們何以懼怕她到如此地步，她只不過適時看出了他們心中之餓，隨意丟給他們一些肉屑骨渣而已，世間還有比這更其簡易的事麼？

李員外在解了饑饞之後，聽入耳內的便是她要開店的話。他不過說了一句：

「啥錢不好賺，賺死人錢！」

倪君釵手中的繩索便一緊：

「香燭只燒給死人的麼？神仙菩薩也要燒，你知道啥？你只管給我銀子便是！」

他便不敢再多言語，怯怯地問說：

「這得要多少銀子？」

「租店躉貨，非現銀莫辦，你先給我二百五十兩使著。」

李員外臉上的猶豫被她逮個正著，她說：

「且別心疼，店開起來，日後有你的好處！」

他倒想起了一事，急急地問：

「誰替你張羅去？難不成你去尋張七那窩囊廢麼？」

倪君釵一笑說：

「不尋他尋誰？你有這個能耐？」

李員外滿臉通紅，說不出話來。

「我說罷！張七窩囊廢，張七倒有本事掀你祖宗八代的底！別以為我不知。好便罷，不好看誰吃不了兜著走！」

這一層倪君釵其實沒半分把握，她一壁說一壁溜眼去瞄李員外臉色。只見他一張臉越脹越紅，已知自己又立於不敗之地。

「得，我的李大員外！我倪君釵也不樂意見人出乖露醜，咱們是有福同享。你聽我的，包管有你的好處！」

她又丟給他一塊骨頭。李員外喘著氣說：

「我不承望享福，但求無禍。這銀子你幾時要？」

「就這幾日。」

張七本是個鬼靈精，又聽她許下了許多「好處」，焉能不卯足了勁，上天入地去打探？不數日便將打探所得一總說給了倪君釵，她聽了十分滿意：

「咱們既然實了心去做，就得做好做大。你這就去尋店面去。得要在那極熱鬧的地段，銀子不用愁，只要屋主肯出價，咱就買得下手！」

沉吟了一會，又說：

「除了店鋪要體面，還得備有睡房、廚灶，缺一不可。」

張七一楞：

「這幹啥？」

「我自有打算！」

張七想了想，不由得大喜過望：

「這敢情好，這敢情好！行，行，都包在我身上！」

倪君釵瞪了他一眼，隨即兩眼望天，似笑不笑地：

「且慢得意！好好當差是正經。」

「是，是，我的姑奶奶！」

倪君釵卻從這時開始，突然莫名其妙如一盆火一般烈焰四射地燃燒起來。她被莫名其妙的什麼東西追逐著，片刻都安不下心來。她被追逐著去追逐，李員外遂就近一變而成為她暴啖下，莫名其妙的祭品。

李員外的驚喜猶未起始，就被驚懼襲體，避之唯恐不及了。因而倪君釵的奇思異想一時反而解救了有苦說不得的李員外。

她這樣跟他說：

「咱們那爿店刻日便要開張，我明兒便搬去店裡住，以便日夜料理。」

這是他想也想不到的解脫。他不假思索，脫口應道：

「這個自然！理應如此，理應如此！」

他的意外之喜哪能不看在倪君釵眼裡？她冷笑了一聲，心裡想道，我看你怎地逃出我掌心！臉上不動聲色，命小廝搬運了一應事物，自去店裡住下了。當夜張七便留宿在店中。

開店那一日自是風風光光。張七自有了那三百兩銀子，無日不飲酒尋歡，狐群狗黨不在少數，此時派上了用場，都爭相前來賀喜，人潮絡繹不絕。張七左顧右盼，十分得意。

倪君釵一如往常，一身雪白衣裙，臉上淡抹胭脂，清麗奪目。即使那無意購物的，也前前後後總要走上幾回，就為了多瞧她一眼。

只有李員外在他宅內坐立難安，不知如何是好。欲待不來，倪君釵的豐軟腴嫩委實叫人心癢難禁。說也奇怪，她在身邊的時刻，他只覺她高拔險峻，難於攀爬；離得他遠了，他眼中便只有她的好處。

何況還有張七那廝？此刻他必然簇擁在她前後，我不去豈不就此任他張狂了？於是帶了幾個僕從，一逕往店裡來。

張七眼尖，老遠便望見李員外一伙，風逐浪湧，氣勢洶洶地往這邊趕。等他們走得近了，他便當門一站，厲聲高呼：

「李員外駕到，接李員外！」

李員外心中暗罵：「這廝德懶！」他明知這裡裡外外都是我的銀子，他倒反賓為主了！就待發作，鼻頭一陣清甜的香風，倪君釵一閃出來，橫在張七跟他中間，一擺手，臉朝大家說：

「咱們李大當家難得也來看店了！」

便把李員外讓進店內，附在他耳旁輕聲說：

「我的睡房就在樓上，備得有果子，你先上去坐著，我隨後再跟你說話！」

聽她這麼一說，李員外氣早消了，且是意外之想，回頭叫僕從先行回去，自己乖乖上樓去歇著了。

這一日開張大吉，淨收一兩五分銀子。

倪君釵說：

「差強人意！我得琢磨琢磨怎麼地越發熱鬧些才好！」

便叫張七：

「這是今兒收的一兩五分銀子，你都收下罷，算是犒賞你連日的勞苦！」

不知在哪喝了幾盅的張七，醉醺醺地說：

「怎的，就這一兩五分銀子打發了我麼？」

倪君釵笑著推他往外走：

「你只管聽我的，往後好處不止這些！」

倪君釵的「琢磨」之說，並非戲言。她人坐在櫃檯內，腦子裡卻在電轉，想的盡是「熱鬧」的主意。她把張七招來跟前，有一番話跟他說：

「我想著咱們光賣眼前這些物事，篤定要把路子走死。你仔細去瞧瞧，有那日常需用之物，本村店鋪無人在賣的，或雖有在賣，咱們卻可蒐購到價更廉、貨更好的，一總在咱們店裡販售，豈不甚好？」

張七每日有銀子可得，倪君釵又不時給他一點甜頭，她的話焉有不聽之理？腳不沾地，火速四處打探去了，不日便有了確實回報。倪君釵毫不遲疑，立時擇項進貨，一時店內琳瑯滿目，十分「熱鬧」。婦道人家的心思，雖然物多事雜，卻打理得有條不紊，精巧有緻；店內又寬敞明亮，極其宜人；櫃檯內由晨至昏又端坐著這麼一個麗人，大伙便無事也要來走上幾遭，生意於焉大好。

倪君釵這時雖是容光煥發，卻絕無姿縱輕狂之態，比往日反更端凝穩重。一雙水汪汪的大眼越發地似有所思、若有所寄，叫人揣摩不透。

那是倪君釵受制於她自己心中那股烈焰的身不由己的模樣。那烈焰火舌所到之處、所觸之物，無不一點而燃。她店中生意因烈焰一觸而滾熱。李員外、張七因火舌的舔捲而貼地臣服，不知自己身為何物。

以李員外之愚、張七之邪，只覺倪君釵驀然間光芒四射，目為之眩，聽任擺佈，卻不知是何緣故。而入店購物的人，在她笑意盈盈，含蘊複雜的逼視下，也彷彿頓時茫然無主，她怎麼地說怎麼地好。

這引發了村中一些議論，說來說去，也只說得出這個婦道甚是「不對」，至於如何不對又舉證不出來。說她一室容二男麼？到臨了也只不過啐這二男不成材，自己爭著要進她屋裡，不是自己在作賤麼？彷彿倪君釵倒是個無事人了。

倪君釵像是一個火球，只見眩目一團，雷擊電閃之際，黑白不分，是非莫辨，震得人痲木無覺了。

這條通商大道提具了過往商旅的方便，卻莫名其妙把本村捧擁得遠近皆知，都說這永樂村除了有「好吃的」，還有「好看的」。因而「滿頰香」跟倪君釵這爿店成了商旅必定造訪之地。有那耽於聲色之娛、飲宴之樂的，便有事也不急著趕程，要在此地多待一二日了。

更有那輕薄之徒，專為到本村一睹倪君釵廬山真面目的。說也奇怪，見過她的人，竟無人下得了斷語——究竟此女是美是淫，莫衷一是。其中一個小癟三，來來往往永樂村不下五六次之多，每次在「滿頰香」喝足二鍋頭之後，循例信步來一睹倪君釵的芳顏。

「入她！我說。」這小癟三最後說道：「我說，遠看想入她，近前卻啥也看不清了，邪門！」

話雖粗鄙，大伙低頭一想，倒也說到心坎兒裡去。

誰知這小癟三殊不死心，他有一句昭告的話：

「咱就不信近不了她的身！」

於是這一日他借酒壯膽，一搖一擺來到倪君釵店前，隔門遙望，幸喜店內人客無多。這小癟三一整衣衫，邁步入內。

倪君釵水葱似的十指尖尖，一撐櫃檯，起身招呼：

「客倌想要買啥？」

他搶前一步，雙手就要來握她的纖手，嘴裡說著：

「咱啥也不買，倒想買女掌櫃你這雙手！」

倪君釵手一縮，倒也不動氣，笑道：

「要買也得談個價錢！」

「這好談！」

雙掌移上來便要來捏她的兩隻臂膀。

倪君釵身子往後一仰，說：

「客倌放莊重些！」

那癟三紅了眼，那裡住得了手，又欺前了一步。正在這時，只見閃過來一條人影，一探手接住癟三的左手臂，說：

「這位弟台休得無禮！」

癟三只覺手臂被握之處痛徹骨髓，還來不及喊痛，已吃那人一送，止不住腳，倒退十數步，衝出了店門，一屁股跌坐在街沿，半晌站不起身。

那人看也不看他，轉身向倪君釵一拱手說道：

「女掌櫃受驚了？」

倪君釵微笑還了一個禮，泰然自若，毫無驚嚇之狀。見那癟三雙手撐地，站起了身一溜煙走了，這才向那人說：

「不妨！幹這拋頭露面的營生，難免會有這等防不勝防的事。不過，幸得壯士拔刀相助，免除了今後許多麻煩！不知壯士如何稱呼？」

這精瘦的中年漢子一笑說：

「在下姓趙，單名一個盛字。『壯士』不敢當，學了幾手拳腳，聊以防身而已。」

倪君釵臉上不知怎的，突地不止是容光煥發，而是大殿之中彩燭齊燃一般，驀地金碧輝煌，繽紛生動，且有一種虛懷廣闊、和盤托出的真誠懇切。這全都出現在她那張白膩如雪的臉上。

這叫趙盛的中年精瘦漢子，看得眼睛都不眨，一直到倪君釵開口說話，才回過神來：

「『壯士』的確是冷硬生分了些！趙爺，咱們就不俗套了。只不知趙爺此去何往？是路經本村呢，還是探親尋友來的？」

趙盛咳了一聲，莫名其妙地有些赧然：

「在下居無定所，也不知下一程要往何處去。一路行來，要停便停，要走便走。」

「這是游俠的行徑！既然不急於上路，敢請趙爺就在小店小坐片刻如何？」

趙盛但覺一股柔麗清甜的溫情逼向他周身上下，竟是半句推辭的話都說不出口。囁嚅了半晌，才說：

「恭敬不如從命，趙某多有叨擾了！」

「趙爺哪兒的話，這邊請！」

原來倪君釵自從生意做得發達之後，便在店內另闢了一間雅室，專供遠客小憩之用，也僱用了三數小廝以供差遣。當下命小廝好生照看店面，自己親引趙盛到小室來。

趙盛起始有些猶豫不前，倪君釵再次肅客，不得已只好舉步，這才看出這趙盛原來左腳略跛，行走有一起一落之勢。他似乎對此極為在意，不時用眼角偷瞥倪君釵。誰知她竟似全然不曾看見，笑意盈盈，只一路向他紹介店中販售的諸物，連眼風都不曾掃向趙盛的「足下」。自此趙盛心中大定，莫名其妙地滿心充塞一種臣服擁戴之情。

這小室甚是雅致，一如女主人其人。倪君釵親自去沏了香茗，纖纖雙手捧給了趙盛，坐定之後，開口說道：

「方才聽趙爺說這雲遊四海之樂，好叫人羨慕！」

「什麼雲遊之樂！趙某有說不得的苦處！」在這女人面前，他竟連打誑語的念頭都沒有。這話一出口，他自個都吃了一驚。

倪君釵現出極為關注的神色，一雙亮眼在長長眼睫不時掃動覆蓋下，十分溫柔親切：

「哦，趙爺這等身手，也有苦處？」

「唉，說來話長。」

他啜了一口茶，說道：

「在下自小頑劣，逞勇鬥狠，在一次打鬥中被人傷了左腿，因而發奮習武，卻又因天賦有限，習武也不能出人頭地，終至於一事無成，唉！」

倪君釵眨著眼睛，似乎頗為不信，但目光卻是極其信任地深深看著他：

「這是趙爺自謙之辭罷？」

趙盛搖頭說：

「在女掌櫃面前，在下竟是覺得半句誑語都難於出口！」

倪君釵含笑不語，半日才說：

「既是如此，我斗膽請問趙爺，趙爺今日之後動向如何？」

趙盛低首默然，思索了片刻說：

「慚愧！趙某並無大志，只想在鏢局裡謀得一職聊以糊口而已。」

倪君釵肅容點頭，卻更見懇摯。這時，又不知怎地，容顏突然鮮麗起來，嘴角笑意漸濃，也不言語，只殷殷勸茶。又談得幾句，倪君釵說：

「趙爺看小店如何？」

趙盛不解，正心誠意，具實以告：

「寶店宏敞殷實，一片興旺之象，是在下從未之見的！」

倪君釵搖頭說：

「表象而已！趙爺可曾見到小店的隱憂？」

趙盛訝然說：

「不知女掌櫃何所指？」

「所謂樹大招風，適才趙爺所見，不過百中之一。我深怕來日會生出更兇險的事來！」

趙盛沉吟道：

「女掌櫃慮得極是。卻不知女掌櫃要怎地防範於未然？」

倪君釵一雙眼看住趙盛，越看越深：

「如果不是方才見識到趙爺的神勇，我也是茫然無解，此刻倒是有了解憂之法，就怕趙爺不允！」

趙盛說：

「怎的倒與在下有關，要在下的應允了？」

倪君釵上身向他傾了過去，一陣清甜的香氣直逼進趙盛鼻腔，開門見山地說：

「我有意敦請趙爺做小店的護法，故此自必先徵得趙爺的首肯了。」

「這……」趙盛吃了一驚，竟不知如何作答。

倪君釵不容他接語，緊忙搶過話頭：

「就怕趙爺不肯屈就。不然，我還怕他啥？至於這月俸嘛，我想暫以三兩白銀為底，歲末再按例分紅。就怕委屈了趙爺！」

要知當今一個縣令俸銀也不過每月三五兩，這三兩白銀不謂不高。她是有意動他以利。趙盛雖然明知如此，然而大利當前，焉能不心動？

「這……這……趙某真不知該如何說得……」他結結巴巴，語不成句地說。

倪君釵意態越發凝聚集中，有如一把鑽子似地往裡直鑽，又不失其真摯懇切，且全然無視他的尷尬侷促，卻並非刻意去忽略，是這樣一種寬宏體貼。她嘴角含笑，溫煦如春風，膚白如初雪，靜靜地聽他往下說。趙盛一仰頭，回望著她：

「承女掌櫃看得起，不以趙某的愚頑為意，如再推託，倒是不識抬舉了！趙某怕的是才識不足以堪此重任！」

倪君釵綻開了滿臉笑容：

「不是要你去領軍督陣，也不是要你輔君治國啦！左不過嚇唬嚇唬那幫宵小竊賊而已，哪就用得著大張旗鼓呢。」

趙盛十分注意地聽她的話，到得她說完，不知怎的，他臉現一抹羞愧，一閃即逝。他嘆了一口氣說：

「既然我到京城也不過是個鏢師，不如就在寶店供職罷。」

倪君釵如何聽不出他語中之酸？心想，你倒還有些志氣，嫌我這店容不下你？表情裡濾去了心裡的言語，現出一片歡容：

「如此甚好，如此甚好！今兒晚上待我親自下廚料理幾味本地小吃，專誠替尊駕迎新，順道引見小店兩位合股人！」

說到這裡，嘴角笑意頓呈詭異之色，似暗藏了什麼玄機。

趙盛道：

「豈敢！這太抬舉趙某了。怎麼，本店還另有合股人麼？」

以「本店」代「寶店」，已經自明身份了。倪君釵說：

「是！不過，此二人聊備一格而已，到時你自然明白！」

於是說定晚間見面時刻，趙盛辭卻了倪君釵，自去客棧歇息。倪君釵坐在櫃檯內，以手支頤，雙目炯炯地思索了好一會。忽然面露微笑，命小廝去分別告知李員外及張七夜裡務必來店裡飲酒。

「若問起何事宴客，你只說掌櫃的有事相商，其他一概不知。」倪君釵交代小廝說。

尚未入夜，倪君釵已經精心烹製了幾道美饌，專候他們三人到來。她賃下的這屋極為寬敞，除樓下前段闢為店面，販售各色日常家用之物外，後段一半為休憩雅室，一半為宴客餐飲之室，都十分隱密清幽，具見倪君釵一雙巧手的安排。

張七跟李員外先後入得店來。李員外一見張七在座，腿一縮，便要退走，氣喘吁吁，嘴裡咕嚕著：

「早知他也在，我便不來！」

張七頭一歪，滿臉鄙夷：

「早知他也來，我自到別處喝酒逍遙去！」

倪君釵笑說：

「你們二人休得叫人笑話！實告訴你們罷，今兒的主客另有其人，回頭你們好好兒作陪便了！」

說著，一雙亮眼分別瞪了他們一眼，警示之意盡在不言中，兩人哪敢再言語。李員外離得張七遠遠地坐了下來，只聽得他氣喘之聲。自從倪君釵離開李宅，自立門戶之後，李員外便僱請了一位蘇杭廚娘，日日山珍海味，吃得他一日胖似一日。張七如今衣食不愁，又有大把銀子供他揮霍，每日一早便尋人飲酒作樂，此時業已喝得半醉，一雙醉眼只顧偷偷去覷倪君釵，卻又不敢正面與她的目光交鋒，越顯得賊眉賊眼的。

不一時，小廝把趙盛引入到內室來。倪君釵早已擺好了一桌盛宴，一見趙盛，含笑起身相迎。李張二人注目一看，只見一個甚不起眼的精瘦中年漢子，一高一低走了進來，原來竟是個跛足的。張七差些就要呸一聲，李員外一張肥臉則有茫然不解之色。倪君釵都看在眼裡，先不去理睬他們，手一擺說：

「這位是趙爺。」回頭面朝李張：「這兩位是張爺、李爺，咱們這店的合股人。」

說畢，看著張、李二人：

「趙爺是我新聘得的護店武師，武功十分了得，有萬夫不擋之勇。」

遂把當日發生的事故，一五一十說給他們聽。

「要不是碰巧趙爺來店中購物，拔刀相助，我怕已遭了那登徒子的毒手了！」

又將趙盛的神勇形容了一番。她不顧他們二人臉上的不信之色，越發說得不顧情面：

「我思前想後，你張爺日日神龍見首不見尾，偶或興發來到店中，不是拿銀子，便是喝得半醉，一如此刻。你李爺日日在宅子裡納福，輕易不出你那大宅院，就是踏入此門，為的是啥，我豈有不知？」

說得這般露骨，二人聽得瞠目結舌，話都說不出來。倪君釵話裡雖有哀怨之意，臉上卻是神采飛揚，一片乘勝追擊的得色，連趙盛都看獃了。

「我一個婦道人家，獨力撐著這場面，如沒有一個得力的人一旁護著，早晚會遭不測！今兒幸而得遇趙爺，又承蒙他應允來店中護法，總算解了我心中之憂了！」

她滔滔不絕說著，根本不容旁人插嘴。直到這時，她自覺業已大獲全勝，獨掌了大局，她才興味淋漓地回顧周遭，容顏如花，把她的豐韻發揮到極致地說：

「瞧我這人是怎麼啦，只顧自說自道，把貴客冷落到一邊兒去了！」

於是延客入席。三人被她揮灑自如，不顧情面的一席話震得出聲不得，乖乖聽命，挨次入席。她親自一一斟上酒，自己一仰脖子先把一杯酒乾了，說道：

「這第一杯是敬趙爺的，我先乾了這杯，算是聊表我這弱女子對咱們大英雄的敬意！」

趙盛禁不住臉紅，起身也把杯中的酒乾了：

「『英雄』二字何以克當！趙某倒要借杯中之酒以謝各位不棄之德！」

自己把酒斟滿了，一飲而盡。倪君釵也笑飲了一杯。張李二人僅冷冷地以杯沾唇。倪君釵看在眼裡，依舊談笑風生，殷殷勸酒進菜。

酒過數巡，倪君釵先是刻意看了張李二人一眼，然後目注趙盛說：

「趙爺可曾瞧見門邊那塊頑石？」

趙盛說：

「是！趙某才進得此門便已瞧見，是一塊奇石！」

「奇不奇暫且不論。當日開店之時，是我僱了六個壯漢才抬得進來的，擺放在那裡，我越瞧越礙眼，恨不得立時把他挪到別處去，卻沒有人搬得動他。今日趙爺在此，不知能否借趙爺的神力，挪到店門口去？」

趙盛心中瞭然。起身到巨石邊前後左右掂量了一番，說道：

「趙某願勉力一試！」

張七癟著嘴，一心等著看趙盛出醜。這張七除了一張利嘴，於武功可說一竅不通，如何知道這石頭的斤兩？但看在李員外眼裡，心中又有另一番計較。他多少也還算是個會家子，雖然近年耽於酒色財氣，久不練功，門道還是看得出些許的，心中暗驚，這巨石少說也有五六百斤，莫說如今，就是往日手裡還有點硬功夫時，也休想搬得動他。因而聽說趙盛居然要「一試」，豈能不驚？

趙盛在倪君釵盈盈笑意的一雙妙目注視下，挽起了衣袖，暗中運了一口氣，半蹲下身子，雙手環抱那塊石頭，嘿了一聲，巨石應聲而起。他抱著巨石，一步一步走向店門口。趙盛本就跛足，抱著偌大的石頭，走起路來更增困窘之狀，卻絲毫不減他移動之速。四五十步路，片刻便到。倪君釵跟隨在後，指點放在何處。婦道人家的習性，就是芝麻小事也要折騰半日的，趙盛由著她使喚，把一塊沉石舉起放下，不下數次之多，總算擺定了。

倪君釵滿面春風，偕同趙盛轉了回來。倪君釵走在前頭，一眼瞥見張七在跟李員外交頭接耳，她恍惚聽見「這婆娘」、「趙跛子」等語。兩人密談已經是極不尋常的事，且又出語刺耳，這在倪君釵心中刹那間便煽起了一股烈火，一如陣前勇將要把敵人殺得片甲不留那股兇狠，又如不容異己的暴君心中的酷暴。她也不動聲色，只是對趙盛越發親近。

兩人一見他們入來，倉促分開。張七一臉驚恐，李員外則是滿面愚騃之色。倪君釵看在眼裡，只覺一陣獵殺的痛快。她在趙盛杯中斟滿了酒，對張李二人則睬也不睬。

「痛快，痛快！趙爺的神勇真叫我倪君釵開了眼界，來，咱們乾了這杯！」

一氣乾了，又替趙盛斟上，指著桌上說：

「這道嫩煎羔尾，是我在『滿頰香』嚐味之後，私自揣摩出來的，不知比起『滿頰香』的妙藝又如何？」

趙盛說：

「是！趙某也知這是『滿頰香』的獨家絕藝，與東家的自創，風味各具，難分軒輊！」

倪君釵笑說：

「過獎了，我如何能跟『滿頰香』的妙廚相提並論！」

心中卻在想：「我知你還有一股傲氣在心，先由著你罷。」嘴裡說道：

「這『滿頰香』藝傳三代，口碑轟傳也還罷了，那起傚顰之輩生意卻也這般熱鬧，我倪君釵看著甚不服氣！」

趙盛說：

「這通商大道造就了許多財富，也是鄉里之福罷。」

倪君釵默然不語，兩目炯炯有神，不知在思索些什麼。這壁廂兩人談得興起，那壁廂兩人卻坐不住了。張七不時摳耳挖鼻，李員外一副肥軀在椅子上左歪右扭。倪君釵頓時一肚子怒氣都指向二人。不等他們開口辭別，先下逐客令：

「張七，我知你跟你那一伙夜裡相約鬼混。李大老爺家中不是有了個相好麼？不要以為我不知道！不如你們先散了罷，我跟趙爺要把這罈竹葉青喝光才算盡興哩！」

這道逐客令下得毫不容情，兩人臉皮再厚也掛不住了。張七歪著臉，一語不發先走了，李員外向趙盛略一點頭也自去了。倪君釵笑著跟趙盛說：

「咱們這會才算清靜下來了。趙爺，我再敬你一杯！」

趙盛坐立難安：

「趙某實在過意不去，把張爺李爺生生請走！」

「理他們做什麼！」

「只怕趙某往後更不易親近二位爺了。」

「有我呢，怕什麼！」

說著，倪君釵又來斟酒。這一罈竹葉青總有五斤上下，經她輪番勸進，不多時便喝得點滴不剩。趙盛兩眼業已朦朧，看倪君釵卻是越喝越清醒，眸子如兩粒夜明珠一般閃閃發亮，只在自己身上打轉。他但覺她光芒四射，令人不敢逼視。

「趙某實在不勝酒力了，半滴也不能再進了。」他大著舌子說。

她臉泛微紅，軟綿綿的上身向他傾了過去，呼氣如蘭，微帶酒香，兼有自她領口沁出的那暖暖的貼肉的清甜：

「要喝也沒了，這一罈竹葉青都叫咱倆喝光了！」

「怎麼，趙某竟有這等酒量？」

伸頭去探看一旁的瓷罈，一頭碰觸到她傾過來的前胸，柔軟如棉花。他一驚，酒醒了一半，坐直了身子，一副自責極深的樣子：

「該死，趙某無禮！趙某該死！」

她笑靨如花：

「趙大老爺，您老怎轉眼就該死起來了？」

趙盛垂眉低目說：

「趙某酒後失態，還望東家不要責怪才好！」

倪君釵點點頭，似極讚賞又極譴責，似極滿意，又似極不滿足，是這麼一種是非混雜、極其矛盾的表情出現在她臉上。她微笑說：

「趙爺是個正人君子，只是不嫌太迂腐了些麼？」

趙盛不答，過了一會才說：

「在下讀書無多，是個莽夫，行徑動輒逾矩，是我常引以自責的。」

倪君釵一雙水靈靈眼只是看著他，亮麗異常。趙盛打了一個寒噤，突然明白張李二人為何在她面前彷如被箝制一般，全盤不能自主。

他起身說：

「趙某行將語無倫次，想就此先行辭別了東家，明兒一早再來聽候差遣！」

倪君釵並不答言。過了好一會，她眼光突然轉得十分柔和，臉上現出一種極鬆軟、極遙遠的安逸神情。

「也好。」她意態慵懶地說。也不送客，任趙盛自去了。

趙盛走了半日，她猶自未挪動分毫，嘴角漸漸有了一抹微笑，但由於獨室之中並無快活的誘因，那微笑遂更近於一種施虐的期待，極堅決而不可撼動。

自此趙盛每日一早便來店中應卯。那日夜宴之後，他心中便怪異地惶惶不安起來。那夜他確有無心的莽撞，他並無掩飾，直認其罪。論理，他是有無比憑藉得以自認無憾的。然而，不知怎的，每逢與倪君釵相遇，他竟是不敢正視她一眼，看似畢恭畢敬，實則是毫無緣故的畏懼。更可畏者，從她似有若無的笑意裡，她竟彷彿看入了他心底，他的一念一行，全都瞭然於她胸中，她卻會意地不予點破，可懼者在此。

他的另一個隱憂是他在店中無事可做。要知倪君釵要他來「護店」，名頭雖十分響亮堂皇，但長樂原本是個樸實無華的小村，哪有許多壞人日日為非作歹？這「護店」不過是虛有其名而已。因而趙盛夾雜在購物人群中頗不自在，偏偏店中人潮又一日比一日多，他自覺自己在店內既醒目又刺眼。

倪君釵看在眼裡，心中暗笑：

「不過就是那一小撮傲氣在作怪罷了。」

於是每日夜裡她都整治了幾道精緻小點，一罈上好燒酒，邀趙盛來共飲。她把話說在前頭：

「你無需不自在。我平日裡孤家寡人，獨飲實在無趣，今兒天幸得你在此，就算陪我小飲幾杯，聊解白日的困乏罷。你要連這也推辭了，那就真格兒太過矯情了！」

趙盛不得已，只好日日作陪。不過有了那一晚的前例，他飲酒總適可而止。倪君釵也不強勸他，只顧自斟自飲。她的聰慧靈巧，全由她的指尖流瀉，具現在每日的幾道餚饌上。「滿頰香」有什麼，她就出什麼，趙盛不由得由衷欽佩，卻也覺得她慧則慧矣，總缺少了什麼。

有一日，她指著桌上的罈子肉說：

「你細想想，『滿頰香』在這裡頭還另加了些啥？」

他猛然省悟，她所缺者是「滿頰香」的獨門創意，此所以倪君釵終究只是倪君釵而已。然而，她自己對此則絲毫無所覺，每逢提及「滿頰香」，她都是豔羨妒嫉，其情十分複雜。「我就不信我倪君釵不如那『滿頰香』！」這是她每常掛在嘴邊的話。

店內的人潮擁塞，相較於趙盛心中的虛慌空蕩，讓他的自覺無用，漸漸轉成一種自棄。他臉上的變化萬端逃不過倪君釵的銳目。於是每有新貨入倉，她便命他前往督視清點。趙盛十分盡責賣力，卻越發顯出一種龐大空洞來。倪君釵心想：你倒是自大得緊啊！

趙盛自然不會忘了他「護店」的職責。既無暴徒上門，他便無時無刻不放眼周遭，生怕一不留神便有人趁隙施展空空妙手。有時未免急切了些，倪君釵一旁勸道：

「趙爺，咱們這店能有今日，全虧客倌們抬愛，縱或有那手腳不乾淨的，得放過且放過，睜一隻眼閉一隻眼罷！」

趙盛說：

「是，趙某省得。不過職責所在，總不能叫東家有一丁點閃失才是！」

嘴裡說「省得」，卻分毫不願放鬆，反倒越發察看得緊，乃至於那一副尖吝刻薄的嘴臉都被遠在櫃檯內的倪君釵一一看在眼中。她心頭的諸般盤算因他大出她意料的頑強而突然生動起來。她遠遠地、隱密地、放肆地盯住這個瘦而精壯，頑固得可憎、可憫，而又其貌不揚的「跛子」，心中那股烈焰莫名其妙地開始伸出熊熊火舌。

這一日正逢初一。初一、十五是本村的大日，來店購置香燭紙錢及祭祀物品的絡繹不絕，店中幾個小廝忙得不亦樂乎，倪君釵更是片刻離不了櫃檯。每逢大日店內的入帳，總不下二、三十兩紋銀，是平日的一兩倍之多。這店中另一個忙碌不堪的，則除了趙盛，還會有誰？只見他在摩肩接踵的人群中來回穿梭，一雙眼瞪得像銅鈴一般，絕不輕易放過身邊每一個人。那是一雙猜疑到極深，變得無端憤懣的眼。

趙盛絲毫不覺自己這一雙眼的可厭，這一雙眼卻惹惱了一個被他盯視了數遭的青壯漢子。這漢子被盯得渾身不自在，不由得埋怨起來，嘟嘟囔囔地自言自語：

「這人好不識相！我是賊麼？你倒瞧瞧你自個兒去！也不見這麼個惹人厭的瘸腿！」

這話一字不漏鑽入了趙盛的雙耳。這便是一個火頭，瞬間點燃了他鬱積在心，正無處宣洩的無名怒火。他虎地一個箭步竄到這個漢子前面，單手把他從地上直提了起來，鼻子直湊到他臉上，喝問：

「你罵的是誰？當我是聾子聽不見麼？有種的再罵一聲試試看！」

那漢子哪知道這人一語不合便動起手來，懸在半空臉都黃了，哪出得了聲？眾人見有人鬧事，嚇得齊往兩邊推擠，便有人跌翻在地，一時大亂。

倪君釵在櫃檯內瞧得清楚，脆脆的一聲清喝：

「趙盛，不得無禮！這都是咱們的貴客，咱們的衣食父母，你好大膽子，敢輕易得罪人家麼？」

趙盛把那漢子單手舉在半空，聽得這話，臉轉灰白，半日，長嘆了一聲：

「罷了！」

把那人一擲在地，排開眾人，大步走出門去了。這裡倪君釵連忙出來把跌在地上的那人雙手扶起來，柔聲撫慰了一番。這人原是要來買紅燭的，倪君釵便親手挑了一對大號的，外加一副，堅不收費，作為壓驚的小禮。女人家原極擅於親善撫慰，加之她輕聲細語，一雙柔綿綿嫩手有意無意輕握那人的手臂，他遂再無計較之理。

店內是無事了，她一顆心卻放不下來，因為趙盛自大步出門之後便不見返回。入夜關了店門，仍如平日，自去廚下弄了幾道下酒小菜，桌上擺了兩付碗箸。見仍無趙盛音訊，便自斟自酌，獨飲起來。

她喜飲性烈味醇的燒酒，「滿頰香」的二鍋頭是她的極愛，兼且酒量甚豪，每日必遣小廝去「滿頰香」沽一罈備於家中。這時，她一邊飲酒，一邊沉吟思索。燭光搖曳之下，兩目炯炯，像是囚籠中游動的豹眼，凌厲而究詰。

砰然一聲，有人大踏步進來。腳步一輕一重：這人必是趙盛無疑。倪君釵兩眼暴亮，一閃之後，忽然朦朧起來。她舉杯把杯中殘酒一飲而盡，竟然有點醉態可掬了。

趙盛進到裡面站定，兩手插腰，上身搖晃，他不知在什麼地方買醉，此刻已是醺醺然的模樣。倪君釵執壺在自己杯中斟滿，又把席旁的空酒杯也斟上了，也不瞧上趙盛一眼，彷彿他一直在這屋中：

「如何，有興致陪我再飲上幾杯麼？」

趙盛滿腹言語卻一個字兒都說不出，嘆了一口氣：

「趙盛……」

倪君釵瞇著矇矇醉眼，搖手說：

「我今兒乏得很，不想聽你那些閒話，只想狠狠喝他個痛快。你要有興便也坐下來喝酒，不然，你就別處去！」

趙盛大步上前，拉開坐櫈，一屁股坐下：

「我也想喝個爛醉，管他失態不失態！」

舉杯一乾而盡，自己又把杯斟滿了；舉起箸來，一陣狂吃，嘴裡亂嚼，含糊不清地說：

「有誰知咱們這女掌櫃掌起店來尤勝於老江湖，即廚中手藝也不輸那三代祖傳的功夫！」

倪君釵冷笑道：

「平日怎不聽你說這話？我今兒心煩意亂，隨手揮灑，你倒誇讚起來，真是滿嘴的胡言！」

趙盛停箸，瞇著眼瞧著她說：

「我趙盛是說虛道假的人麼？」

她也瞇眼瞧了他半日：

「好！姑且信你的。我倒要問你一句話，如果今日我倪君釵與子一起，也來開一家飯莊子，你趙盛看我的前途如何？」

趙盛奪口而出：

「倪君釵可以逼退所有，與『滿頰香』分庭抗禮！」

倪君釵滿飲了一口酒，神情黯然：

「所以，說來說去，『滿頰香』還是我倪君釵的勁敵。哼，我還是難敵祖傳絕藝！」

她連飲了數杯。趙盛十分不安地說：

「這……我是說……」

但倪君釵所說卻正是他心中的言語。話接不下去，便一如倪君釵，也舉杯連飲了數杯。倪君釵忽地展顏一笑：

「不要以為我不知道你要說啥！不勞你明說，我倪君釵有自知之明。那不在『祖傳絕藝』幾個字眼兒上。不過，哼！」

她冷笑了一聲，又飲了一滿杯：

「我倪君釵又甘願煙燻油污一輩子麼？想也休想！」

酡顏上掩過一道煞氣，突然她彷彿縱身危峰之上，被一種奇寒險絕的感覺穿身透骨：

「我倒是不必操瓢掌杓，也能叫他們稱臣。『滿頰香』算啥？唉，可惜哦，可惜我倪君釵孤掌難鳴！」

趙盛被那奇寒感染，打了一個寒噤，卻全然不明白她「孤掌難鳴」指的是什麼，正在苦思尋解。她一張細膩紅潤、奇美絕倫的臉，忽地湊到他臉前來，眼透奇光，盯住他的眼不放：

「你去而復回，欲言又止，心中那點鬼胎瞞不住我的。趙盛！我日間幾句斥喝，你明知道是場面上的話，你就藉機委屈起來了是不是？你想說的是，我要辭了你這小店的『護店』，前往前程遠大的京城去！京城？去當鏢師『混口飯吃』，這可是你親口說的，好大的志氣！」

她又連飲了兩杯：

「我且再問你一句話：鏢師能混個幾文錢？」

趙盛囁囁嚅嚅，不知所答，一味灌酒來搪塞。

「哼，行情都還沒摸清，就要去討生活去！我倒是好心幫你打聽了打聽：那可是有一搭沒一搭的行業。刀頭舔血，一個不留神，或是自己本事不濟，連你那條命都得陪上！好大的志氣！」

說到這裡，倪君釵便把雙眼撤離了趙盛，因為她雙眼之重，把趙盛的頭都壓向了下頷，額門上汗涔涔而下。好半晌，室內除了杯底碰桌的聲響，半點兒人聲也沒有。這陶甕可盛酒五斤，趙盛回來之前，倪君釵已獨飲了二斤，二人此時再輪番猛灌，已經是所剩無幾了。原就半醉的趙盛，頭越壓越低，半因羞愧，半因不勝酒力。倪君釵也有些搖搖晃晃的，從她身上不時飄逸出極甜膩的香氣。酒氣氤散，迷迷濛濛的，她有一種很奇特的無依無靠的柔弱，又有一種被溺愛得過頭的嬌縱獨霸。趙盛的無語其實是迷惑：對眼前這個女人見不出她真實面目的迷惑。

她把陶甕僅剩的一點酒底，分別斟入了兩人杯中，舉杯半瞇著眼說：

「咱們把酒乾了就散了罷。」

一仰脖子把酒喝了，趙盛也喝了，卻久不見倪君釵起身。只見她拿起一枝筷子，在桌面畫著圈圈。又過了一會，她的嗓音突地變得異常嬌弱柔嫩，趙盛全身都緊縮了起來，不由得抬起頭來看她，正碰上她瞇著眼，勾勾地向他看過來。她豔紅的嘴唇微微開闔著：

「趙盛，你可曉得你有『三有』，也有『三無』？」

趙盛茫然。他太過驚嚇，是由於她那一雙半瞇著、火一般燒起來的眼。

「這……這……趙盛是個莽漢，不……不曉得……趙盛願……願意受教……」

他結結巴巴地說。她一笑，嬌媚無限地：

「那，趙盛，你就好好聽著。你呀，你有志氣，卻無才氣，此其一。」

她非常專注地盯住趙盛的臉：

「你有傲氣，卻無豪氣，此其二。」

說到這裡，驀然顯出不勝酒力的樣子：

「哎唷……我說……倪君釵……我……這是幹啥呀……盡說些討人……討人嫌……嫌的話！不說了……不……說……了，我也……也乏了……該……該去歇……歇著了……」

她手扶桌面，卻站也站不起來。

「趙……趙盛……勞駕扶……扶我……扶我一把……」

趙盛遭電掣雷轟一般怔在那裡，全沒聽見她在說什麼。

「瞧罷……這會兒，人……人家扶都……扶都不……不屑來扶你了……得了……得……」

細白的一雙手力撐桌面，搖搖晃晃勉力站起身。趙盛這才覺醒過來，把她方才說的話一個字一個字都想了起來。羞慚滿面，急急起身要去扶她，誰知他老早就有了十二分的酒意，才一立起身，一個踉蹌又坐了下去。但是清醒起來的趙盛，為了急於修正她給他的總判，他奮力扶著桌緣走近她身邊，才一觸及她的手臂，她一個人整個地就傾倒在他肩上。

「走……走……扶我……去……去樓上，樓上……我……我的睡房……我乏……乏了……」

兩人肩倚肩，歪歪斜斜走向樓梯。倪君釵身上軟甜的暖熱，被酒氣蒸發，把趙盛半邊身子都蒸熱了。為了防她跌倒，他緊擁她的肩。她全身軟綿，向他越靠越緊。趙盛喘著氣，欲語又止者好幾次，終於說道：

「你……你方才歸結到我身上的三有三無，才說了兩……兩個，我已經自覺是天底下最無用的人了……竟……竟還有第三……這第三又是怎麼個……怎麼個壞法，我……我願……願聞其詳……」

倪君釵軟癱在他身上，神智昏亂，乜斜著一雙眼：

「嗯……這第三麼……嗯，是有這第三……你既然要……要聽……也罷，我……我就說給……」

一陣噁心，似乎要嘔吐的樣子，她強力忍了下來。

「這第三……你啊，你趙盛空有大丈夫的陽……陽剛之……之氣……卻，卻無這……這大丈夫後力為繼的……的膽氣……你趙盛，趙盛……真……真真是一無……一無是處！」

兩人你喘我吁，好不容易一步一步蹭到樓上。趙盛劇喘著一字一頓說：

「說……說得……說得好！我確是……是個無才氣……無……豪……豪氣……又無膽……膽氣的人……一無是處……真正是……真正是一無是處啊！」

說著，鼻端飄過一陣清新醒腦的香氣，原來他們已經立身在一間極其雅致的繡房裡。一張大繡榻，潔白的絲被、絲枕，一對黑檀木雕花椅，一張黑檀木小圓几。黑白相襯，兼具貴氣與高雅。一個如趙盛這般「一無是處」的莽漢，這輩子幾曾見過這種排場？

倪君釵手指靠床牆角那面垂著的錦簾，腳步移動，趙盛只得扶她過去。到了床邊，她揮揮手說：

「你……你在這裡候著……我去……去就來！」

放開趙盛，手扶銅床架，掀開錦簾沒入裡間去了。不一會，趙盛聽得裡頭衣裳窸窣輕響，接著是斷斷續續地淅淅瀝瀝了好一陣，然後又是窸窣的絲帛相觸聲，聲聲震耳。趙盛心頭只是狂跳不已。錦簾再啟的時候，倪君釵盈盈走了出來，卻哪裡有半點酒意？一張鮮麗紅潤、細白透明的臉上，泛著蜜蜜的笑意，領口微微解開，一雙白手不知為何，輕輕分按在小腹兩側。

趙盛在心裡暗叫了一聲：「罷了！」縱身一躍向她撲了過去，一面急喘，一面說著：

「我既然一無是處……一無是處，我就徹頭徹尾壞給你倪君釵看罷！」

倪君釵的可驚可畏之處，在於她能一壁廂自己熱火狂燃，一壁廂側目冷覷與她「對敵」的人，精勘密察之餘，做出總結，大勝而歸。

這些看在趙盛眼裡，只覺她冷熱無常，濃淡不均，他目為之迷，全然不解。她近在身邊，然而高懸遠引，伸手而不可及，深廣而難於量測。

這是叫人心癢難禁的迷惑。難耐心中的焦渴煎熬，他日夜只緊守著她，期盼著能把她瞬間的失防逮個正著。然而那是沒有的事。夜裡，他逞雄一時，以為她是網中之魚，再也逃不過他的英雄蓋世，誰知轉眼她就光芒萬丈，又是那般的「高懸遠引」，不可捉摸。日裡，她在櫃檯前後的織密嚴謹是另一種更出奇的神出鬼沒。她招呼客人，她點銀子入帳……凡此種種，毫無神奇之處，他看在眼裡一目瞭然。然而，也不知怎的，一穿越她的身子，便宛如全盤經過梳理，莫名所以地融合固接於一體，圓融光滑，密不可分。她有什麼能耐把人人皆會的凡庸事體做得這般天衣無縫，渾然天成？趙盛苦思不得其解。於是她遂成為他的一部天書，窮參究悟，無一日得寧。

他不曉得自己從什麼時候起便不再在店中穿梭「護店」，他毫不自覺地從他的「職責所在」撤守了。趙盛自己無所覺的潰退，卻一一看在倪君釵眼中。她看待趙盛，一如看待她入於鍋中的蝦；她細細檢視著這鍋蝦如何從其生澀的暗青，逐漸轉成熟透的鮮紅；她高高在上，密切驗看這蝦何時最宜入口，然後一舉起鍋入盤。

「趙盛，你且過來這裡瞧瞧。」

這一日晌午，倪君釵瞅著店中略鬆活了些，閒閒地，頭都不抬地招呼了一聲。這可是稀有的事，因而那雲消霧散的清晰，大為令人詫異。儘管夜裡收拾之後，燭火輝煌，一席的美酒美饌，那卻都是廝殺前的祭禮，箭拔弩張，一片模糊，而後的腥風血雨更明證了倪君釵的光耀不可逼視。此時忽現的齊整明白倒像一個謎，叫趙盛吃了一嚇。他舉頭探視，目光竟然覓無棲息之處。倪君釵並沒有洩露些微天機，她的難於近身，不能索解，一如尋常日。他應了一聲：

「是，我這就來！」

他心頭升起一股不明端底的怯意。他走到櫃檯前，又匆匆瞥視了她一眼，卻正好投入了她的網中，她的一雙眼宛如撐開了一張巨網，兜頭向他罩下來，含意明確至極，然而，他竟然被那種毫不含糊的明確震得摔落在那意義之外，全然不曉得那代表些什麼了。

「你且看看這裡。」她的一張網罩在他周身上下，兩隻手臂在櫃檯上圈繞著一堆銀錢，有制錢，有紋銀：「你說說，這都是些啥？」

趙盛茫然，這不是明知故問麼？遲遲疑疑答說：

「這是銅錢不是？」

「說得是。這檯上你見著的，還不及今兒進帳的一成，咱們今兒有十兩出頭的進帳。」

她笑了笑，距離頗遙遠，卻是她最為刻骨迷人的時候。再近些、再光彩些，他就昏瞶得不能見清她的全貌了：

「咱們這個縣治的父母官兩個月的月俸還不及咱們今兒一日掙的，還差強人意罷？」

趙盛嘆道：

「豈只差強人意而已，這是我趙盛活到如今想都不敢想的事兒！」

「如今都叫你親眼目睹了，也可算足慰平生了罷？我實跟你說，這店中所得，扣除了一應開銷，都歸咱們四人所有。當日我有意開這爿店時，先向李員外籌措了二百餘兩紋銀，如今不但悉數還本，還足足替他掙了近百兩盈餘！」

趙盛睜著眼，半晌說：

「也只有你，你倪君釵有這能耐！」

她微微一笑，真個是笑靨如花，香醇如酒：

「多承謬讚！按說，我倪君釵所知所能也還不止這些，可惜我一個婦道人家，孤掌難鳴，縱然心比天大，卻難奈天何！」

說著，原就罩住趙盛不放的雙眼突地雪亮。趙盛頓時六神無主，渾身不自在。

「這……這……怎麼說你孤掌難鳴？」趙盛囁嚅著說。

「哼，靠那死胖子麼？還是那成事不足的張七？」

趙盛低首不語。一時之間，渾身不自在的感覺越發清楚了，就是倪君釵藉以徹底擊敗他的那句批語：「你哦，你一無是處！」

倪君釵也不作聲，兩眼卻絲毫沒有放過他的意思。趙盛如千斤壓頂，氣都喘不過來。

「然則……然則……」他終於勉力張口說：「然則，你看我趙盛如何？」

倪君釵嘴唇抿住一抹似有若無的笑意，故意從頭到腳打量了他一番：

「說起趙盛嘛，倒是頗值一觀的，只不知此人膽氣還在否？」

趙盛頭越沉越低。良久，他嘆了一口氣，說道：

「你……你何妨一試？」

倪君釵展顏一笑，由於太富誘人之美，而令人毛骨悚然。她雙眼一飄，望向屋頂。被她雙眼箝住的趙盛經這一鬆，幾如從半空中摔落了下來。他一驚，舉眼來看她。

倪君釵若無其事地說：

「此處不是說話的地方，再者，晨光也還早著吶。」

說畢，便低首理帳，不再理睬趙盛。這是趙盛再次的大敗，敗得莫名其妙：尚未來得及出兵，他便敗了。

接連數日，倪君釵對這件事絲毫不願著墨，只是夜裡的美酒美饌一日比一日豐盛，加以飲宴之後的如瘋似狂，把個不知錯在何處的趙盛逼得恨不得以身相殉。

又過了三五日，這日夜裡，桌上一道平淡無奇的油燜筍尖直把趙盛吃得咂嘴咂舌，讚嘆不已。連盡數杯二鍋頭之後，連讚了幾聲好說：

「這油燜筍原是『滿頰香』的拿手絕活，不意今日出在你倪君釵手裡，滋味又自不同！依我的淺見，『滿頰香』之味扎實豐饒，而你的巧手則又增其曲折迂迴之妙，真是人間絕品！」

倪君釵睨視著他說：

「你是當真，還是說著玩兒的？」

趙盛說：

「由衷之言！以你的穎慧，只怕三代祖傳的絕藝指日也得向你稱臣了！」

倪君釵微微一笑：

「這不是什麼難事。」

沉吟了一會，又說：

「你還記得那日我的言語否？」

趙盛醉眼矇矇地盡心思索，倪君釵卻不待他回話，便接著往下說：

「以我倪君釵的所知所能，其志豈僅止於力搏『滿頰香』而已！如能得一臂之助，我保管不出兩年，這條街上的飯莊子都納歸我的麾下！」

她森森目光直如一柄利刃，在燭光下閃閃發亮。趙盛早知她的厲害，處處提防，時時留神，卻仍是禁不住打了一個冷顫。他深吸了一口氣，說：

「這我信得過。只是你待如何施展大法，叫他們一舉歸心呢？」

「一舉歸心？倒也沒那般容易。我自有計較。怎麼，你趙盛也願共襄盛舉麼？」

趙盛在她的逼視之下，不由自主顯出積極踴躍的模樣，儘管他心內虛虛茫茫毫無準備。

「趙盛，我且問你。」她兩眼望天，而其神情並未放過趙盛，趙盛因而尤覺肩頭格外沉重，「你十數年來離鄉背井，所為何來？」

「生平無大志，但求溫飽而已。」

「如果美食當前，你趙盛如何看這『溫飽』二字？有美食卻身無分文，你又如何看待這窘境？」

趙盛嘆口氣說：

「實不相瞞，你這一番話在我肚腹中不知翻滾了幾千遍！我也深知皇皇大論，十之八九不過玩弄詞鋒，欺人之談而已。有那好運當頭的，誰還當真避之唯恐不及不成？」

倪君釵聽得十分凝神，他略一停頓，她便接口說道：

「你這一說十分有味！想來一路顛波，你必眼有所見，心有所感罷？」

「可不！」他若有所思地。

「何妨道來一聽呢，也好增廣我的見聞？」

趙盛舉杯一飲而盡，挾起一箸筍尖，嘴中咀嚼，目視杯底良久，才緩緩說了起來：

「這應該是數年前的事了。當年我浪跡天涯，正逢三餐不繼，惶惶不可終日的窘局，路經一個府城，聽說府衙正在廣徵良才，補一個捕快之職。我有意一試，可繼而一想，又頗以為異。捕快啥芝麻小官兒，也要鬧得合城皆知麼？便有心探他一個虛實。不問還不打緊，這一問倒問出了一個奇聞：原來這府衙裡大小官兒，只要知府得以自行裁決任用者，悉數得由知府內室的主兒點頭才行。這個主兒才是正格的知府大人。要差事麼？得出個這主兒瞧得上眼的價碼兒才行……」

倪君釵冷笑了一聲，打斷趙盛的話頭：

「這算什麼奇聞？賣官鬻爵不是官家的常事兒？有道是三年縣老爺，十萬雪花銀。何況知府呢！不過我倒頗賞識這知府夫人的膽識！」

「什麼膽識！這個婦人的貪得無厭全因她不良於行的一雙腿。據說當年這知府尚未發達之時，因一時不慎，害得他娘子雪中失滑，摔傷脊背，遂至半身殘廢，行動都得侍僕扛抬。知府有愧在心，事事縱容。而這婦人殘廢之後，性情巨變，貪婪之心大熾，賣官鬻爵猶其餘事，她暗命親信內戚在外包攬府衙大小工程，飽賺官銀入於她家的私庫，所得何止十萬雪花銀！我曾經私窺知府的府第，其富貴奢華簡直直逼王府，唉！」

倪君釵問道：

「難道這位知府就充耳不聞麼？」

「這我也有所問。據說這位知府絕頂聰明，早年寒窗苦讀，生來能言善辯，他能青雲直上，倒真是有所恃的。他對他妻子的所作所為焉能不知情？無奈先是由愧生懼，他對這個主兒還真不敢置一詞的，隨後他眼見大小銀錠白花花滾將進來，神不知鬼不覺，不由得也貪心蠢動，從此他便親自操瓢，膽子越來越壯，卻顯見得也越來越見心虛，為了掩飾其行，他不惜以其生就的一張利嘴，皇皇大論地欺上蒙下。然而這又怎樣騙得了大伙百姓呢？我聽說市井間業已把此人編就了一句順口溜，說的是：『上騙下騙曹大騙，人見人厭爹娘嫌；十年寒窗聖賢書，剩得一肚米田共。』這曹大騙指的就是這知府，因他祖姓曹。然而如此一個騙徒，竟被當今朝廷詡為幹員，真正是豈有此理！」

倪君釵笑說：

「可見世間不平事隨處都有，很不必引以為異！也可見你縱然浩氣蓋天，也拿他無可奈何。怎麼著，趙盛，你今夜重提舊事，必定是有所參悟罷？」

趙盛搖頭苦笑：

「什麼參悟！我在湍流中浮沉，即將滅頂，恨不得天上掉下一根浮木來托著我。我奇的是，這類騙徒何以不得天譴，何以不遭人誅？」

倪君釵不語，只是目光凜凜地凝視著趙盛：

「趙盛，我只有一句話說你，你真個是童心未泯啊！」

趙盛茫然，卻又不敢回望她，只一個勁挾起羊頭皮入嘴亂嚼。倪君釵眼中的奇光像是忽地自他身上尋得入口，一股腦兒鑽了進去，卻是香馨溫煦，直暖到他心眼兒去。

「別傻了，趙盛。佛、道的天理循環之說，你只當說書的講古，聽聽就好。要真有其事，那世間豈不是沒有兇頑之徒，只有好人了？」

趙盛因心中有她注入的溫暖，所以敢於正眼看她：

「這正是我仗以聊作自解的法門，你倪君釵說得好！」

倪君釵點頭說道：

「這就是了！既如此，改日我便把我胸中的計較說來給你聽聽，順道兒也把那二人招來，我尋思，少了他們二人竟也是不行的。」

趙盛聽她說著，忽地不知怎的，只覺頭暈目眩，瞬間大醉，伏在桌上不能動彈。也不知倪君釵如何把自己弄進了她的睡房。

這一日夜裡，倪君釵整治了一桌盛宴，差人把李員外及張七都請了來，趙盛則早已在座。

李員外的密室裡，有了倪君釵這爿店的挹注，又增了幾口黑檀木箱，每日裡坐擁新置的一房妾，飲宴作樂，吃得紅光滿面，比先時又增福不少。張七更加神氣活現，買了一座宅第，日日邀集他那一群狐群狗黨，或呼盧喝雉，或飲酒宿娼，不亦樂乎。

打從趙盛做了倪君釵的入幕之賓之後，這二人便不來店內，或直言之，他們是不敢前來。這一日接到倪君釵的傳喚，心中嘀咕，不知這個婆娘要耍啥手段，又不得不來，惹翻了她，斷了財源，那可沒得玩了。兩人緊緊相依，遠坐在桌子這一頭，真是如坐針氈。幸而倪君釵的手藝實在高妙，兩人都久未嚐鮮，只得以美食來暫解心中之慮。

趙盛的不安不下於他二人，雖然他略略猜及她將有驚人之舉，卻不明白她葫蘆裡賣的啥藥。不過，他的長處是不將焦慮形之於色，因而在他強力壓抑下，他的精瘦凝練，形成一種詭異的陰沉難測。倪君釵似是十分滿意他此時此刻的特異風格，不時微笑著以目視他。一旁二人看得妬火中燒，更是不明究裡。

喝了幾杯悶酒，偏偏這時倪君釵又上得樓去，半日不見下來。座上三人沒有半句話。只見趙盛的陰陽怪氣把二人治得死死的，大氣都不敢喘。

好不容易倪君釵施施然下得樓來，兩手把著一條白絲絹子不住拭擦。嫣然面帶微笑，風情萬種地入了座，把絹子掖入腋下，指著桌上那一罈酒說：

「為了今日咱們這一聚，我可是特意從『滿頰香』沽了這一罈酒來的。」

然後環視諸人一眼，確定自己已然把他們實實地抛入了迷霧之中，這才滿意地一笑，往下說道：

「這一罈酒不光是給咱們喝，還許給咱們一個前程。」

三雙眼睛一齊瞪向她，迷茫中充滿了疑懼。她明知他們不會發問，她也不讓他們發話，緊接著往下講：

「我明說了罷，如果照我的計策按著譜兒行去，保管不出三個月，咱們每月可增近百兩銀子的進帳，不出兩年這一溜十來家飯莊子，連『滿頰香』在內，都得聽我的，咱們的擺佈！」

三雙驚疑的眼睛瞪得越發如銅鈴一般。趙盛忽然有所悟，收起他的目光，一剎那間，那張臉縮得更其瘦小，而掃經其上的，是一種奇特的陰鬱沉痛，嘴唇緊咬，似乎從此他不願再說半句話。

「你們三人不必吃驚！我設此局自有其非如此不可的緣故，至不濟，對外人也還是交代得過去的。咱們話說從頭。還記得那日我在店中險些遭那浪蕩子的毒手麼？那日幸得趙盛仗義援手，我才免於難，我當機立斷，堅邀趙盛來護店，從此咱們太平無事。這得歸功於趙盛的神武。」

俏眼在趙盛坐處一飄，微微一笑，似乎早已料見了他的忸怩不安：

「自那日之後，我便無日不在心中揣摩：此事能發生在咱們店，豈能不發生在他人店？何況近年這通道商旅日增，人品龐雜，難保沒有雞鳴狗盜之輩。為保這一地安寧，咱們何不逐店毛遂自薦，挺身而出為他們護店呢？」

倪君釵說到這裡，故意住口，三個人她逐一看過去。看到張七時，只見他嘴一癟，臉歪向一邊，說：

「這算啥，這不是沒事找事麼？」

倪君釵微笑不答，看向李員外，見他脹得一張臉通紅，有話要說卻說不出來。她格外留神趙盛，對他的沉鬱憤懣似有不解，對他的傷痛，則顯然頗為憂心關切，於是索性豁了出去，直搗趙盛的要害：

「張七，你要是不知道，就請閉上尊口！護店是白幹活兒麼？這護店也算得是出生入死的勾當，咱們出了力，他們自當出銀子。這護店要務，捨趙盛莫辦！張七，你閃一邊兒去罷！趙盛，你可有話說？」

趙盛原是低頭不語的，被她點了名，他已毫無退路，毅然抬頭說：

「既然此事非我莫辦，我豈能推辭？只是能否給我些時日，讓我尋幾個舊日兄弟來……」

倪君釵斷然打住他的話：

「哼，你還是心存顧忌！此事只我們四人便足夠，容不下其他外人！」

趙盛臉上現出一種遍體被蹂躪而不屈的壯烈，不再言語。

「咱們的李大員外，你倒像有話要說？」

李員外一張臉越脹越紅，半日終於說道：

「此事只怕遭人非議，十分凶險！」

「有啥凶險？」倪君釵咄咄逼人地說：「你當年所作所為，也不見招來啥凶險，你怕啥？」

李員外油光閃閃的臉上，肥頰抖動，囁嚅了許久也說不出一句話來。

這邊的張七不待倪君釵點名，大聲說：

「我張七只要有銀子拿，啥事都別問我！」

倪君釵一笑，說：

「好！這事兒算定局了！刻日咱們便分頭行事。前有趙盛打先鋒，左有李大員外這方面之霸，右有張七這地頭蛇各鎮一方，我倪君釵居間策應，咱們這仗穩操勝算！」

說到這裡，平日那樣心機深沉的倪君釵也不由沾沾自喜起來。她胸口一上一下起伏了一陣，深吸一口氣說：

「咱們散了罷，趙盛你且留下，你這先鋒也得有個隨身錦囊妙計才行，咱們趁早好好籌劃籌劃是正經！」

趙盛的沉鬱憤懣逐漸發展到那等複雜糾結、無從求解的狀態，最後看在生意精明、秉性忠厚的鍾滿貫眼裡，就是叫他渾身起雞皮疙瘩的陰邪狠毒。

4

楊君平那日夜裡，以內力隔空震斷了倪君釵店門門閂之後，飄身上了對街屋簷。他看準了倪君釵雖然大門緊閉，側門窗戶卻是半掩的，可以直視大廳中的三人。楊君平要逐一審視在他示警後，這幾個人究竟心裡還在想什麼。

對街屋簷距倪君釵大廳，少說也有二三十丈之遙，不過以楊君平的功力，百丈之外也可見一葉的飄落，這點距離難不倒他，何況此時廳內燭光大熾，正是他們心內恐懼的表徵。以燭光的明亮，要經由他們臉上的顰蹙斷他們內心，對近年來致力心靈境界的楊君平來說，也不應是什麼難事。

他們內心的恐懼是確然不假的。經過楊君平示警的震撼，首先可以祛疑的是李員外。此人由一些小奸小惡累積成一方之霸，看似惡性重大，實則是其形巨大，其勢弱小，一戮便破的。前番他與張七的爭執，楊君平已秤出了他的斤兩。此時的李員外是一堆凍白了的豬大油，面無人色，簌簌抖成一團，他的瑟縮的模樣倒使得楊君平心中有些不忍起來。

比起李員外的簡單易懂，張七更是不著一字的白紙一張，一目瞭然，無需楊君平費心。

他關切的是倪君釵。他見識過她的美貌。她豐腴而不過度，極美豔亮眼，卻奇怪地又極其內斂，那內斂像是一層薄紗，輕輕約束著那美豔。這是從遠處看來，一旦向她挪近，那美豔便驀然暴發，洪濤漫天，在趙盛等人眼中，就是光芒四射，不可逼視。而楊君平透視了她的美豔，覺察了她的光芒何以突然間如此逼人：這乃是她內心之光不由自主的發射，用以遏阻他人的過於接近。

此刻楊君平關切的是這內心之光究竟是宣威，還是示弱。

一起始楊君平極難分辨光芒後面倪君釵的本貌。他從未跟平輩婦人打過交道，婦人的心眼他無從揣測，何況倪君釵較之尋常婦道高深何止百倍。他只能從萬花筒千百種變化中看出橫掃千軍的殺伐力道，忽而之間又退縮不見的隱匿的機巧，看出她的疑忌、她的輕信、她的縱放、她的緊收、她的搜尋、她的內省，然後，他看到她沒有形諸於外的內心極深處——她的忽而狂喜、她的忽而大悲。

然而楊君平看不出她究竟是不赦的大惡、還是可恕的小奸。這是他在示警之前難於取決的苦惱。

如今他隱身在屋簷上細細審視著她。她忽然之間變得清楚異常。原先當有人向她趨近時，她那攖人眼目的燦爛光彩此時全然——並非隱去——散失了，彷彿油枯燈燼相似，只留下遮掩不住的原來面目。她依舊美貌，極其美貌，卻因為莫名其妙地一筆一劃都讓人看得清清楚楚，而十分平淡無奇，像是晨起猶未梳妝那一類的清淡接近，近到在邊緣處，有什麼東西就要從裡面一躍而出那種迫不及待的坦白。

接著是她一雙膚白勝雪的手慢慢伸向了太師椅的扶手，抓住手把子，越抓越緊，越抖越兇，再看向她的臉時，光潤的額門沁出了一粒一粒的汗珠。

就在這一瞬，楊君平決心在放過李員外和張七二人之時，也放過她。不過，他還不忙抽身，他從未忘記父親「為德不卒」的教訓，從衣襟內抽出一張事先寫就的字條，上頭幾個大字：

「懼而生悔　消孽去障　一念間耳」。

以掌輕送，那張字條便如長翅一般，白光一閃，向對街側門窗戶疾飛過去。字條才出手，楊君平一長身，也向對街飛過去，卻是飛向屋簷，向屋簷暗處傳聲說道：

「閣下隱身此處多時，想必也是為這三人而來？就請現身一見如何？」

楊君平發話的同時，暗處射出一條黑影，射向相反方向，傳來一聲冷哼，同樣是傳音入密：

「你怎麼知道他們就生了悔意？又怎麼知道這悔意是真是假？哼，真是婦人之仁！」

這黑影輕功不在楊君平之下，兩人相距二三十丈，加以楊君平並未用上全力，一眨眼竟被這人跑了個不知去向。楊君平心中雖然納悶，卻無意追趕，也無心看視三人見了字條後有何舉措，折身返回客棧去了。心想此間事既了，明日便可他去了。

當夜他輾轉不能成眠，索性盤膝坐在榻上運起功來。紫氣才起，他旋即停功思索，何以心中有這麼些雜慮？而且令他吃了一驚的是，他似乎在無意間——或十分大意地——做了什麼極其不嚴謹、不得體的事。雖無關大是大非，卻不知怎地讓自己頗為羞慚。

這與他的武功也無關。於是他遂鬆弛周身，躺臥下來，從頭逐一追憶。他立即尋覓到窒礙之處，那是在他觸及倪君釵的時刻。在示警之後，驀地由火光四射、模糊不清的她倉急現出可怖的清晰面貌的她，那時節，他覺查她被擠到了極限，有什麼東西要從她內裡迸出來的模樣，也就是在那瞬間，他自己心中出現急待釐清的模糊地帶。

他覺著在那剎時，他沒能緊繃他的思慮，放縱了他的慵懶，粗疏隨意地就貿然決定了。容或他的決策沒有錯，然而他的羞慚卻定然來自於此。

其後那黑影向他的傳音，是否表示那人先一步見著了自己的弱處呢？倘或如此，那也是他七情之一的弱處，人皆有之的。何況倪君釵這三人是否有悔，那黑影自己也無能確定，怎能怪上自己呢？難道竟是要不管他青紅皂白，立時把他們殺了才不是「婦人之仁」麼？

經過這一番檢視，掐出了身上的蝨子，楊君平略覺舒暢，不過心中倒生了警惕。這黑影輕功之高大出自己意外。儘管他躍出之時，楊君平便掂出了這人的底子：他足尖力道有餘，細膩不足，略見倉促，騰躍的身形有失控之象。雖說如此，他仍不失是上上之選。不由得詫異，自己行走江湖短短數月，先是勁馬疾馳，由後追趕前來的人，今夜又有這人專為盯梢自己而來，都是罕見的高手，江湖能人如此之多，我怎禁得起父親口裡「天下無敵」的稱號？

於是越發敬謹誠懇，不敢有絲毫高蹈虛驕之心。

他的平和謙懷只給了他一夜的安眠，次日他便有了新的沉重，這倒也是常事。打從他童稚起，歷經了那幾場驚天動地的巨變之後，他便再也不曾有過一日實實在在的快活日子。雙眉帶憂，反倒是楊君平之所以為楊君平了。

他開啟了房門，正待前往結清房錢，只見帳房手持一封信箋，躬身疾步趨前，先跟楊君平道了早，開口說：

「昨兒夜裡楊爺您安歇之後，有位爺要小的今兒一大早將這封信交您老親收。」

楊君平「哦」了一聲，見封套上寫著「內詳」兩字。

「何以見得這信是要給我的？」

帳房說：

「這位老爺子知道您的尊姓，又說是您的舊識，只因夜深不便驚擾，他又急著上路，才要小的代為轉交的。」

「老爺子？」楊君平奇道。

「是！這位爺一部好威武的白鬍鬚！」

楊君平略一思索便不再言語。在江湖上行走，易容乃常事。識與不識都不足為異了。他不忙看信，先把房錢結了，又給了帳房賞金，便在一旁一張太師椅坐下，拆開封蠟來讀這信箋。

一起始，信中寫道：

「今夕眾星滅　忽念夜來客」。這套的是韋蘇州〈寄全椒山中道士〉：「今朝郡齋冷　忽念山中客」。其後便套足了唐詩、宋詞，奇譎瑰麗，無所不用其極。把個自幼飽讀詩書的楊君平看得丈二和尚，識不透這寄箋的人究竟與自己有何關聯，便有些不耐。越讀至後頭，越覺此人無非在炫耀他的飽學而已，雖然也暗讚他的博學強記，卻是無聊得緊。

信尾，此人忽然筆鋒一轉，辛辣十分地寫道：

夜來君欲起而追　忽焉而止　此何意焉　是力不足以躡蹤乎　是睥睨天地不屑尾隨於後乎　是焉　非焉　唯一戰決上下可見分曉

楊君平心想，原來是他！這就是了。昨夜此人暴起的身形中，暗藏鋒芒，諸多稜角，與此信語風若合符節，不是他是誰？只是我何時識得此人，又何時得罪了他，惹得他定要纏著我不放呢？思之無解，索性把他拋諸腦後，不去理他了。

起身辭別了帳房，出到門外，持箋的手五指微握，只見指間一抹淡煙，再張指，掌中已無一物。楊君平飄身上馬，蹄聲得得，直往前去了。一連數日，旅途中平靜無事。楊君平雖然徜徉山水之間，卻終不能忘我，總是在心中某處冒出稍縱即逝的不潔不順之感，看似與自己無關，終歸又是切身關己的。

雖說無事，倒也懲治了幾個頑賊。依楊君平的行事，他是絕不輕易開殺戒的。自他無意間劍傷了自己父親楊嘯天，痛悔之餘，他幾至立誓畢生不再用劍。然而果真如此，則又大大違了父親的心願，只怕老人家九泉之下也不能瞑目，因而懲兇毖頑固是他的職責，自己卻立下嚴規：非不得已，不得使用兵刃；非巨惡頑兇，不得下重手以對。

譬如那日他在一個小鎮上一家飯莊子打尖。入店時已然賓客滿座，好不容易店家騰挪出一隅容他入座。才坐定不久，只見幾個粗壯漢子入得店來。幾個人都是一身短打，幾雙濃眉大眼饑腸轆轆地四下探視，既不見有一席空位，也不見店家前來招呼，不由得吆喝起來。待得店小二趕上前來，為首的一個漢子早已不耐，一探臂把個五短身材的店小二如抓小雞一般抓將起來。

「你當咱們是要飯化緣的麼？半日只見你腳打屁股，忙不迭張羅旁人，咱們的銀子便不是銀子？」

店小二給提在半空，氣兒都喘不過來，哪能出聲？等那漢子放他下地，他才喘了一口大氣，打躬作揖，一迭連聲「該死，不敢」地說：

「小的忙昏了頭，一雙狗眼竟沒瞧見爺們！實在是小店這會兒滿座兒都是貴客，一時半刻著實匀不出座頭來！」

這不是假話，這幾個漢子也早見著了。發話的漢子想必是這伙的頭兒，四處張望了一會，指著臨窗那一桌說：

「那四人在那兒閒著，叫他們先讓給咱們罷！」

小二苦著臉說：

「我的爺！這不要了小的一條小命麼？打死也不敢去說！」

那漢子遂不去睬他，大步邁向那四人，一拍桌子說：

「你這四人聽著！瞧你們坐著說大話兒，閒得打屁！咱們可是有急事，吃了要上路的，不如你們把桌面先讓給咱們了罷！」

那四人面面相覷，其中一人說道：

「豈有此理！你這人好不蠻橫不講理！咱們可是沽了酒，叫了菜，吃了也是要趕路的！誰閒得打屁了？」

那漢子自褡槤內掏出一塊碎銀，往桌上一丟：

「這是半兩銀子，值你們的酒菜錢麼？拿了夾著屁眼兒快滾罷！咱們將就著吃你們的，一發省事兒！」

把坐著說話的那人一把提起座，逕自坐了下來。其他三人見他如此兇惡，哪裡還敢言語？銀子更不敢拿，四人一溜煙走了。

楊君平在一旁看得明白，又好氣又好笑。心想天下竟有這等不講理的莽漢，雖說粗蠻頑劣，卻頗樸拙方楞。心中便有了盤算。

等這幾人把幾碟子滷雞醬鴨，一大碗燉得稀爛的紅燒肉連湯帶汁，風捲殘雲吃了個精光。為首那漢子起身結帳，連酒帶菜，加上十個饅首還不足三百文錢。漢子把方才那半兩碎銀丟在櫃檯上：

「那傻蛋給他銀子不要，這就算是咱們的飯錢，多下的賞了你罷！」

店家又驚又怕，不敢多言，千恩萬謝收下了。這漢子吆喝了一聲，幾人揚長去了。楊君平看清了他們的去向，自己也把飯吃了。

要尾隨他們不難。這幾人都是粗漢，即使以馬代步，其聲也極其嘈雜，楊君平略一凝神便能辨出他們的遠近。他遠遠跟著他們到了一座森森樹林，四下無人——豈真無人，楊君平故作不知——，一抖手中轡繩，座下騎四蹄騰空，轉眼趕上幾人時，已入了濃蔭深處。

楊君平縱馬上前，擋在這幾人前面，一揮馬鞭，含笑說道：

「這幾位仁兄請留步！在下入得此林，但覺清幽無限，塵俗盡除，想要請列位先行退出，容在下獨享這片林蔭一些時，待我歇得夠了，再召喚列位入林可好？」

幾人正在高聲說笑，口沫橫飛之際，忽見一個年輕人打橫裡冒出來，說了些莫名其妙的話，一個個摸不著頭腦。那頭兒向前傾著上身，看了楊君平半日，說：

「你這白面書生說啥來著？怎地咱就聽不懂？」

楊君平笑道：

「在下再說一遍就好懂了。方才我說，各位盡在這裡說大話兒，閒得打屁，不如把這片林蔭讓出來給我獨自享用一陣，回頭再請兄弟們入林可好？」

那漢子聽了大怒，喝道：

「混帳！這陽關大道人人走得，憑啥讓你獨享？什麼屁話！瞧你嘴上無毛，咱兄弟水裡來火裡去的日子，你還在娘胎沒投生呢！咱閒得打屁麼？」

說到這裡，他猛然醒悟：

「你這話怎恁地耳熟……是囉，是囉，這不是我才說的話來著？是囉，是囉，敢情是那傻蛋中來尋仇的麼？既這麼著，來，來，咱們就來比劃比劃！」

翻身下馬，身段也頗見俐落。

楊君平含笑說道：

「不是來尋仇，是來說個道理。」

「啥道理？不過佔了個先兒，又沒搶他欠他。咱不耐煩跟你說三道四，要比劃就來，輸了我認栽！」

說著，揚手就是一掌向楊君平腳上揮去。這一掌離楊君平跨著馬腹的腳還有數寸之遙，便如擊在一枚鐵椎上，疼得那漢子直跳了起來，「啊呀」吼了一聲，大叫道：

「兄弟們留神，這小子有鬼！」

楊君平說：

「不是我有鬼，是你下手太重。這一掌若叫你打實了，我這條腿不廢了才怪！」

那漢子歪著頭說：

「算你有點門道，再試試我這一掌！」

斜刺裡又揮了一掌過來，襲向楊君平下腹。不見楊君平閃避，這一掌擊了個正著，卻哪裡有什麼血肉之軀？是一個無底之洞，把那漢子連拳帶臂吸將進去，他立腳不住，眼見就要一頭撞進馬腹，眼前一花，自己好端端仍立在原地，那白面書生也好端端笑嘻嘻騎在馬上，只是一條馬鞭直挺挺如同一條鐵棍，直指著自己鼻尖一寸之處。

「方才你說這陽關大道人人都可走得，這話有理。不過，我倒要問你，這飯莊子開門納客，不也是人人都可入內吃食，為何你倒要把人趕將出去呢？」

那漢子眼一瞪說：

「說來說去，你還是為了那傻……」

「蛋」字來不及出口，只見那豎在半空不墜的馬鞭鞭梢微微一抖，那漢子騰空一個翻滾，摔在一丈開外，等他一挺身立了起來，馬鞭仍指著自己鼻尖，那一人一騎也在眼前，竟彷彿未曾挪得分寸。

「我不是為著誰來，我只為了一個『理』字。」楊君平面帶笑容說：「你只把這個『理』說給我聽聽！」

那漢子嘆口氣說道：

「沒理！咱武功比不過你，要是咱武功強過你，沒理你也奈何不了咱！咱沒騙沒搶，就為了佔個先就得挨揍挨斬，咱也認了！」

那筆直的馬鞭忽地軟癱癱直墜下來。楊君平無語，半日才說：

「你罪也不至此，不過今後可不得再仗勢欺人就是了，你們去罷！」

那漢子看了楊君平半晌，又嘆了口氣，轉頭向獃在一旁的幾人說：

「你們今日可看清了，天外有天，人外有人，咱們走罷！」

等這幾人走得遠了，楊君平才凝聚內力，向林蔭深處送去了一縷蚊音，說道：

「這位朋友，你一旁看了這許久，覺得在下的處置還算得當麼？」

以楊君平的功力，五里之外，這單音入密對準的人也可清晰入耳。

只聽得一聲長笑發自一里外的榕樹叢，瞬間遠去。楊君平雙腿一夾馬腹，緩緩步出了這方圓數里的林蔭覆蔽之地。外頭則是一片炫麗的午陽，照得無物不顯其微。

他以為自己一如這一片麗陽般坦蕩蕩廣博無私的，誰知心中卻是甚為奇特的心虛，一如前些時那一類的不潔不順，雖不是什麼大拂逆之事，自己總快活不起來。

為何自己手中馬鞭在那漢子答話之後，無緣無故軟癱垂落下來？為何他又要發話去問隱身林中的那人？

為何在跟那莽漢周旋之際，隱隱之中，總有那輕浮率性，嘻笑不端的感覺？同時，由於此事的彷彿無足輕重，他覺著自己是在一味把他輕忽，幾幾乎就蓄意要把他拋諸腦後去了一般。

這等簡單易為的一樁事，結果竟是砂礫滿處的不純不淨，這寧非怪事？

幾日後一個夜裡，他從一個無賴手裡救下一個險被糟蹋的婦女，使他突地感覺純淨異常。古怪的是，這純淨並非來自他救了一個女子的清白，而是來自當晚他滿腔不能遏制的怒火。他幾至一指點了那無賴的死穴。他長吸一口真氣，終於壓下他的怒火。這一陣氣血沸騰，一舉滌除了他心頭雜質，讓他無比純淨起來。

又過了兩日，客棧帳房轉交給他一封封套上寫著「內詳」兩字的信函。楊君平越發問也不問是何人送交的。只是這番此人改以一筆狂草書寫，筆力甚勁，是下過一番功夫的：

草莽流寇　無文野漢　頑劣有之　惡念不彰　而愚魯之情堪憫　奈何君戲之若狗彘焉

欺凌弱女　毀人名節　惡性重大　莫此為甚　奈何君舉指不定　以婦人之仁縱彼遠颺

嗚呼　已代君斷其遺患矣

「斷其遺患」，是殺了那無賴麼？還是另有所指？楊君平尋思著，執信的手卻不由自己垂落在椅臂之上，剎那間眉額上冷汗涔涔而下。

信中說的正是他這幾日的得意與失意，針砭褒貶，不置一贊詞，足見此人的狂妄。他彷如手執一柄利斧，左砍右削，把楊君平立身之處砍削得只剩下容足的尖峰，毫無迴旋的餘地。

究竟此人是何人？究竟他有何意圖？

不待楊君平想出一個答案，數日之後，帳房又送來一信，龍飛鳳舞幾行字：

故地宜重遊
餘香猶滿頰
為滌寶地塵
殺　殺　殺

接連三個殺字，是以硃筆重力揮寫，極其血腥刺目。下面則畫了一片卵形樹葉，一個長髯老翁側身在一大大張開的柴門前，以手肅客。畫得甚為傳神，功夫不亞於那筆字。楊君平把信箋正面反面細細察視了一遍，又湊到鼻端嗅聞了一會，打開封套，右手食指在封套口微一運力，從套底夾縫中吸出一根極細的樹莖，莖上有細刺。

於是楊君平請來帳房，有事相詢：

「我聽聞貴地盛產甜橘，不知這橘林距此多遠？」

帳房回道：

「是！敝地所產橘子遠近馳名，這橘園原先無處不有，可惜數年前因橘價下跌，農家不能將本求利，遂把橘園夷平改種其他，如今說起這橘園嘛……」

帳房歪頭想了想：

「這裡南去二十里倒有一處極大的。怎麼，楊爺有興致做這柑橘的買賣麼？只是現時尚未結實……」

楊君平打斷帳房的話頭說：

「不過問問以廣見聞而已。」

又問：

「那封信函是何時送來的？」

帳房說：

「小的並未見著梢信的人。是昨日夜裡小的見櫃檯上放著此信，另有一短箋寫著要將這信親交給楊爺您的。」

楊君平點點頭，說：

「我有急事待理，即刻便要啟程他往，煩請掌櫃的吩咐下去把我的牲口餵飽，我說走就走！」

「是，小的這就去料理！」

楊君平略事整理，結清了房錢，一人一騎一逕向南而來。行不到二十里，果然前面蓊蓊鬱鬱好大一片橘林。此時正當夏秋之交，遠遠已可見得一些白色橘花。楊君平在距橘林一里開外兜住馬首，他內力伸展之間，業已察知那人隱身橘林的所在。單音入密發話道：

「這位朋友，楊某依約前來，便請現身一會！」

半晌，橘林內毫無動靜。楊君平又傳音道：

「兄台既說在橘林相候，楊某人已在此，因何遲遲不見尊顏？」

仍只見風過葉動，不見人影。楊君平笑道：

「這位兄台好生傯懶！莫不是有意裝玄弄虛，作弄楊某？」

暮色四合，兩三隻烏鴉嘎嘎飛入林中，除此之外，哪有半個人影？

楊君平說道：

「既然兄台偌大架子，不肯移玉，恕楊某無禮，這就前來親近親近！」

話說得有點輕浮，已是有些動氣了。

打過了招呼，馬背之上一道黑影，眨眼便入了一里之外的橘林。這道不辨人形的黑影進入的是林陰極深偏左處一株高可三丈的橘樹。

楊君平身形拔起的時候，樹林終於也對準了楊君平傳出了話聲：

「無念老和尚果然教出好一個高徒！我不過試藏此處，你居然跟了過來！」

這話說到一半之處，這人便從棲身的那棵橘樹射將出去，意在避開電射過來的楊君平，因此這下半句話是他一邊飛竄，一邊連運內力傳送出來的。

楊君平像是預先測知了這人的去向，一條影子被這人吸了過去似的，一抹煙跟在後面，一邊傳聲說道：

「我師用不著教我這測字猜謎的玩意兒。倒要請教閣下如何得知我恩師的法號？又如何曉得在下是他老人家的徒兒？」

那人短促地一笑，過了一會才說：

「這有什麼……難處……我師父是……無念……和……尚的……舊識……自然……知道……你是……何許人……了……」

這人繞著橘林飛閃，有意在試楊君平的輕功。這片橘林方圓總有七八里，幾匝下來，在細微處便見出了兩人的功力。要知這單音入密是以內力把語音壓成一縷細線，向單一方向傳送，是極耗內力的。這人一面展盡輕功，一面施展傳音入密，語聲有些斷斷續續，便露出了破綻。楊君平入耳便知，這人自己又何嘗不知？於是索性閉嘴不語。

楊君平此時已在這人身後，也不進逼，仍然不疾不徐，傳音說道：

「尊師是何人？既然尊師是我恩師的舊識，何妨以禮相見，為何倒像跟在下有仇似的，步步相逼呢？」

這人在前疾奔，也不答話，許久才「哼」了一聲。楊君平跟在他後面五尺左右，亦步亦趨，他鑽林，楊君平跟著鑽林，他騰躍樹枝，楊君平跟著上枝頭。

楊君平又說：

「台端約我到這橘林，想必總是有事相告的，卻怎的一味閃躲，倒像頑童在玩躲貓貓似的！」

那人聽了大怒，忘了傳音，直著嗓門大吼：

「誰跟你玩躲貓貓了？你不是自詡天下第一麼？我不過是要秤秤你是不是夠那塊料！」

楊君平說：

「楊某從來不敢自稱天下第一。天下第一？這是笑話！就以台端的身手，在下就沒有把握贏得過你。」

「哼，你倒說得好聽！你父親楊嘯天可不是這麼說，他誇下的海口，江湖上誰人不曉？」

「先父望子成龍的心過切，有時話說得滿了些也是人之常情，這也去當真麼？」

那人在前飛奔，顧不得再去傳音了，大聲說：

「那無念老和尚呢？他不是也沾沾自喜了？」

楊君平甚是不悅，說道：

「這位朋友好不知上下進退！你自稱尊師是我恩師的舊識，你便是個晚輩了，如何敢直稱我師的法號？再說，我恩師謙恭為懷，一生以山水草木為師，什麼時候沾沾自喜過？」

那人無語，一昧高飛低潛。

楊君平說：

「這些都不去說他。你一連梢信給我，說些沒頭沒尾的話，我也暫且不論。只是最後這信殺氣騰騰。這，你倒要把話說個清楚！」

那人應道：

「這就奇了，你自己做事有頭沒尾，反倒責怪起我來了！」

「我怎地做事有頭沒尾？」

那人冷笑道：

「自己想去！如果實在想不通，回去一問『滿頰香』的鍾掌櫃便知！」

楊君平見他一味說話繞彎兒，心中不由得有氣。於是決意不再跟他多話。他原本有意落後他五六步，這時微吸一口真氣，身軀便飛揚起來，衣衫飄飄，俊逸華麗兼而有之，轉眼便越過那人頭頂，落在那人身前五六步之處，那人正在全力施展輕功，忽然看見楊君平不聲不響飄落在自己前面，大吃了一驚。也虧得他輕功著實不弱，不待衝向楊君平，也是吸了一口真氣，一歪身從楊君平身側閃過去。楊君平哪裡容得他脫手，只等他縱躍起來，從自己右側將過未過之際，楊君平探出右掌，掌心潛含內力，欲吐不吐，隔著那人靴底寸餘，微微一托，用精純內力將他隔空直送出去。這一掌楊君平無異告以無聲：「我這一掌若真的發出內力，輕則將你摔出數丈之外，重則要斷你的脛骨！」

楊君平雖然沒有點破，那人豈有不知之理。他借楊君平之力，一飄身落在一丈之外，落姿也頗美妙。他回身站定，冷冷地說：

「我輕功不如你，不過，你也且慢得意，咱們後會有期，總要決出一個勝負來！」

只見這人一副慘白面容，木然毫無表情，一看便知戴了人皮面具。楊君平笑道：

「這勝負果真如此重要麼？」

那人冷冷說道：

「家師當年敗在無念大師手下，從此絕跡江湖。我不信如今我也會敗在他徒兒手裡！」

楊君平說：

「恩師從未將當日行走江湖的往事告知在下，倒要請教尊師如何稱呼？」

那人沉吟了一會，說：

「告訴你也不妨。我師道號『青禾』，絕跡江湖近四十載，如今還有誰記得他老人家？」

口氣忽然激動起來。楊君平茫然。他當真沒有聽恩師提起「青禾」這個名號。正思索間，聽得那人撮唇一聲呼嘯，瞬間一匹黑馬自林外飛奔入林。那人也不打話，飛身上了馬背，一揚鞭絕塵而去。楊君平連他姓甚名誰都未問得。

楊君平猛然想起那日在桃林小道自後追來的黑馬騎士，原來就是此人！原來他自始就在跟蹤自己！怪道他眼神那等詭異莫測。

楊君平驀地十分不快活。憂傷、沉重，心中一片濃雲密佈。

於是他索性撇開自己，一心想起方才縱馬飈去的那人。這人的年歲應該與自己不相上下，從他刻意玩詩弄文這點看來，他應是個才華外露的人。再就其武功來說，雖然自己僅略微試過他的輕功，他必然極為自負，而且生怕與他交手的人勝過自己，因此一上來就是雷霆暴雨，著著搶先，底牌盡露。

他是這樣一個人：文才甚高，武功不弱。然而，楊君平想起他的時候，總覺得隱隱約約之間，這個人似乎要把自己一舉拋露一空，執意拚命似的。這一點似乎包含著某種十分可憫的成份。

* * *

楊君平挑在一個小村鎮住進了一家客棧。這小鎮距日益繁華的長樂鎮約二三十里，因不在那條通商大道上，故此十分僻靜。楊君平喜他的清幽隱密，不必去故匿行蹤，距「滿頰香」又不遠，明查暗訪十分近便。

其實不必他親訪「滿頰香」，這件事便驚傳到他耳中。

他有意跟客棧帳房有一搭沒一搭說話兒，想要探出一點消息來。

「掌櫃的，你這客棧窗明几淨，客房寬敞齊整，我十分喜歡，只是地處偏僻，知道的人怕是不多罷？」

帳房嘆口氣說道：

「說不得，這位客倌！咱這裡也過過好年辰的。當年興旺的時候，敝處也是一房難求的。打從那條大路修通之後，客人全跑啦，都去了長樂，這如今長樂可熱鬧了，都快成了縣城啦！」

「這我明白。」楊君平說：「那裡有家飯莊子，叫作『滿頰香』的，我在那裡也吃過飯。」

「『滿頰香』鍾掌櫃！那可不！人家可是一等一的飯莊子！當家兼掌杓，藝傳三代，絕不含糊！」

說著，卻嘆了口氣：

「只是長樂也不寧靜囉！前些時聽聞『滿頰香』吃人訛詐，險些身家性命不保。近日又出了幾條人命案子，縣衙門的秦捕頭也沒了轍，瞎忙了一陣，這凶手連個影兒也沒見著！」

楊君平暗吃了一驚，連忙問：

「這是什麼時候的事？死的是什麼人？」

帳房想了想說：

「總有上十日了罷。死的可都是本地響噹噹的人物！李員外誰人不知？再說那倪當家的，雖說是個女流之輩，卻是厲害十分！張七哪裡又好惹了？不過，話又說回來了，舉頭三尺有神明，這幾人想必平日作威作福，天理難容，死都死一堆兒去了！」

楊君平不再細問，辭了帳房，上馬直奔長樂而來。二三十里路程，揮鞭便到。進入市廛，他便任胯下馬兒慢慢前行。歷經數年的整治，原本一個小村鎮，欣欣向榮，簡直是個頗像樣的商埠了。店舖、客棧、飯館兒、茶館兒等等增開了無數，車馬交集處，雜沓之聲一片。

倪君釵那間舖子便正好在那榮景極濃處的正中央，由此可見她眼光的獨到。當年她先把李員外跟張七收編裙下，確定他們歸順之心無二、她的大權無礙之後，她乾坤獨斷，購下此宅，花下大把銀子裝飾得氣勢堂皇。這樣一間大舖，一起始只以香燭冥寶起家，從這微末小品的一枝獨秀，做到日常家用無所不賣的百花齊放，倪君釵展現的才氣，豈是尋常人所及！及至市肆越發繁華之後，她仍然帶領風騷，獨佔這一帶的鰲頭。說起這位女當家的，左近商舖莫不豎起大姆指，卻都敬而遠之，不敢親近。或說這是因為她跟李員外、張七兩人的糾纏，加上後來趙盛的牽扯。然而證諸他們三人對她持之以相同的畏服，則毋寧說大伙對她的敬畏之情，是因她本人的騰騰銳氣所致。

這段過程，楊君平是聽說了的。因而他第一要看的便是此時倪君釵的店舖。這不難。往日這店就是獨樹一幟，這時楊君平在馬背上一眼便見。那不是因為兩扇紅漆大門在白日深深掩攏起來，格外的腥紅醒目，而是因為那一片紅被健忘的洶湧人潮擠壓淹沒，卻彷似要從擠壓中力爭上游、出人頭地的那種可怖的無聲，以及一種無可奈何的傲慢。楊君平忽然感受到一陣黃昏逝去的哀傷。

這跟那晚他示警後，猶豫在對街屋簷上，遲疑於作裁決時，那精神凝聚的積極狀態是頗不一樣的。他向他們送出字箋，飄身離去的瞬間，此時回想起來，有一種極其可疑的鬆綁的輕喜。

楊君平鬆開轠繩，一任馬兒在熙來攘往的人車中緩步前行。此時正是午間用食時辰，沿途飯莊子俱是賓客滿座。他在一家茶館下馬，挑了一副座頭，叫了一壺龍井，慢慢啜飲著，閒看街上奔忙的客商。

把一壺茶飲完，看看未時將盡，遂起身上馬，慢慢行去。這條鬧街的盡頭，是緊要所在——李員外的豪門巨宅，再過去些許，斜斜相對的便是名聞遐邇的「滿頰香」。

街上車馬依然絡繹不絕，笑談之聲不絕於耳，似乎並沒有人關心數日前此地驚人的巨變。李宅兩扇鑲銅大門——打從楊君平那年以內力遙遙拔斷門栓之後，李員外便斥重金換了兩扇包銅皮的大門，以為從此可以安然無恙了——雙雙緊閉。門如其人：愚憨、頑固而恐懼。大門之前原有一片空地，當年張七跌坐在這裡撒野，鄉親一旁圍觀，而楊君平踏出了他江湖的第一步。如今這片空地已經是店鋪林立，只留下門前兩三丈方圓，把那扇門大而無當的窘狀逼迫得越發無地自容。

楊君平暗嘆了一口氣，縱馬逕直到了「滿頰香」門前下馬。他略有易容，一張極精緻的人皮面具，頷下短髭，活脫是個四十來歲做買賣的。其實，他不易容鍾掌櫃怕也認他不出。有了這幾年的經歷，楊君平早不是當年那個青澀少年了。

由於午間用食時間已過，店中並無食客。鍾掌櫃體恤底下，命他們都到裡頭歇息去了，自己一人在櫃檯內理帳兼看店。這時見有人入得店來，連忙閃身出來迎客。

「這位爺想來趕路辛苦，錯過了打尖，小店這裡侍候您！」

楊君平說：

「好說！早聽聞『滿頰香』的名頭，為了一嚐寶店手藝，特意兼程趕來，只是時辰已過，只怕此時貴店不甚方便？」

「爺哪兒話！小店灶中爐火終年不熄，爺要吃啥喝啥，儘管吩咐就是！」

楊君平說：

「我因為貪程趕路，方才在馬背上啃了點乾糧，此刻倒不甚餓了。這麼著罷，你下碗打滷麵，切一盤羊頭皮來解饞就得了！」

「這好辦！爺請歇著，小的先給您沏壺茶來潤喉！」

他哪裡知道楊君平不是為吃食而來的。楊君平只管讓鍾掌櫃去張羅，自己隨意坐下。不移時，鍾掌櫃親手端了托盤過來，上頭除了一壺龍井，一盤切得精細的羊頭皮、一海碗熱騰騰，香氣撲鼻的打滷麵外，還有一錫壺二鍋頭。

「這二鍋頭算是小店孝敬爺您的。爺請將就著慢用！」

楊君平道聲謝，自己斟了一杯酒啜了一口，酒味香醇如昔。又挾了一箸羊頭皮入嘴，一般的脆嫩入味，麻辣有勁，一時不由得百感交集。他憶及就在那角落，父親楊嘯天因那一味羊頭皮而愁眉疏展，喃喃說著：「如來原是賣花人！」一念至此，心中刺痛。

再喝了口麵湯，挾了一小撮麵條入口細嚼，心中暗暗稱讚：

「果然不同凡響，一碗家常麵也烹製得這樣精美！」

慢慢地把一碟羊頭皮，一碗麵，一壺酒盡皆吃完，自己又斟了一杯茶細細啜飲著。

鍾掌櫃見楊君平吃畢，趨前躬身問道：

「爺還想要些什麼？吩咐下來，小的就去張羅！」
「倒也足夠了。掌櫃的，貴店果真是名不虛傳！聽說掌櫃的東家就是貴店的掌杓，這話可真？」
鍾掌櫃面現欽敬：
「怎的不真！咱們老爺子的絕藝可是一脈相傳，至今已經傳了三代了！」
楊君平故意「哦」了一聲：
「這就難怪了！這杓上功夫沒有親傳密授，想學也學不來的。不過，難道就沒有非分之人作非分之想麼？」
楊君平有意套話，是故單刀直入地問。
鍾掌櫃說：
「咱們這一行是各憑本事，蒸煮炒炸各有所長，犯不著撈魚過界傷了和氣。倒是……唉，說來話長！」
楊君平見打開了鍾掌櫃的話匣子，趁機說：
「這會兒看掌櫃的也還閒著，何不坐下來說說話兒？」
鍾掌櫃見楊君平十分隨和，便也不客套，坐了下來，一面替楊君平斟上茶。
「小的斗膽，敢問該怎麼稱呼您老？」
楊君平說：

「在下姓易，容易的『易』。」

「原來是易大爺！方才爺那句『非分之人，非分之想』真是一針見血、識透人心的話！本地原先確有這『非分之人』作這『非分之想』，這話若是在半個月前，小的連屁也不敢放！如今天幸有路見不平的俠客，見他們實在鬧得不像話了，把這一害除了，咱才敢放膽說話呢！」

楊君平說：

「哦，『他們』是誰？『除了』，是怎地除了？」

「原來易爺還沒聽說呢！這可是本地百年來大事。咱家老爺子也是頭一遭見著！」

「願聞其詳！」

鍾掌櫃不忙說話，先提來一壺滾水把楊君平的茶對滿了，再去店門前張望了一會，的確不見有客人上門，這才重新回來坐下。

「易爺，這段故事要是給了那說書先生，怕不一日一夜也說他不完！咱們長話短說。當年本地不過是個小莊子，做這吃食買賣的就只『滿頰香』一家。這李員外是外地人，他在對過買地建這座大宅子那年，也是本莊的大事。晚後張七的女人怎地勾搭上了李員外，要不是張七自個在李員外宅前扯皮撒賴，誰也不知曉。張七這一鬧倒驚動了一位路過的少俠。這位少俠那會兒怕還年不及二十罷，他跟他尊翁就在咱這小店進食，這少俠見外頭鬧個沒完，出來相詢。小的親眼見那位少俠大展神威，不費吹灰之力就制伏了李員外跟張七兩人，小的這一輩子算是開了眼界！從此倒也相安無事了幾年。相傳張七的女人，就是那名叫倪君釵的婆娘，打從跟了李員外之後便一似變了一個人，眼見這條大路打通之後，本莊一日比一日興旺，仗著李府的財勢，在街口開了一爿店舖。這也不打緊，你有這能耐開店，賣金賣銀，咱管不著，偏偏這婆娘起了歪腦筋，動起咱飯莊子的主意，尋了個名叫趙盛的，明裡說是替咱飯莊子護店，暗裡打的是把咱們一網打盡，通吃的主意。這不就是易爺您才說的『非分之人，作非分之想』的麼？幸虧天可憐見咱們安分良民，正當那趙盛收銀子收在興頭上，暗中又驚動了一位大俠。這位俠客越發神通廣大，咱們通沒見著他的尊容，也不知他使了啥法子，把個趙盛嚇得屁滾尿流，夾著尾巴跑了。這位俠客一不做，二不休，把沒跑的三人一人一窟窿，統統殺了丟在李員外宅子裡，從此永絕後患！」

楊君平聽到這裡便十分留意，打斷鍾掌櫃的話頭：

「你說的這位俠客就為了這樁事連傷三條人命麼？」

鍾掌櫃嘆了口氣：

「按理，他們仨也是死有餘辜！易爺您老想想，那張七跟李員外原是對頭冤家，不知怎的，兩人為了那倪君釵倒像結了親家相似，在那婆娘屋裡你來我往。其後添了個趙盛，一屋裡養三個漢子，易爺，這像話嗎？」

楊君平默然，過了片刻說：

「魚肉鄉民，傷風敗俗，固然是要施以雷霆手段的。掌櫃的，你不覺著太過狠辣了些麼？」

鍾掌櫃想了想說：

「狠是狠了些，不過，不也是大快人心嘛！」

楊君平無語以對，遂以趕程為由，結清了飯錢，辭別鍾掌櫃，返回了二十里外的鄉野客棧。客房窗外，綠蔭蔽地，兼富草木的馥郁，有助靜思。他交代帳房送來一壺龍井，閉門沉思，然而，卻毫無定心靜慮的結果。二更之後，他越窗而出，施展輕功，直奔李府豪宅。

當年楊君平初次來此示警，雖然覺得此宅大而無當，無甚看頭，但人丁頗旺，燈火通明，倒也熱鬧，如今這裡卻因三條人命成了一座凶宅，早已人去宅空。那密室裡幾口黑檀木箱中的銀錠金磚，怕不是被李員外的侍妾朋分一空，就是被查案的官差悉數「充公」了罷。

整座大宅漆黑如墨。楊君平一雙眼在黑夜中視物如同白晝，他一眼看出這殺人凶手絲毫沒有藏匿行跡的念頭，三具屍體顯見得是大剌剌隨意丟放在大廳青石板地磚之上，雖然早經移走，血跡猶存。張狂的是，凶手在大廳粉牆上血書了幾行大字，並未被拭去，從牆上躍然欲出，宛如專等楊君平來此摘取：

傷風隳德敗類　竟未一舉除之以絕後患
是婦人之仁乎　偽君子之謂乎

詭異之極的是，在這兩行血書側方，畫了一幅觸目驚心的血圖：一枚羊頭被一枝利箭穿頭而過，箭鏑鮮血滴滴，下隨一行小字：「西北隅五百五十里」。箭鏑指的方向正是西北。楊君平略一沉思，淡然一笑，輕嘆了一口氣。屋內已無察看的必要，遂移步室外。正如他的揣測，在一棵偉松樹幹上，有一個刻痕猶新的圖記：箭插一枚羊首，箭尖直指西北向。

他越牆而出。那兇手似是生怕楊君平漏看了前頭，在外牆磚石上用劍刻出一個碩大無朋的羊頭，一枝利箭穿腦而過，刻得栩栩如生。

楊君平正眼也不看，逕回客棧，倒頭便臥。次日找來帳房問話：

「此去西北方向五六百里，是個什麼大去處？」

帳房一時摸不著頭腦：

「爺若是要遊山玩水，說來慚愧，咱們這一帶倒也沒啥奇山異水，要不是這條大道從那……唉呀，您瞧我這腦袋瓜！」

帳房一拍額頭：

「『天上有北斗，地下有灤口』，這西北第一大府灤口不就是離咱們此地五百來里麼？那是府衙所在，可熱鬧著哪！」

「哦，這我倒也聽說，正有意一遊。只是熱鬧而已麼，可有甚奇特之處？」

「小的是鄉下土老兒，還沒進城見過世面哪！」

楊君平便不深問，只說：

「掌櫃的，你這客房清淨雅致，我十分喜歡。只是地處偏僻，知者不多，可惜了好地方！」說了一番嘉勉的話，自覺有些老氣橫秋。結帳時，另給重賞，又自覺無處不在仿傚父親，另有一番憂傷。帳房千恩萬謝親自去馬廄為楊君平帶馬，直送他到了門前大路。

這五百來里路程，如果縱馬疾馳，快則二日可到。楊君平既不急著趕路，有心一路探訪，因而放慢了腳程，一直到第五日午時方抵灤口。

誰知這五日卻是慘烈的五日。

灤口為邊陲第一重鎮，人煙輻輳，起於鄰近各鄉鎮，因此越近府衙，市鎮越是熱鬧。楊君平沿途觀賞景色，覺得江南固然柔媚濃膩，此地勁野淡遠，別具風味，倒把自己從頭到腳洗滌了一番，頗覺清爽。

然而清爽不了多久，便有一股血腥狂暴直衝自己而來。那是在頭一晚他入住的一家客棧。才入得那家客棧大門，便聽得幾個房客在一旁口沫橫飛說話兒，爭論著什麼那枝箭是插在羊頭上，還是狗頭上。

「雖說我沒見著，有那親眼目睹的，都說那畫的是個羊頭，錯不了的！」其中一人說。

「這倒費猜疑！真要是個英雄好漢，留個名兒也好讓人景仰，幹嘛畫畫兒打啞謎呢？」另一人搖著頭說。

楊君平便駐足，問一旁的帳房：

「貴鎮出了人命案麼？」

帳房嘆道：

「這位爺也聽說了？可不是死了人了！鬧得人心惶惶的！」

「死的是什麼樣個人？」

「是個婦道人家。聽說家裡有個三歲娃兒，她還背著她家男人偷漢子。算是老天有眼，奸夫淫婦死有應得罷！」

楊君平默然，心中一片陰霾，只覺那人的血紅雙眼，目不轉睛盯住自己，譏諷嘲弄兼而有之而近瘋狂。隨手殺戮，只為了製造一個血腥慘烈、荒誕不經的陷阱，引自己一步一步跨進去。殺戮是隨手卻並非隨意，其精確的選擇暗示一種理性的瘋狂，令人不寒而慄。

其後一路行去，果如楊君平所料，每到一個市集，只要是略熱鬧些兒的，便會有一樁命案在轟傳著，似是專候他的到來。命案現場，在顯目處留著一個箭插羊首的圖記。問起被殺的都是何許人，則不是當地無惡不作的惡霸，便是淫亂的狗男女。凶手對犯了淫行的尤其深惡痛絕，六七樁命案倒有四五樁與此相關的。凶手不但一劍取其性命，有的還去其首級懸於他們犯行的屋樑之上，死狀至慘。談論的村民嘴裡說著：「可殺，該殺！」臉上卻露出恐懼之色。

這一路到灤口有上十個市鎮，寧靜的沒有幾處。楊君平宛如被封住了嘴鼻，一路被鞭打，鞭鞭見血，他卻作聲不得。

好不容易第五日午間，他單騎挺進到了灤口，以為又有轟轟烈烈的大事在候著他，誰知啥事也沒有。啥也沒有，只有暴然湧現的茫茫人海，他突然地沒入其中，一下子既迷且惑，連他自己都如泥牛入海，快溶掉了，卻去哪裡尋找此人？這殺人凶手？

然則，此人為何一步一步引自己到這裡來呢？

5

這一日李大槐的舖中來了一位生客。

這位李大槐在灤口可是鼎鼎大名的木匠師傅，人稱「賽諸葛」的。倒不是說他比諸葛孔明猶善於掐算，而是尊他的木工巧藝可比孔明的「木牛流馬」。此人除手藝傲視同僚，他的巧思更是無人可及。你只需把心中所想之物跟他略作概述，他便能打造出你心中之物，令人驚嘆。因而年不及五十便掙得偌大一片家業，富甲一方。

這位來客指名要見李大師傅本人。伙計不敢怠慢，便把在作坊中督工的李大槐請到舖中的大廳跟這位生客廝見。李大槐見這位客人並未安坐在太師椅上，只在廳中來回踱步，而臉上卻無焦灼之狀，顯見得此人是生性不能定於一，並非有什麼急切的事。

李大槐快步上前抱拳說：

「這位爺要見大槐，不知大槐可有啥効力之處？」

這人駐足回頭，一雙眼精光四射，骨碌碌上上下下打量了李大槐一番，點點頭，微露笑容說：

「這位就是李大當家麼？久仰大名！」

李大槐說：

「不敢！爺先請上座！」

這位客人也不謙讓，一跨足，一撩衣襬在太師椅上大剌剌坐了下來。李大槐心想：原來是官場中人！他雖然也見過大世面，到底不敢輕慢，高聲招呼伙計奉上茶來。

「這位大爺親臨小店，想來有意要為尊府添製行頭？」

這人說：

「倒也不盡然。」

一面說一面四顧，像是猶在蠡測不定，吝於下斷的模樣。世故甚深的李大槐心中瞭然：這人斷然是個官兒，官位也定然不高。因他又想擺譜，又怕冒失，有些進退失據。李大槐心中如此尋思，表面上則依舊傾身側耳，敬謹聆聽著。

這人續往下說：

「說來不怕見笑，我這人早年雖然也讀了些聖賢書，卻自幼專喜蒐羅古今奇巧秘技。記得曾聽族中長者說起數百年前的一位木匠奇才，曾經大發巧思，把一張圈椅固設在一對滾輪之上，推而行之，無所不至，妙不可言，後因這位奇才的驟逝，這項秘技竟然失傳了，真是大可嘆惜的事！前些時聽聞我一位至交的至親罹患殘疾，多年不良於行，若能借助此物，行動豈不稱便！只是也曾詢問過許多木匠師傅，都說看似簡單，要製作得精巧，怕不是易事，竟然無人敢一試！後得人大力舉薦李大當家的，說李大當家乃當今『賽諸葛』，李大當家要能便能，李大當家要不能，今世便無人能夠了！此所以今日特地竭誠造訪，但望李大當家的指教一二！」

李大槐聽到這裡不禁動容，倒不是因這人的言語，而是因他的話觸起一樁心事，忙說：

「不敢！不敢！大爺……敢問大爺如何稱呼？」

「我姓魏。」那人說。

「是，魏大爺。魏大爺真好見識！說起這以輪代足的椅子倒是確有其事的！」

那人不由得沾沾自喜地說道：

「可見這並非道聽塗說！」

李大槐正色說：

「這事如何可亂說得！這是咱們祖先的發明，丁點兒不假。後輩無能發揮，真是叫人汗顏無地！大槐曾親耳聽家祖說他曾在一塊六朝遺物的石板上看見此椅的刻畫，他謹記在心，描繪在冊，作為傳家之寶。大槐前幾日還曾焚香跪讀呢！」

那姓魏的大喜道：

「如此說來，李大當家的應可製作此物無疑了！」

李大槐淡淡說道：

「仿圖製作，並無難處，先民的智慧妙在以輪代足的奇想，一念電轉，乾坤變色，此之謂發明！魏大爺真有心要製作此物麼？」

姓魏的客人說：

「怎麼不真！就怕李大當家藏珍不露而已！」

「大槐其實早有意一試，只因製作此椅需得十二分的精密，兩個輪圈稍一不慎便滾動不易，畫虎不成反類犬了！另則慎選用材，也是頗費周章的。」

「這我知道。事出格外，我也不去說這銀兩的事了。我既一心要這椅子，百兩數百兩也值！」

「要不了這許多。魏大爺這等爽快，大槐也只有豁出去了。我今兒漏夜先畫個圖稿出來，準明兒此時，請魏大爺移駕前來敝店看圖！」

「如此大妙！」

說畢便告辭，連茶都沒喝上一口。他大步邁過穿堂，迎面卻走來一人，一抬頭見這姓魏的客人，立即側身貼壁，不敢仰視，十分恭敬地讓他先走出去。

這人是李大槐的熟客，也是知友。一進入大廳，見李大槐坐在太師椅上沉思，也不打話，把几上的茶碗端起來，一口喝了，說道：

「方才那位客人，老爺子識得他麼？」

「眼生得很，應是從未見過。怎的，老弟倒識得他？」

「識得，怎不識得！他是府衙裡的照磨官兒！」

「唔，我說呢，果然是官場中人。這位魏爺頗有見識。他是怎的一個人？」

「照磨嘛，官兒不大，官位不高，從九品。不過此人十分精靈，善於奉迎。他今兒來到老爺子的作坊，必有所求，他倒是要買些啥？」

「他要大槐為他製作一件奇物。」

於是把姓魏的來訪的始末說給了他。他沉吟了一會說：

「以此人的行事，等閒之輩他是不會這般熱辣辣相助的。這『至交的至親』，八成是個幌子。半身殘疾？莫非……」

他搖搖頭：

「管他作甚！官場中的事能好到哪去！不過，老爺子說的這件奇物，小弟倒是聽也沒聽說過，做成之後，小弟想要開開眼界，好好見識見識。」

「這個自然。」

於是李大槐便去秘室中請出了那冊寶圖，焚香跪拜後，細細地一張一張翻看。一面看一面心中構思，隨手作圖，三更初過，便已畫好圖稿，仔細檢視一遍，心中十分滿意，自以為填虛補實，就是一個學徒，如果照著圖樣實實做去，也盡可將這椅子做得出來了。

次日，魏照磨依約前來。李大槐依舊裝作對他的底細一無所知，慇懃相待。他接過李大槐遞過來的厚厚一疊圖稿，略翻了翻，交回給李大槐，苦笑道：

「李大當家這畫稿於我就如一部天書，看如不看。我只望當家的給我一句話，如果刻日著手，何時可以交貨？」

李大槐在一張紙上左寫寫，右算算，過了約摸一盞茶時間，李大槐這才說話：

「選材、開料、燻蒸，在在費時費工，這活兒得我自個兒下場。魏爺賞我二十日，可見雛型，三十日一準交貨！」

魏照磨喜道：

「一個月，不算長，不算長，就請當家的快馬加鞭！至於這……」

李大槐笑說：

「這物事見於先民遺圖，並無實物可仿，因而造價可上至於無限。不過，此時說這些作啥，先把他做出來要緊！」

「當家的所言極是，先做出來要緊！」

魏照磨笑得有些尷尬。李大槐明白這是因自己「造價無限」的一句話。要知，從九品的官位，月俸不過五石，一兩銀子一石米，就憑他一月五兩銀子的俸祿能作啥？李大槐尋思著，心中已有盤算。

只聽魏照磨咳了一聲，說道：

「李大當家果然名不虛傳！跟當年的巴大家又是不同！」

隱隱一絲尖刻的笑容在他臉上一閃而過。李大槐一楞，心中不樂，又不好發作，半日才說：

「這……這不好比罷，魏爺？」

魏照磨一笑，旋即顧左右言他。於是當下言定，二十日後再來看樣。

自這日起，李大槐便在作坊中另闢一室，閉門不出，吃喝拉撒都在密室之中。這樣過了整二十日，到得第二十一日一大早，只見密室開啟，李大槐容顏蒼白走將出來，進入睡房倒頭便睡。這一睡直睡到申時，店中伙計來報說魏爺前來看樣了。李大槐這才翻身而起，精神抖擻，心情大好。來到大廳，只見魏照磨來回在廳中踱步，面現焦灼。李大槐心中好笑，臉上卻是一片恭謹之色，他上前一揖說：

「怠慢了魏爺！咱們這就去看樣罷。」

「果真可以看了麼？李大當家真是信人！」

喜形於色，有些手舞足蹈起來。李大槐心想：你也不過如此，到底只是個從九品的角色！在前引路，把魏照磨帶進了作坊的密室之中。只見室中一物隆起，用布幔密密蓋住。李大槐上前輕輕揭起布幔，說：

「請魏爺過目！」

魏照磨睜大了雙眼，把那物從上看到下，再從下看到上，然後再從左移目到右。他彷如驟然墜入萬丈深淵再也回不來的模樣，臉色陰晴不定，交換著頓悟的暢快、自責的悔恨。直看夠了一盞茶時間，一語不發跌坐在一旁的一張交椅上。半日，長嘆一聲說：

「李大當家的，此看似極簡而易懂之物，我人前此竟然不知其為用！誠李大當家所謂的『一念電轉，乾坤色變』，先人智慧，無不叫人敬佩！不過……」

他起身用手撫摸著那緊密結實的椅背，圓整光滑的滾輪：

「不過，即然我輩能想出這個道理，沒有李大當家的絕世手藝，也是做他不出來的！我魏禾茂算服了你了！」

李大槐至此方知這照磨官名叫「魏禾茂」。

「魏爺，且慢！這如今不過十成裡做了九成，容我再略作修飾打磨，準十日後交付魏爺看了再說，如何？」

魏照磨說：

「這自然都聽李大當家你的！只是，只是，這……」

露出頗難啟齒的模樣。李大槐豈有不知其意的，不待他話說出口，正色說道：

「魏爺，若說這輪椅的造價，因從無先例，大槐自個也無從核計。不過，這幾日我一人在這小室中思前想後，深感家先祖自見此圖之後，竟無緣得以做成一具實物，以致遺憾終身！今日大槐有此機緣終能完成先祖遺願，直是李家舉族存歿俱感的大事，如何能計以銀兩！大槐情願分文不計，將他轉贈給貴友這位至親！」

魏照磨聽得這話，早忘了官場中的矜持了，目瞪口呆，結結巴巴地說道：

「這……這……李大當家……這……這如何使得？」

李大槐神色凜然道：

「這是大槐的心願，但請魏爺玉成！」

魏照磨怔了半日，終於回過神來，故作鎮靜地說：

「這一節容後再議……容後再議！」

接著似是想起一樁事，急忙說：

「倒是有一事要煩李大當家交代伙計，此椅製成後，請密封以防外洩，我自會僱車前來運載。萬千請託！」

李大槐想了一想，說：

「大槐省得。」

十日之後，魏照磨果然僱了一輛蓬蓋嚴密的馬車前來載運。李大槐先領他去密室中看視成品。但見那輪椅端放在中央，光可鑑人，一動不動，卻不知怎的如活的一般，一觸便要縱躍起來。

「奇妙之極，奇妙之極！」魏照磨嘆道。

李大槐隨手從旁扯來一床嶄新棉絮，親自動手把他一層一層包紮停當，問道：

「魏爺，這樣可行？」

「妥當，妥當！」魏照磨忙說，又迅快偷窺了李大槐一眼：「經先前李大當家一番點撥，如今我也不敢提這銀兩的事，我自當銘記在心，容我徐圖後報！」

李大槐一揖到地說：

「魏爺言重！大槐心願已了，日後也無心再作下車馮婦了！」

扶椅親自押送著上了外頭候著的馬車，魏照磨拱手告別而去。

魏照磨一句「徐圖後報」，造就了李大槐此後許多生意，「賽諸葛」李大槐之名越發是天下皆知了。

＊　＊　＊

灤口近郊有一座不甚起眼的舊宅，不知者會以為那至多是舊日王孫，今日破落戶的宅第，因其兩扇大門大則大矣，油漆斑剝，一望而知是久未修葺，其頹敗的模樣，只怕經年累月都不曾開啟過。

不過這扇大門兩側向外包伸綿延、不見其極的圍牆卻高可兩丈，十分偉壯。圍牆內老樹參天，一片蓊鬱興旺之象，哪像個破落戶？

知曉門道的，從不枉費氣力到這破敗前門口來的，他會繞經另一條蹊徑直通後園，那裡可有一道精緻紅門，寬僅容一車一轎出入。入此紅門之後，頓然可見一座大院落，專供停轎、歇馬之用，再過一道宏門，便是一座大花園，一條曲徑蜿蜒花木之間，宛如沒有止境，引向深深內宅。

這乃是當今灤口知府曹哲永的府第。

說起曹哲永此人，鄉人津津樂道的是他當年得意科場的盛況。據聞他幼時家貧，所倚者寡母而已，有時甚而三餐不繼，靠鄰里善心人士接濟渡日。不過，這曹哲永的志氣非比尋常，「童試」之前，他是「忍辱偷生」，然後一舉連過「縣試」、「府試」、「院試」三關，以「稟生」資格「入學」。既是「稟生」，吃食可以無虞，乃得能專心致志於「鄉試」。那年恰逢皇上下詔加開恩科，他又高中了「解元」，那可是轟動鄉里的大事。錦上添花的事發生在次年三月，他赴京會試又高中了「會元」，於是京中無人不在傳頌著曹哲永，寄望他能一鼓作氣，三元及第，他自己也在心中自比商輅，志在必得。誰知他的科場鴻運盡於會試，殿試榜上，他勉強中了個三甲，幾乎名落孫山，他一氣返鄉。但老天卻在仕途上繼續眷顧他，就在他英雄氣短之際，他被進士榜下即用為知縣，成為「老虎班」的一員。一年不到，他就是「老虎班」中響噹噹的人物。不旋踵又被拔擢為灤口知府至今。這樣一顆熠熠明星，或正因為太過炫人眼目，直叫人越來越看不清他的原本面目了，一如這棟大宅，前門冷落，後門熱鬧，形成莫測的詭密氣氛。

* * *

從繁花綠蔭濃密處，傳來一陣轆轆車聲，接著便響起一片嬌俏的歡笑，夾雜著聽去像公鴨嘎嘎嘶叫的話語，這語聲一出便凌駕一切聲響之上，聲聲逼人，撕括著人的耳鼓。但聽那聲音在說著：

「這個好，這個車好！今日有了這車，總強似給你們抬來抬去，抱來抱去，卻也便宜了你們！如今你們只要擱我身後一站，我連你們鼻子眼睛全瞧不見了，還知道你們在想些啥嗎？想男人，想野漢子，全由著你們了。嘿！往日你們私下裡說些什麼以為我不知道？我全知道！都說我行動不便，老爺嫌我在心裡，虛情假意儘裝門面，現如今你們可瞧清楚了，這天下獨一，唯我們曹府才有的椅子，不是老爺上天下海為我尋來的麼？誰說老爺待我薄情來的，誰說的？唉，唉，慢著些，椅子好推，要推我下江入海麼？這石板子路顛得我氣兒都喘不過來，陳媽，先抱我一程！」

這一陣連珠炮嘶叫，到這會兒才停了下來。隨之只見從曲徑走出來一群婦人，當先是一個壯碩的婆子雙臂托抱著一個瘦小的華服女子，後面跟著五七個丫鬟，一個高佻身材的丫鬟推著一輛椅車。說話的便是抱在那婆子手膀中的瘦小女子，在她聒聒說話的時刻，一旁的丫鬟除了適時參雜奉迎的笑聲外，沒人敢插一聲兒言語。

走到一片花海之前，那華服女子說：

「行，就這兒！那椅子呢？我坐著看看花兒。」

那丫頭連忙推著椅車過來。婆子明知這女子下半身已無知覺，仍不敢大意，輕輕把她安放在椅車上。經這一陣挪移，只見華服女子的翡翠耳墜子晃晃蕩蕩，耀眼生輝，手腕上的翡翠鐲子忽上忽下，鏗鏘作響。

好不容易坐定，她伸手抹了一下額頭的劉海，臉上露著一些倦煩，皺著眉額，左看看，右瞧瞧，忽然一些兒興緻也沒了，偏著頭問後頭的人：

「才出來給我喝的是蓮子燉燕窩不是？喝著也不怎麼著，是太甜了還是怎的？是擺的冰糖還是紅糖？」

後面丫頭面面相覷，沒有廚娘跟著，誰敢亂答話？幸而她也無心等回話，因為她又有了新鮮事兒：

「今兒怎不見王大山來當差？」

「是！」高佻身材的丫鬟答道：「王大山前兒告假，要到後天才得回來呢。」

華服女子「哦」了一聲，先皺了皺眉，忽地思想起什麼，嘴角牽動，露出極兇狠又極詭異的笑意：

「是了，我怎地倒忘了？王大山不是才娶媳婦兒的麼？挺結棍的小伙子。告假回家為的啥？三天兩頭的，他媳婦兒可有得好日子過了！」

後頭的丫鬟們捂著嘴要笑又不敢笑出聲。這瘦弱女子低著頭，半日不言不語。她梳著一個高髻，額前卻總有一抹劉海；她不時便用手抹一下。尖削的臉頰、尖削的兩肩，雖然一身華服貴比王妃，也掩不住骷髏一般的身段。她，就是名滿天下，灤口知府曹哲永的正室蕭恭人。曹知府未置側室，一起始這倒是一段佳話，都尊曹知府飛黃騰達之後，未棄殘廢的糟糠於不顧，真是情比海深，義比天高。其後隨著前門的越發冷落，後門的越發熱鬧，便有許多刻薄的故事流傳出來。

蕭恭人又笑又皺眉，許久不說話，也不賞花，只是想心事。忽然她說：

「我怎地老覺著涼颼颼的？」

兩隻手臂交握著，摸索著瘦骨嶙峋的兩肩。後面的丫鬟不敢怠慢，急忙從提籃裡取出一件崁肩，趨前替蕭恭人圍上。這又替她原先的煩惱添上了一層新的煩惱。

她老覺著自己像一件衣裳，想找一個掛鉤兒掛上去，才待要掛，那掛鉤一縮便沒了，自己這件衣裳軟溜溜一滑，癱滿一地。設若她能把自己掛上那縮不進去的掛鉤，那她便大有依憑，可以好好地發作一番，她便舒暢了。

她的煩惱就是自己掛不上掛鉤的煩惱。

她喘了一口氣，沙著嗓門說：

「這會兒是啥時辰了？老爺該打衙門回來了罷？我得回去候著他去！」

丫頭才要推著她回屋，她突地又說：

「慢著，誰去把邊上那朵海棠摘給我……不是，不是這朵……」

她嘎嘎地吼了起來：

「那朵，那朵！」

那是撕括耳鼓的嗓門。打從那年她在雪地不慎摔斷了背脊，長年臥床，身體虛糜，加上性子急躁，慢慢便把她的嗓子割裂成如今這令人毛骨悚然的嘶吼。

丫頭待她吼完，便入花田摘下她要的海棠。

「回去養在我睡房的花瓶裡罷。」

她看都不看那花一眼，閉上雙目一任丫頭推著回屋裡大廳去。沒人知道她閉眼想啥。丫頭們不敢瞎猜，實情是，誰也不想知道她在想什麼。

曹府院深宅廣，這一路推去，雖比往日抬著步輿要快捷許多，也耗時不少。閉著眼的蕭恭人似乎在估量腳程，快到內宅時，雙眼一睜，極其凌厲地朝左右各自橫掃了一眼，適才她一人高高在上的倦煩頓時消失得一無蹤影。

「我就在後廳等候老爺！」她吩咐著。

「後廳」，就是正對後門、後園的大廳。雖說是「後廳」，其奢華尤勝正廳。蕭恭人面對繁花似錦的後園，在後廳當中一坐，動也不動，不像個真人。

遠遠地腳步雜沓，卻是毫無說話聲。

曹知府一身官服，被一群僕從簇擁著大步走進來。他在跨步下轎之後，頭一樁事便是左顧右盼，似是在尋找什麼人。這時，一個隱身在門扇背後的侍女迅速閃身出來，碎步趨前，迎向曹知府探詢的眼光，湊著他的耳根輕聲說：

「老爺，夫人剛去花園賞花回來，看著挺精神的！」

曹知府點點頭，臉上一亮，這才讓人覺著這大步走入的知府大人原先臉上的陰霾原來是焦灼之色。

這名滿天下的本朝能員，個頭不高，貌相並無驚人之處，也無天縱奇才的懾人目光，彷彿他的天賦業已耗盡在科場、在官場。底牌翻盡之餘，他只得倚靠精巧的造作來鋪張門面了。他彷彿深有自知之明，因而從來不以正眼對視別人的目光。雙眼平視，只在對方胸口以下，偶而一翻眼白，趁虛去捕捉對方的荏弱之處。這察言觀色的絕藝，經他在官場歷練之後越發的爐火純青。然而，造作其實就是謊言，而心虛於露相，他用另一個造作來掩飾前一個造作：一個謊言掩飾另一個謊言。敏快迅捷，看去似乎是果決善斷，然而一些刻薄的流言卻從此不徑而走了。

曹知府在小丫頭的通風報信之下，確知蕭恭人今日並無異狀，才放心地大步走進後廳，滿面春風地朝蕭恭人一昂首說：

「夫人今兒神清氣爽，有新鮮事兒也讓我分享分享哪！」

「有倒是有，只怕你聽了未必受用！」蕭恭人仰著下巴，顴骨上堆著嘲謔意味極濃的笑容。笑容不足以澄清疑慮，他還是得從她撕裂的聲音裡去找蛛絲馬跡，今兒她到底是快活還是不快活？不過，這也是極難之事，她像是仗著她難於捉摸的曲折崎嶇的嗓門，故佈疑陣，擺佈他在兩可之間，而他的進退兩難，就極可能是她快活的極致，也極可能是挑起她的盛怒的根由。

為了方便細察，曹知府便趨前要來推她的推椅。

「慢著！」她喝住他，那聲音像是傷心到極處的哭喊：「你一身官服來推我，成何體統！」

曹知府如遭電擊，縮回手。她又說：

「況且，我坐等了你半日，這會兒也耐不住了，阿蘭。」

她回頭叫隨侍一旁的丫頭：

「你先抱我去那裡！」

丫頭會意，急忙上前抱起蕭恭人，往側間密室走去。原來這蕭恭人自從癱瘓之後，常有內急不禁之徵，因而舉座大宅無處不設密室，備妥馬桶盆盂之類，以備她不時之需。趁她進到密室裡去，曹知府也在隨從手中換下了官服，穿上家居輕便衣服。不一會，蕭恭人由阿蘭托抱著出來，仍舊坐上了推椅。她長喘了一口氣，每在她去過密室出來，她總有瞬間的輕快舒暢。曹知府如何不知？趁機說道：

「這推椅坐著還舒暢麼？」

蕭恭人說：

「我以為你忘了呢！這椅子果真是天下獨一無二，除了咱曹府，連宮中都沒的麼？」

曹知府左右看了一眼，說：

「這裡有我，你們都下去罷。」

於是僕從丫鬟一一退走，大廳中只剩下曹知府跟蕭恭人。曹知府推著推椅，緩步走向內廳。

「我幾時騙過你，小六兒？」曹知府親暱地低頭說。

蕭恭人在家排行第六，自小被叫做「小六兒」，無人在旁側時，曹知府便叫她「小六兒」，而蕭恭人則逕自替曹知府取了一個別號「曹么」，因他是家中獨子，既諱言兄姐，又無弟妹，自是老么了。在她氣極之時，這「曹么」叫得格外刺耳響亮，聽去便是「曹——妖」，曹知府也無可奈何。

蕭恭人倒是深信曹知府這話，泰半也是強迫自己去相信，但是對他親密的低首則一些也不隱藏她的疑慮，她一股腦把這些推回去給他：

「小鬼才相信！」

她伸起右手，朝上比著小指。曹知府由上往下窺見她右嘴角露出小虎牙的一噘，是嘲諷和微笑兩者極其可疑的混合。他不敢貿然多言。他真的是厭煩每日一返家就跟她這樣無休無止地兜圈。他寧可回府衙去跟他敵對的人周旋，那才是一種血腥凌厲的痛快。他樹敵越多——這是不爭的事實——他便戰志越昂。

她見他無話，便更不肯甘休：

「曹么，我在場面上的話，想必你也都聽見了，連底下人如今都說知府老爺是個有情有義的人。這推椅是不是你知府大人上天下海尋來的，你自己心底有數。我倒要問你一句實話：究竟是誰有恁大本事，把這唯我獨尊的稀世寶物弄來獻予你的？」

曹知府笑一笑說：

「此物誠然不是我曹哲永親手，不過，連孔老夫子也有言：有事，弟子服其勞。我這做知府的有事，部屬去鑽營而能竟其功，不也是我意旨的伸張？又何必去追究這親手不親手的小節呢？」

蕭恭人語塞，不過她哪能服輸？

「我就不信你曹么會把我擺在你心底正中央！不過你碰巧有這麼個精靈鬼怪的下屬，又碰巧他摸對了門路。算是你這知府大人的運氣罷！」

曹知府嘆口氣：

「這不也是你這知府夫人的運……福氣麼？」

蕭恭人避開他這話，表示她一些兒也不領情他的恭維，一味追問著：

「你倒告訴我，你府衙裡啥辰光竟有這麼個通天本領的人？」

「什麼通天本領，一如你所說，機運湊巧而已。我看他小聰明而已，不是啥大角色。他是衙裡的照磨官，專管府中收支審計。」

「哦？」蕭恭人不由得注意起來，想了想又說：

「官卑而能有此心，我到十分心感！」

「是，我也頗嘉勉了他幾句。」

「空口白話嘉勉幾句，虧你這知府做得出手！」

「怎地不對了？那我該當怎地做？」

「提拔提拔他呀，一個堂堂四品官兒拔擢個把下屬有何不可？」

「你以為我不曾想過？只是這魏禾茂沒有舉業，他如今也不過是個從九品，我想著提拔他也師出無名呀！」

「哦！」蕭恭人至此也沒有話好說了。

然而，忽然之間她臉色一亮：

「你說這魏……魏什麼來的？」

「魏禾茂。」

「哦，這魏禾茂專管收支審核？」

「正是。」

「我倒想見見這人。」

「你要見他，見他幹啥？」

蕭恭人眼睛一翻：

「我要當面謝他。」

曹知府連忙說：

「哦，哦，這個容易，這個容易！」

這自然不難。就在數日之後，魏禾茂啣知府之命，前來府上求見夫人。魏照磨雖然聰明有餘，也猜不透知府要他面見夫人用意何在，又不敢多問，只好硬著頭皮前來。

蕭恭人倒是真心要見此人，聽說魏照磨求見，便命丫頭推她來到後廳。老遠她便看見一個九品服色的官員躬身肅立在正廳偏右，正所以說明他的不知所措。蕭恭人從他的卑顏之中看出一絲好奇，這在他的神態裡增添了一點童拙，心中先有了三分喜歡。於是咳嗽了一聲，清清喉嚨說：

「那前面的可是魏照磨麼？」

怪異的聲音把魏禾茂嚇了一跳，連忙把腰一挺，吸了一口氣，一如在當差一般，中氣十足地回道：

「是，卑職正是魏禾茂，奉大人之命前來叩見夫人！」

撩起官服就要下跪。蕭恭人一擺手說：

「罷了，罷了，這兒不是官廳，你也不在當差，這禮就免了罷。」

魏禾茂是極精靈的一個人，自不能憑這麼一句話就真的不行禮了，仍然彎腰就要跪下去。

「我說了免了就免了罷，你這般拘禮，有些話我倒不便問你了。」

魏禾茂偷偷瞄了前面這個瘦弱殘疾的婦人一眼，只見她右手手掌不住輕撫著那張製作得極其精巧的推椅椅臂，不知怎的，他忽地信心大增，不由得全身一鬆，大聲說：

「是，卑職遵命。」

躬身行了一個禮，往一側讓了一步，一副傾心恭聽的模樣。蕭恭人微微一笑：

「我找你來不為別的，為的要當面謝你。難為你找人做了這麼一張椅子給我，叫我這有腳等如沒腳的老婆子也能去那往日不能去的地方。只是不知要怎地謝你才好？」

「夫人言重！卑職平日有個不長進的毛病，性喜蒐集舊書古籍，無意間得知咱們祖先有此發明，便找人仿圖製作起來，卑職看他做得十分玲瓏精巧，一般平路可以暢行無阻，想著夫人或不至於嫌棄，便斗膽呈獻上來。因緣湊巧，卑職無半點功勞，夫人言謝，卑職何以克當！」

蕭恭人點點頭：

「恐怕所費不貲罷？」

魏禾茂遲疑了片刻，本想說一個子兒未花，轉念又道：

「倒也有限。」

蕭恭人說：

「想來你也未必肯說。我記在心裡就是。」

過了一會，蕭恭人換了個話題：

「聽說你這照磨官是個從九品，怎不在科場上求發展？」

魏禾茂臉一紅，低頭回道：

「卑職性喜雜學，拙於八股，因而屢試屢敗，如今倒也心如止水了。」

「可惜了！平日也常在外頭走動麼？」

「夫人是說……？」

「哦，我是說外頭各行各業、市井商情也都是你所謂的『雜學』，你既無意科場，何不妨多用些心思在這上頭？」

魏禾茂在心裡咀嚼著她的話，嘴上不敢怠慢，忙說：

「夫人教訓的是！卑職也曾想轉行商界，只是……只是……」

蕭恭人擺擺手道：

「不必說了，我知你意。你如今只顧做你的功課去。你專管府衙的收入支出？」

對這橫刺裡的一問，魏禾茂有些摸不著頭腦。

「是，這是卑職的職掌。」

蕭恭人倒像是沒聽見他的話，陷入沉思。半日她才彷彿又想起了眼前這個人：

「以後有事沒事儘管來府裡見我。務必把你在外頭打聽到的新鮮事兒說給我聽！」

「是，卑職記住了！」

自此，魏禾茂便成了曹府後院的常客。一開頭，他也不敢造次，必得有曹知府的口諭他方敢進府晉見蕭恭人。直至一日，曹知府喚他到跟前來吩咐：

「禾茂，你幾番到府裡跟夫人說話兒，她聽著十分新鮮，挺受用的。爾後你就常去走動，也不必等我來提你的醒兒。府衙的差事是有定規的，只要不礙了正事，應卯與否無關緊要，我心裡有數。」

有了曹知府這一席話，他遂大著膽子三天兩頭就進府裡去跟蕭恭人「說話兒」。但是這入府應對卻成了魏禾茂極其沉重而緊要的工作，尤甚於在府衙當差。蕭恭人絕非泛泛之輩，她喜聽要聽的，也絕非蜚短流長之類無稽之談。她能傾心專注的，是當今市井中哪些行業最為當道而利厚，為何同為飲饌一行的，卻賺賠不一，其理安在？這些提問，魏禾茂如不下功夫去鑽研「做功課」，如何答得上來？因而每日裡魏禾茂馬不停蹄只在街頭巷尾尋些「有根有據」，足能吊起蕭恭人胃口的新聞舊事。數月下來，魏禾茂竟把各行各業的興敗盛衰摸了個通透。如今他就怕蕭恭人不發問，只要一提問，他必能口若懸河，一一解她心中之疑，且另有啟發，只聽得蕭恭人不住點頭，十分滿意。

蕭恭人這一日聽完了魏禾茂的本家魏老黑如何賣掉祖產，專營土木致富的故事，點頭嘆息道：

「可見致富之道並無訣竅，端看你識不識時務！眼要看得準，手要下得狠。抱定破釜沉舟的壯志，孤注一擲！你那本家魏老黑不就這麼發了？禾茂，你多學著點！」

魏禾茂說：

「夫人的話，禾茂記在心裡。」

蕭恭人一頓，說：

「我聽聞衙門中也有棄了官職改行經商的，可有這事？」

「是有。不過泰半都似卑職一般科場失意，仕途黯淡的角色，轉行務商，糊口而已。」

「那得看怎地做。你在府衙也做了這些年，衙門之中可也有啥可聽可聞的趣事？」

魏禾茂茫然，一時答不上話來。

「打比說，」蕭恭人說：「你這照磨官兒專管府中收支審核，這灤口一地，幅員廣大，一入一出都是白花花的銀子，看著不也有趣得緊？」

魏禾茂苦笑道：

「夫人是在打趣禾茂！卑職不過是看門的卒子，瞧著銀子扛進扛出乾瞪眼而已。」

蕭恭人不由得也是一笑。她蒼白乾癟的雙頰，突地無緣無故一陣潮紅，右嘴唇噘起，露出虎牙，是她跟曹知府獨處時，常出現在她臉上的似諷似怒，極其可怖的笑容：扶著推椅椅臂的兩隻手緊緊握住椅把，骨節暴起，像是她要撐著把手站起來。許久紅潮才漸次退去，雙手忽地一鬆。她長喘了一口氣，一句話也沒有。

她再開口的時候，嗓門雖然依舊怪異刺耳，卻無丁點的起伏，而且思路明晰，條理清楚，彷彿一下子全身的精神都抖露出來，爆發在她那一副骨架子上。魏禾茂猛一抬頭看見她像是要給燒成灰燼一般的慘烈景象，心中吃了一嚇。只聽得她聒聒地說著：

「打比說，你總知道哪些銀子花在啥地方，花出去的銀子該怎地核銷。再打比說，你今兒要造橋築路，總得要公款，這銀子來自何方，自有一定門路，你做這照磨官的，理當通曉一切罷？」

「這個自然，這是禾茂職司所在，焉能馬虎？」

「這就好。」蕭恭人說：「此後，你就專挑府衙中這些事兒說給我長長見識。街頭坊間，你照舊兒打探去，這於你有百利無一害。你只記住我這話。」

「是，卑職無時無刻不謹記在心！」

自此，魏禾茂得空便把衙門中各部職司，一一詳說給蕭夫人，而她也聽得津津有味。蕭恭人誠然不是聽了就算，她緊接著就有許多話來問魏禾茂，所問多與帳款的出入有關，魏禾茂自是知無不言，言無不盡。

* * *

魏禾茂平日晉見蕭夫人大抵在申酉之交。有了曹知府先時那句話作護身符，跟蕭恭人說完話兒，他就逕直返回家中，不必再去府衙了。他也知曹知府如無例外，總在酉時傳轎回府，因而他一到酉時，便向蕭恭人告辭出來，故此自從入府作為蕭恭人的「清客」以來，從未與曹知府在府中打過照面。

然而這一日卻是年餘以來第一次例外。他正要告辭，蕭恭人不待他開口便說：

「今兒你且慢走，我有話跟大人說，你一旁聽著！」

魏禾茂一楞，還沒答得上話來，蕭恭人又說：

「我要跟大人說的事，攸關你今後的出處，說是你今後的榮華富貴也不為過，大人要有話問你，你只管看我的眼色行事！」

魏禾茂心中嘀咕，嘴裡應道：

「禾茂省得！」

其實他一點不「省得」。眼前這個蕭恭人與往日截然不同。雖則平日他也絲毫不覺著她可親可近，因為她的喜笑怒罵、揮灑自如看似把他當自己人一般無所顧忌，實則是粗鄙的目中無人。但是此時的她遠超出了白日陽光給她的範疇，直接縱身而入夜半的黑暗所給予她的鬼魅一般的無限放縱。魏禾茂不由得打了一個哆嗦。

蕭恭人吩咐丫頭推著推椅直到後面正廳。魏禾茂只得緊跟在側。蕭恭人瘦削的臉上那一對眼睛睜得嚇人的大，眉頭卻鎖得緊緊的。魏禾茂覺著他也被推向一個前無去處的懸崖，只有縱身一躍，至於一躍之後是福是禍他已無暇顧及了。

曹知府一入後院便已得報說今兒夫人留下了魏照磨，生似有些兒「著惱」，因而他一入廳便迅快瞄了兩人一眼。曹知府何等聰明，加以近年在官場的歷練，承上啟下的謙厲有別，看見魏禾茂低首垂目，卑顏無辜狀，肚子裡雪亮：蕭恭人要嘛無事，只是故作姿態，要嘛有事，而此事必與魏禾茂有關。自己要解套，唯有從魏禾茂著手。因此，他先和顏悅色地向魏禾茂微一頷首，說：

「禾茂，你也在此！」

魏禾茂忙躬身回道：

「是，卑職陪著夫人說了一會兒話。」

「很好，很好！」

曹知府也不忙換官服，急步趨前到蕭恭人的推椅前，傾身笑道：

「夫人今兒覺著還好？」

蕭恭人無意理會曹知府的慇懃：

「曹——么，我哪日不是這模樣，有腿生似沒腿，要不是禾茂上天下海找來這張推椅，我能好麼？」

這「曹——么」的「么」拖得長而荒誕，聽去就是「曹——妖」。嘰嘰呱呱聲中，一副唯恐苛責之意不彰的急切。此時便顯出了曹知府的能耐。他低首附在蕭恭人耳旁，輕聲說：

「我知道，我知道！我日內便會有處置……」

全然不去理會魏禾茂。他的能耐呈現在他橫眉面對攻擊的韌力，彷彿他在說：我的最不堪處也都露了底，再壞也不過如此了，我還在意什麼？

然而這兩人看在魏禾茂眼中，一瞬間他覺著他們不是夫妻，而是一對鬼魅在互相糾纏撕裂。不知怎的，他只覺陰風蔽體，打了一個冷顫。

蕭恭人冷笑了一聲：

「我料著你有這話！我偏不讓你打馬虎眼！我今兒便要你把禾茂的事兒定了！」

「定了？如何定了？他大小也是吃朝廷俸祿的官兒，豈能三言兩語就把他怎麼了？」

蕭恭人哼了一聲：

「這我自然知道。我如今不是要你升他官，諒你沒這個能耐！我如今要你把他的官兒辭了！」

曹知府這時也不禁吃了一驚：

「辭了他的官？他做得好好兒的，一無違失，二未瀆職，怎能平白辭他的官？」

「嘿！實跟你說了罷，我要用禾茂。他在府衙裡，我差遣不便，再說他頂著那起馬的官銜，吃不飽餓不死，永無出頭之日，我瞧著難受！」

曹知府半晌不知如何作答。

「喂，你倒是說句話兒！」

同樣楞在那裡卻不敢作聲的是魏禾茂。怎地從未聽蕭恭人跟自己談起這事，忽地就把自己推上這短兵相接的前線，全無半點抽身的餘地。蕭恭人行事恁地不可測，他心中的恐懼遠甚於詫異。

「你事先半句話兒也沒，這會兒要我決疑於頃刻間，神仙也難呀，何況……」

「沒難到那地步兒！堂堂一個知府，任免一個九品官，不就是一紙公文的事麼？」

「唉，唉，你們女……」

蕭恭人一聽「女」這字，一把火便冒了上來：

「你趁早住口！別讓我說出好聽的話來！當日不是我蕭世蘭死活護著你，你曹——么有今日麼？如今我腿廢了，跟你要個人替我辦差，你就有那麼些難處！」

她越說嗓門越高，嗓門越高其聲就越嘰喳刺耳。

曹知府滿臉燥紅，結結巴巴說：

「夫人……夫……人，我不是……不是推諉。這事總得……總得我回府衙再辦罷？何況……」

曹知府斜眼一飄魏禾茂。那是極其怪異的一眼。魏禾茂覺著曹知府那偷偷的短短一眼，十分雜陳，各種意含都在那一瞥中爭相出頭，紛紛奔向自己。那意含有卑顏的邀寵、細緻的陪小心。有慷慨的允諾、有玩家家酒般的貼心知己、赤膽忠心……總之，那是跟府衙中與敵手滔滔雄辯、與友朋皇皇高論的曹知府是迥異的兩個人。那一眼使得魏禾茂全身不自在，彷彿自己在無意間做了不乾不淨、很不光彩的勾當。

曹知府的官帽顫動，俯身跟蕭恭人陪笑說：

「何況，也還得問問禾茂他自個的想法罷？」

蕭恭人右唇一噘，露出小虎牙：

「難得你還想到要問禾茂！喏，他人就在這兒，要問現在就問！」

側眼向魏禾茂掃過去極其嚴厲的一眼。

魏禾茂在歷經了曹知府偷來一瞥帶給他那不乾不淨的不自在之後，再也不遲疑，從低首垂目，不敢仰視的側身站立處閃身出來，對著曹知府一躬到地：

「卑職但憑大人、夫人的吩咐，赴湯蹈火，在所不辭！」

曹知府臉上陰晴不定，眼睛壓得低低地，只看著魏禾茂胸前。這正是他在心中衡量利害得失時的面情。

蕭恭人倒不出聲了，一動不動，雙目直視著前頭。

半日，曹知府才冷冷說道：

「禾茂，既是夫人有用你之處，你明日便去府衙交卸了罷。有人問起，你只說你厭於仕途，自行謀生去了，其他一概不必多言！」

「是，卑職絕不敢多說一個字！」

蕭恭人直到此刻才呼了一口氣說：

「曹么，我還有一句話說在前頭。」

她毫無顧忌地在魏禾茂跟前左一句「曹么」，右一句「曹么」，似是刻意撕破曹知府的臉子，要他在下屬之前尊嚴掃地，如此一來，他便再無顏面來跟她說個「不」字。

「既然禾茂今後由我差遣是你應允了的，近日內我便要他著手打點去。我一個廢人，要銀子沒銀子，要人手沒人手，到時候禾茂要些什麼支助，傳話給你，都是秉我的意思行事，你不要動輒就推三阻四的！我這也是為咱曹家後世子孫的百年大計，也為你歸隱之後謀一條生路。如果都能依我的盤算一步一步按譜兒來做，準保半年之後，咱們安坐在這大廳內點銀子！」

蕭恭人兩手緊扶推椅椅臂，又是一副要挺身站立起來的模樣。曹知府不知怎的，突然顯得有些愚魯樸拙，手足無措起來。他壓低了兩眼，平平地看著前面，默然無言。

魏禾茂趁機說：

「大人跟夫人如無進一步吩咐，恕卑職就此告退。」

蕭恭人說：

「你回去罷，明兒再來，我有要緊話交代！」

於是魏禾茂行禮告辭，一身冷汗地出到後院來。迎面只見靜立在廳門側邊，慣常向曹知府通風報信的丫鬟抿嘴含笑看著自己，等走到切近，她悄聲問：

「魏大人還好麼？」

魏禾茂以手抹額，吐了吐舌頭，壓低了嗓門：

「今兒我算是見識了夫人的厲害！」

丫鬟捂嘴說道：

「這算好的了！沒見過夫人拿花瓶砸老爺罷？老爺嚇得官帽都掉地上呢，那才叫熱鬧！」

魏禾茂聽了，哪還敢逗留？悄悄牽馬出了後窄門，上馬揚鞭，一溜煙走了。

不需多久，魏禾茂就明白蕭恭人之所以如餓虎見了血肉一般一口啣住了他，並非他真有什麼奇才異能，實在因他具四通八達之便。明乎此，以魏禾茂的機靈，他立即安於他的角色。蕭恭人命他做什麼，他便卯足了勁，做他一個十成十，毫不見打折縮水，蕭恭人倒也十分滿意，有了好處，也按份兒給他一些。

說起「好處」這一層，魏禾茂感觸甚深。蕭恭人之精，精於每一處：精於算計、精於計較。因而給他的好處也是「扣」著給，絕不多給一丁點。給了之後，她便毫不掩飾她的自我誇耀之色，似是在說：你瞧，你瞧，跟著我準沒錯兒罷！那神色傷到魏禾茂的骨子裡去，他覺著那「好處」不是給他辛勞的報酬，是施捨給他的恩惠。

曹府後廳的訪客自此一日多似一日：有地方士紳，有殷商富賈。令人側目的，則是府衙中的官員。這幫人都是便服來訪，神色匆匆，與蕭恭人密語數句便即告辭。

蕭恭人也非往日的她可比。她原就精於衣著，如今為了接見訪客，更是日日盛裝。她於飾物獨鍾翡翠，先時不過偶一佩戴，點綴點綴，現時則耳墜、鐲環無一不是翡翠。她有一個搔首撫髮的習慣，如今動不動就抬起手臂抹弄額前垂下的劉海，她一舉手但聽叮噹之聲大作，她臉上便現出一種無限神往的如夢似幻的表情。

也有訪客中斷的日子，蕭恭人照舊一絲兒不馬虎，只是不見眾人簇擁，她一個人一動不動孤坐在後廳正中央那張推椅上，只有翡翠耳墜子不時綠焰閃動；臉頰、唇上抹著豔紅的胭脂，越顯得兩頰凹下，顴骨突出；一身嶄新的綢緞，胸前塌陷；織工精緻的寬裙空空洞洞的，覆蓋著像是什麼都沒有的下半身；手腕緊抵著椅臂；兩邊手腕各有一隻大翡翠鐲子，上緣凸起，露出好大一個半圓，足足可以套進另一隻手腕。她一聲不響地坐在那裡，紅紅綠綠，假得像個紙糊的人兒。

魏禾茂越來越覺得自己陷入的是一個荒誕不經的境地。所有一切雖是秉蕭恭人之命，卻都是由自己一手打造。比如街上那間鋪子就是頂著自己的名兒，雖則空無一物，經那屋簷下進入知府後院的巨商名流卻不知凡幾，但是自己卻一些兒也不知曉他們究竟進出府邸所為何來。

他只知不到半年，蕭恭人果然在後廳跟曹知府談笑風生，雖然不是她先前所說「安坐在廳中點銀子」，其神情則比點銀子猶鬆快愉悅。他奇的是曹知府的神態。曹知府對蕭恭人的敬而畏之是魏禾茂熟知而習慣了的，如今他從曹知府眼神中看出一絲阿諛。這原不足怪，魏禾茂所不解者，是為何曹知府的討好要參雜那一種小偷一般的閃躲藏匿，一如犯了錯的神色。

魏禾茂是處身在這麼一個他從頭混攪到尾，卻進不到裡面去，而使他自覺荒唐可笑，純然不可解的莫名其妙的困境裡。

有了這局外人的感覺在心裡，有時他就會忽然覺著空閒得不得了，耳根就會聽進去一些平日聽不進去的話語。他逐漸聽聞到一些關於曹知府的流言。

6

楊君平雖因灤口之大而有泥牛入海，泯滅了自我之感，但是他瞬即定了定神，止步於這初步印象。而且對於為何那人把自己引來此地，也絲毫不去想他，因為他明白遲早那人必會以他自命不凡的法兒知會他。因此他自入了灤口市集，便讓胯下馬兒信步溜去，左顧右盼，盡情觀賞眼前這瞬間繁華。

入夜他在一家頗潔淨光敞的飯莊子前下了馬，入內坐定。見粉牆上貼滿紅紙黑字的菜碼，便隨意點了幾道小菜，待小二端上菜來，他心內禁不住一笑一嘆，原來竟是跟他在「滿頰香」點的菜一模一樣。可惜，此處究非舊地，小鎮的至味如何得能在這俗塵復現？

草草用畢晚飯，結帳時，因掌櫃的京腔生澀，頗費了一番功夫才弄明白。遂無心尋覓，就在鄰近客棧要了一間上房，略事梳洗，滅去燭火，靜心運氣一周。做完晚課，倒頭便睡。

次日一早，也不騎馬，僱了一輛車。車伕鄉音極重，竟然聽不懂楊君平的京腔，直到楊君平掏出一錠銀子，比手畫足鬧了半日，車伕總算明白了，於是載著他去那熱鬧好頑的所在盡興暢遊了一日，入夜才回客棧。案頭並無留給他的信箋。

第三日他捨車騎馬，全城縱馳了一日，大抵把灤口的精華處所都走遍了。所到之處雖然極盡熱鬧繁華，倒也無甚特殊，且入耳鳥語，宛如來到異域，半句也不懂。第四日他便無心出遊，只在客棧休憩。到得酉戌之交，他去跟帳房要了文房四寶，放在房內桌上，之後便一搖一擺到左近一家飯莊子用了晚膳，又一搖一擺回到旅邸，吩咐帳房送來一壺上好龍井，坐在太師椅上細細品味。

三更初過，他心中一動；起身慢慢踱回桌旁，慢條斯理研得滿滿一硯濃墨，運筆在紙上寫了四個字：「稍安毋躁」。

指尖挾起字條，對著窗口輕輕一彈，那薄如蟬翼的字條便如一片薄鐵，畢直向窗口射去；房內的楊君平也在這時失去了蹤影，而字箋猶未飛出窗口。

疾射而出的字條，直向二三十丈外屋簷一個黝暗角落飛去，像是有知覺的鳥雀，待要斂翅棲落似的，紙條一軟，飄飄落下，果然暗處伸出一隻手接了過去。那藏身暗處的人還來不及看字條，楊君平已然無聲無息現身在他前頭數尺處，面現微笑。

那人一怔，順勢瞥了字條一眼，冷笑道：

「楊大俠好俊的輕功！在下不是老早說過，我的輕功不如你，閣下又何必花蝴蝶一般故意飛來飛去炫耀呢？」

說楊君平「花蝴蝶」一般，倒形容得頗貼切。楊君平先前在窗口不經意的一探，已知此人藏身之處，他飛身出去，並未直撲屋簷他隱身的角落，卻是圍著他飛繞了一圈，最後才衣衫飄飄輕落在那人前面。他落地的時候，字條也不過才剛飛飄到那人手上。楊君平的用意十分明白，無論你朝哪個空位退走，我都可先一步在那裡候駕。

楊君平一笑說：
「豈敢！台端自始尾隨在下，真個是神龍見首不見尾，難道不也是炫耀麼？」
那人一撇臉，雖然戴著面具，不見真貌，而不屑之情甚濃：
「這一路行來，是誰尾隨了誰，自己心裡明白！」
楊君平臉色一正，說：
「既然你提起這件事，我倒真要問個清楚了。你殺倪君釵三人之後，一路殺人無數，每殺一人便留下箭穿羊首的印記，分明是要栽贓在我楊某人身上。別人或有不知，卻瞞不過在下！」
那人冷冷說道：
「既然別人不知，便不算栽贓。」
「那你這又是何意？」
那人仰臉朝天，好半會才說：
「我且先問你，倪君釵、張七、李漢生該不該殺？沿途那一個一個的淫行惡跡，該不該殺？」
楊君平想起鍾掌櫃的「大快人心」的話，以及沿路所見又稱快又害怕等等不一而足的民情，一顆心無端懸浮了起來，覺得每每要與此人辯駁，自己總是理足卻辭窮，處境十分脆弱；自己面面俱到，卻面面受敵，拙於應付。為何如此，又總找不出個理由。
他莫名其妙地有些狼狽。他咳了一聲：

「這，這……他們固然作惡多端，可是……可是……這人命關天，難道只是引刃一快的小事麼？何況，總也還有朝廷的律法罷？」

那人差些就要仰天大笑起來：

「你這些酸腐之論，說給小娃兒聽去罷！你這人一把年紀了，猶自活在夢裡，真正可笑！我自小蒙我師父身教言教，耳濡目染，辨是論非，典範早在，哪裡容得下一些兒渣渣？卻想不到無念老和尚，盡教你那些縛手縛腳的所謂聖賢理論！說起朝廷律法，別讓人笑掉大牙了！你要是心中有這朝廷律法，那你為何又來練功習藝，幹這行俠仗義的營生？」

聽他說到這裡，楊君平才算慢慢擺脫拙於言辭的怯懦，他又咳了一聲：

「楊某信得過尊師必有妙法教誨閣下，不過敝恩師的諄諄誘導，啟發悲天憫人的善根於冥冥之中，無法而法自泱泱，絕非閣下所說『縛手縛腳』的陳腔濫調。這我且不去說他。我心中倒有一疑要就教於兄台方才的一句話：即所謂『辨是論非，典範早在』，難道兄台不覺這話太過大膽粗率了一些？」

「典範就是典範，有什麼大膽？有什麼粗率？」

「楊某以為是非黑白乃是一個總結，而要得此總結卻是要大費周章的。要知是中有非，善中有惡，千絲萬縷，糾纏難解，並不是刀切豆腐兩面光那般簡易明白，你待如何抽絲剝繭，理出頭緒，得出那總結來？就依循那幾個典範麼？這是竊意以為粗疏大膽的地方，也是我心中之疑。兄台意下如何呢？」

那人大概從來沒想過這個問題，聽楊君平一問，楞了一會才說：

「古之典範放諸四海而皆準。都像你這般講究過去，咱們還行什麼俠，仗什麼義？」

「典範自然是我們行事的準則，卻也不能削足適履，大而化之罷。事小猶可，事關人命，若錯殺無辜，則所謂行俠仗義，與為非作歹何異？」

那人一聽大怒，厲聲說：

「好，好！你是說我郭若豪濫殺無辜？」

直到此刻，那人方說出他的姓名。許是因為既然自己都道出了名號，這面具戴著也無甚意義了，氣憤之下，他一手扯下了面具。雖是夜黑如漆，楊君平卻把這人看得十分清楚：只見他年齡與自己相若，白皙皮膚，五官端正而有些過於細緻，兩道濃眉極為密接，顯見得是個心思細密、胸中不甚能容物的急性子人。

楊君平抱拳說：

「郭兄，楊某不是這個意思。楊某是說，典範乃辨是非明善惡分之後一個概括之物，若凡事不分青紅皂白，一律套入這概括之物，而強取結論，並據而行事，則恐有偷懶之譏，謬誤或也是難免的。不過，就事論事，郭兄這一路懲處的幾個人確然罪有應得，雖然手段是過於火辣了一些！」

郭若豪憤憤不平，只在屋簷上踱來踱去。他原本是頗自負自己的辯才的，因而用辭遣句，語氣姿態無不霸道十分，突然之間遇到柔軟之極的楊君平，竟像是站都站不穩了。

「我濫殺無辜，我濫殺無辜？笑話！這幾人我不過是一劍穿心，至多取其首級，讓他們死得痛快。依我的性子，那淫邪之輩我恨不得把他們大卸八塊！」

楊君平見他高亢激昂，便不出聲，以汪然一片，溫和平靜，卻不乏同情的眼光看著他。郭若豪在屋瓦上來來回回疾走了幾遍，忽然立住腳，背對著楊君平，面朝一垛矮牆，似乎是在想什麼。片刻，他慢慢回轉身，密接的雙眉大見寬鬆，嘴角掀起一抹詭密的笑意。

「楊君平，你好一派皇皇高論！我險些也叫你哄騙了去，幸虧我及時識破了你的騙局！」

楊君平愕然。

「郭兄，」他說：「你這話我不解，我一番至誠，何以竟是騙局呢？」

郭若豪輕蔑一笑，卻多少有些得意：

「你騙了別人，也騙了你自己，你不自覺而已！我現今把你一語道破。你自築高牆，在圍牆內營造你自個兒一座花園，日日在裡頭蒔花弄草，唯恐其花不美、其草不香。外面世界似乎與你無干。無干？真的與你無干麼？」

他瞪起一雙眼睛，直直盯住楊君平，生怕一鬆，楊君平就會飛逸不見了。

「只怕由不得你來粉飾太平，只怕你心中的火辣尤勝過我！你心中秘處的殺伐之望，又何亞於我郭若豪？不信你且回想當日你見著倪君釵時的情景。不信……不信你且回想當年跟自己父親動手的情景，你如何一劍畢了你親生父親之命。因而我的所作所為不過是實現你蠢動在心中卻又不敢付諸行動的願望而已。我留下的印記，一言以蔽之，其意在正名，你怎反倒說我栽贓於你了？」

郭若豪越說越得意，楊君平臉上一片死灰，垂首不語許久，長嘆一口氣，淡淡說道：

「郭兄真是用心良苦，對楊某所知甚詳。不過，你可知道有許多事內情遠非傳言所說的麼？只是，看來，眼下就是我怎麼解說，郭兄也未必聽得進去罷，不如暫且先把這放在一邊，容後再說。如今我要就教郭兄的是，你把我引來濼口，究竟所為何事？」

郭若豪難於置信地瞪著楊君平。他不信這人皆不知、唯有他知，如雷轟頂一般的洩露。這排山倒海的責難，楊君平竟然能這般淡然處之，一骨碌就脫身在狂風暴雨之外，倒讓他這致命一擊毫無著力之處了。

他瞪了楊君平半日，怎麼也嚥不下這口氣。

「好，好，好一個楊君平！好一個天下無敵的英雄好漢，原來只不過是個弒父小人！我郭若豪恨不得現時一劍手刃了你這偽君子！」

楊君平長吸了一口氣，神色莊重，語氣卻更是淡然：

「首先，在下要再次慎重說明，楊某從未自認天下無敵。天下無敵？真是何其狂妄自大的四個字！眼前郭兄你就是楊某生平的勁敵，遑論這五湖四海之內的無數能人異士了。其次，郭兄你說我是弒父惡徒，我要回告郭兄，我是，我又不是！郭兄若有興致，則請稍安毋躁，我異日當為郭兄詳說。在下所不解者，郭兄既痛恨楊某到如此地步，大可在首日見到我時便把我一劍劈了，為何要傷了幾條人命，把我一步一步引到濼口來？」

全身繃得極緊的郭若豪碰上毫不閃避，而有泱泱之風的楊君平，氣得久久說不出一句話來。

「豈有此理！」他好不容易掙出這句話：「是，又不是，你是在耍我？你明知我要殺你不容易，偏偏那般慷慨起來。這都是你心中那一絲假仁義、偽道學在作祟。我今日把你一路引到此地，就是要你看清這濁世的真真假假。」

郭若豪頓了一頓，心情漸漸恢復了平靜，雙眉倒又緊緊鎖攏在一起。

「此事了結之後，才是我們決一死戰的時刻。」

他抬頭瞪了楊君平一眼。

楊君平說：

「為何你我這一戰竟是這般火急重要呢？」

郭若豪怒道：

「我前頭說了這許多都是白說了不是？」

楊君平搖搖頭：

「看來如果我們不一戰，恐怕我走到天涯海角你都會跟定我。也罷，就聽你的罷。不過，你說要等『此事了結』，此事是何事，如何方算了結？」

郭若豪不答，只在屋瓦上來回踱步。他似乎並沒有因楊君平答應與他一戰而快活，反而顯得問題更其複雜似的，沉鬱而易怒。

楊君平也不逼問他，退後一步，負手觀望星空。郭若豪一去一回越走越快。忽然之間，楊君平恬淡遙遠的氣勢成為他所有不快的起火點。

他猛然止步，轉身面朝楊君平：

「既然你什麼也不知道，我便指點你一條明路。」

楊君平立即趨前一步，傾著上身說：

「楊某願聆教！」

郭若豪瞪了他一眼：

「我瞧你連日在街上瞎逛蕩，應知加昌街與德旺街一帶是灤口最熱鬧所在，就那兩條街上，有大小茶樓不下十數家，日日人滿為患。就中一家名叫『梅花閣』的，生意格外興隆，你這幾日巳時一到，儘管去那兒喝茶去。」

楊君平茫然道：

「喝茶？你要我去茶樓喝茶？」

郭若豪冷哼了一聲：

「正是，你儘管去喝茶去。」

「這有何益？」

「有沒有益，你去了就知道！」

楊君平略一沉思，爽快說道：

「是，楊某照做就是了。」

「不過，你楊大俠到了『梅花閣』，如果還是那句『那有何益』，那就休怪我下手無情了。」

楊君平說：

「有益無益要去了才能明白。倒是楊某有一件事相懇：直到此刻，我全盤在五里霧中，我去了『梅花閣』能否立時弄他個一清二楚，楊某生性愚魯，實在毫無把握。郭兄到那時總得現身予楊某一個交代，才作進一步打算罷？」

郭若豪厭煩至極地說道：

「怎麼恁地囉裡囉嗦！婆婆媽媽的，這也是天下第一高手的行徑麼？」

楊君平淡淡一笑說：

「我不早就跟郭兄說了我不是什麼天下第一高手麼？如今郭兄既把我看穿，咱們這一戰就免了罷！」

郭若豪像是險險中了圈套，及時跳出那般，聰明滿臉地護住了自己的地盤，而且節節進攻：

「你休想就此脫身，沒這麼容易，咱們這一戰非但要打，還非得分個你輸我贏，一點含糊不得！你放心，我到時自會前來會你，豈容你撒手走人！」

說著，他凝神一抱拳，說：

「我話已說完，就此告辭！」

楊君平在郭若豪凝神的剎那已有所覺。他倒有心掂量掂量他的底子，因此故意裝著不知，也不運功，敞開全身，準備裸身接他這一招內力。

瞬間，宛如大白天裡黑夜驟降，一團黑粘膠狀之物，從頭到腳，團團把楊君平包住。那是一股極陰柔的內力，綿綿軟軟之中，彷彿有無數細針，四面八方螫向楊君平全身各處。楊君平十分好奇，既未運功，也不閃避，只以護身真氣分頭迎面試探。那細針不見退卻，有得寸進尺，越逼越緊之勢。

楊君平已測知了郭若豪內力的深淺。一聲長笑之後，單音入密，直擊郭若豪耳鼓：

「郭兄志不過在天下第一這個名頭而已！」

雙臂一抬，周身的陰柔內力夾帶的無數細針，全數不知被吸納到何方去了。郭若豪一個踉蹌，立腳不住，幾乎向前傾倒，隨即不知打哪向他湧來一股暗力又把他輕輕托住。

這都是郭若豪說出「就此告辭」倏忽間發生的事。他藉一傾之勢，飛身而起，掩飾了自己立腳不住的尷尬，嘴裡猶自說道：

「你我沒完沒了！我偏不信無念老和尚的『浮雲十八式』天下無敵手！」

話畢，人已經隱入暗夜不見。楊君平站在屋簷上好一會，搖搖頭，輕嘆了一聲，飄身入房自去歇息了。

＊　＊　＊

次日，楊君平果然如言前往「梅花閣」喝茶。這間茶樓他在剛抵灤口時便有所聞，盛名之下，他當然要去觀瞻觀瞻。可是他一到「梅花閣」那牌樓一般的大門下，只見裡面人頭鑽動，話聲鼎沸，雅興頓失。心想，也不過就是一間茶樓而已，何以熱鬧不堪至此？當時便折往他處去了。

這日一早，他在牌樓之下看到的情景亦復如此，正在進去或不進去之間猶豫，站在門前攬客的店小二眼尖，搶上前一揖說：

「這位爺來喝早茶的麼？有才出爐的蟹殼黃，香的哩！」

說的竟是好一口京腔。楊君平頓生好感，欣然跟隨他入內，一面問道：

「我看裡面已經滿座。還有座頭麼？」

店小二在前引路，慇懃回答著：

「有，有！爺是生客，爺是頭一遭來咱這茶樓的罷，變也變個好座頭給爺！」

楊君平笑道：

「好個伶俐的店家，莫怪生意這般興隆。」

「爺好說！其實這也不難。爺是外地口音，一聽便知！」

「原來如此。倒也是，我初來乍到，貴寶地鄉音竟是半句也不懂，倒像是置身異域呢。」

「難怪爺要聽不懂。咱們灤口一地，除了這做買賣跑江湖的會學幾句京腔，八成只能打鄉談。爺出門在外，言談請多小心，免得與人一言不合，惹上風波，十分不值。小的一片好心，別無他意！」

「多謝關照！」

楊君平跟隨在店小二身後四面打量著。這「梅花閣」果然不愧是灤口第一茶樓，大廳一次坐滿，怕不容得下百餘人，佈置得更是金碧輝煌，只是有些俗麗，這與四周轟轟然的吵雜之聲倒是頗為相稱的。

楊君平深覺怪異的是全廳一分為二，左右密擺桌椅，中間有一條寬可五尺的走道。這五尺之寬類似象棋盤上的楚河漢界，一眼望去便知是壁壘分明的兩邊。

這兩邊都還有甚好的空座，偏偏店小二腳步不停，一直往裡走去。楊君平不解，輕敲店小二的肩膀：

「店家，這右手那副座頭十分敞亮，不如就那邊坐了罷？」

店小二回首陪笑說：

「這外進兩邊十分吵嚷，爺請再移幾步路，小的一準給爺一副清靜些的桌椅。」

楊君平原先以為灤口茶樓本就這般吵鬧，也不以為意，經店小二一提醒，方覺果然哄鬧得不尋常。只見有的人站著相互吆喝，有人指著對面怒聲喝罵。楊君平苦於聽不懂他們的鄉音，不知他們為啥這般興頭。

「店家，貴寶店每日都這般熱鬧麼？」

店小二苦笑道：

「不好說得，爺，這算是文場，回頭不定還有武場可看哪！」

楊君平不由得想起郭若豪昨夜的話。難道他一再要我到「梅花閣」喝茶是另有深意焉？自己倒要耐著性子坐下去，看看究竟有啥可看的。

又走了數十步，過了一道雕花拱門，來到內進，頓然清靜了許多。店小二環顧一下，領著楊君平到一張寬桌前站定，抽下搭在右肩的布巾，在桌面拂拭兩下，說：

「爺，這裡還行麼？」

楊君平說：

「好極！你就給我上一壺杭菊罷，點心暫且不要。」

店小二忙說：

「小的這就去。」

卻不忙走開，朝鄰桌一位書生裝扮的中年人作了個揖：

「邱爺今兒來得恁早。」又回頭向楊君平：

「這位邱爺是小店常客，他打京城來，爺要是有啥聽不懂的地方儘可以請教邱爺。」

楊君平起身抱拳說：

「邱爺請了！在下姓楊，因事路過灤口，聽聞『梅花閣』的盛名，不免也來附庸風雅一番。」

邱姓書生忙起身回了一禮：

「楊爺幸會！只是此地恐怕熱鬧有餘，風雅倒未必罷？」

兩人相互一笑，也不多言，各自落座。

這姓邱的一坐下，便目不轉睛眺望前廳的紛紛擾擾，聽到入神處，不由自主地或點頭或搖頭，或拍桌，或遙指前面，罵一聲：「什麼話，豈有此理！」把個楊君平看得丈二金剛，摸不著頭腦，又不好打岔，只得耐著性子，慢慢啜飲他的菊花茶。

茶博士提著茶壺來添水。姓邱的才恍然一醒，說：

「你家的蟹殼黃灶上還有麼？給我來一碟，也給楊爺上一碟，都記在我帳上！」

楊君平連忙抱拳說：

「楊某無功受祿，如何使得！」

姓邱的說：

「一回生，二回熟，在下今日跟楊爺比鄰而坐，便是有緣，還請楊爺賞臉。」

「這，楊某便恭敬不如從命了！」

茶博士領命而去。姓邱的又說：

「只怕方才在下手舞足蹈，有些失態，沾污了楊爺耳目，請多包涵！」

「哪兒的話，」楊君平說：「倒是楊某於貴寶地鄉音生疏得很，竟是一句都不省得，憾不能與邱爺共賞耳。」

「什麼共賞！」姓邱的搖搖頭：「倒是不聽的好。在下生於斯、長於斯，句句入耳，想要捂耳不聽都不成，卻又恨不能置身事外，只好退到這裡間來，充其量不過是仿那掩耳盜鈴的沒有出息行徑罷了。」

說著嘆了一口氣。

這就更添了楊君平的好奇之心。不多時，茶博士送來兩碟各四枚的蟹殼黃，熱氣騰騰，香氣撲鼻。

「這『梅花閣』的蟹殼黃是本地一絕，灤口一地無人可比。楊爺請試品其香酥爽脆。」

楊君平聞言夾起一個輕咬一口，其味絕美。

「果然是極品。」他讚不絕口，一氣連盡兩個。他喝了一口菊花茶，清了清喉，見姓邱的一時尚無意去聽前面的紛擾之聲，便謹慎地以言語試探：

「方才邱爺言談之中似頗不耐前座鄉親們的言談爭議，邱爺如果不嫌楊某冒昧，能否為楊某解說解說個中原委呢？」

姓邱的又嘆了一口氣：

「我豈止不耐！在下直覺就中若干人簡直乃天下之至愚至蠢之輩！唉，說來話長，可惜今日無暇長談。」

他起身從後窗向外看了看天色，回來說：

「在下在城北有一家糕餅舖，平日均交由我一位兄弟經管，我自到這裡來自尋煩惱。」

說著一笑：

「今兒碰巧約了一位麵粉同業見面，這會兒就得趕去。敢問楊爺何時要離灤口他去？」

「楊某是特地來灤口遊玩的。這幾日還不忙離城。」

「如此好極！楊爺既有興緻聽本城醜聞，明日就仍在此地相見，在下也趁機抒發抒發胸中悶氣。」

「楊某一準在此專候邱爺。」

於是姓邱的匆匆告辭先走了。楊君平把餘下的兩個蟹殼黃一併吃了。蟹殼黃其味固美，卻略嫌膩口，吩咐茶博士另換了一壺普洱來解膩。心中思潮起伏，一會兒想起郭若豪昨夜的言語，一會兒猜測這「梅花閣」與郭若豪究竟有何關聯。想著想著，無緣無故十分煩躁起來。

不過，也容不得他胡思亂想。前廳忽然喧鬧之聲大作。楊君平原是背朝前廳而坐，聞聲回頭，只見前廳壁壘分明的兩邊各衝出二三十人，相互又拉又扯，鬧成一團，斥罵之聲不絕於耳。濼口當地土語十分奇特，有些詞語聽去頗類古音，仔細分辨又覺不是，其聲有時粗魯，有時高亢。這時楊君平才終於明白，他的無名煩躁原來起因於這前廳的吵雜。

「梅花閣」對這情狀似乎是司空見慣，早有準備，一見外面鬧起來了，從裡頭頓時湧出一二十人，個個年輕力壯，把糾纏在一起的兩邊人馬拉了開來。人是分開了，叫罵吆喝則越發毫無顧忌。

楊君平心想，想必這就是店小二所謂的「武場」了。自己既然觀之茫然，聽又聽不懂，鬧得如此不堪，不如暫且離了這是非之地，明日一總聽姓邱的說個分明罷。

起身來至櫃檯，掌櫃的說邱爺已付清了茶資。楊君平雖然心感，到底過意不去。出了茶樓，時近正午，這大街上車馬雜沓，來往行人摩肩接踵，正是日裡最熱鬧的時辰。

楊君平搖搖頭，心中總覺著有什麼粗蠻狂妄，不可理喻之物横在前頭，窮自己畢生功力都撼他不動。有一瞬，他覺著彷彿一個雞皮鶴髮的老婦，塗脂抹粉，自以為美若天仙，眼前這熱鬧是屬於這一類的無知愚魯，所以連自己的武功都動不了分毫，然而細想又不盡然。總之，是一種荒唐無理的全盤不是滋味。

而市容突然之間變得塵揚土飛，黯淡無光，凡俗乏味到了極處。楊君平無心遊玩，早早回到了旅邸。

翌日他才到「梅花閣」的牌樓前，昨兒那位在外迎客的店小二老遠就飛奔上來行禮，熱絡地說：

「楊爺今兒早些！邱爺昨兒臨走吩咐仍在裡間給兩位爺留座，楊爺這邊請！」

楊君平跟著店小二一路進去。儘管此時仍早，前廳兩邊都已經上了六七成座。店小二領著楊君平到臨後窗的一個角落，以一扇屏風隔為小間，越發連前廳的動靜都看不見了，極宜清談。楊君平說：

「此處甚好！這茶嘛，候邱爺來了再上罷。」

他才坐下不多久，姓邱的便匆匆進來，一見楊君平在座，連忙說：

「在下原本從家中直奔『梅花閣』，來到半途，轉念一想，何不帶些敝舖手製的糕點給楊爺品鑑？因而踅返舖中，這一來卻叫楊爺久候了！」

果見他手中提了一個紙包。他問跟在後面的店小二：

「楊爺尚未用茶罷？」

又轉頭向楊君平：

「這裡自焙的鐵觀音茶味純正，楊爺不妨換個口味試飲看看。」

楊君平說：

「但憑吩咐。昨兒叨擾了邱爺，今兒就容楊某作東罷！」

姓邱的笑說：

「楊爺遠來是客，在下理應略盡地主之誼。店家，你這就去把你家的極品鐵觀音沏一壺來，楊爺與我共用一壺。」

他坐了下來，動手打開紙包，一面說：

「在下賤名是『浩業』兩個字，楊爺直呼賤名就得了。」

楊君平忙說不敢，也把名字報了。這裡邱浩業已經打開了紙包，指著裡頭的糕餅說：

「這圓圓的小餅是敝舖賣得極好的綠泥酥，以綠豆泥綴以鹹肉蝦蓉蔥酥為內餡，請楊爺試嚐。」

楊君平拿起一個吃了一口，但覺柔甜軟腴，芳香撲鼻，不禁讚道：

「輕鹹柔甜，相互依偎，風味之絕美，是楊某生平僅嚐！」

邱浩業歡喜說道：

「楊爺說得好！不是在下誇口，這大江南北，似還未曾見過類似的酥餅。」

茶博士送上茶來，邱浩業親手為楊君平斟上，自己也倒了一杯。他啜飲了一口說：

「昨兒在下走後，楊爺可曾又見聞了些什麼可笑的事物？」

於是楊君平把昨日兩邊群起鬧架的始末說給了他聽。邱浩業嘆息一聲說：

「這算是好的了，有時鬧架竟殃及了勸架的店小二，被打的頭破血流，我親眼所見就不下數起之多。唉，人家也是爹娘生的，何辜遭殃！」

他搖搖頭，又喝了一口茶：

「昨兒我說這起人是天下之至愚至蠢者，實在是有感而發，不過……」

他苦笑了一聲：

「我自己不由自主每日來此聽他們胡說八道，比他們又好到哪裡去？」

楊君平說：

「好奇之心人皆有之，這也怪不得邱爺。究竟他們每日爭之鬧之，所為何事？」

「說來不值一哂。爭來吵去，不過為了一人。」

邱浩業探指向外一指。楊君平不解，邱浩業不等楊君平發問，繼續說道：

「不過是為了咱們灤口的父母官曹知府一人而已！」

楊君平大奇：

「為一個地方父母官竟至於群起動武，也算是天下奇聞了。是爭論他的是非賢愚麼？」

「誰說不是奇聞？不過，楊爺設若得知他一生經歷，就明白其奇也是其來有自的，……」

邱浩業忽然側耳凝神，傾聽前廳一個粗壯的厲吼聲越座而來。

「楊爺您聽聽，這曹知府有這一幫不可理喻的人附和，他能不膽大妄為麼？」

楊君平說：

「這個人倒是說了些什麼？」

邱浩業一拍頸，笑道：

「瞧我這人，怎地忘了楊爺您是外地人！這粗漢亂吼亂叫的是這句話：就算曹知府觸犯了天條，我也跟定了他！我鄉有人無知愚昧到這田地，你還能說什麼？唉！」

他黯然舉杯啜了一口茶。

「這曹知府名叫哲永……」邱浩業慢慢說。便把曹知府如何刻苦發奮，幾乎連中三元而一舉天下知，又如何被進士榜下即用為知縣，越發名噪一時，從此仕途發達，不數年被拔擢為灤口知府，譽為本朝能員，等等一一詳說給了楊君平。

楊君平問道：

「按說，這曹知府科場得意，仕途順遂，前途大有可為，為何會落得今日這個下場？」

「楊爺問得好！」邱浩業說：「我當日與許多本地人一般，對他期望十分殷切，深覺以此人之能，好自為之，總有一日他得能入閣拜相。他入主灤口頭兩年，也還差強人意，此後在下日日看他，越看越膽顫心驚，唉，天意啊！」

他長嘆了一聲，舉杯一氣喝盡。楊君平聽到緊要處，急於聽他的下文，所以屏息凝神，不去打斷他。

「此後他就亂了章法，一如醉漢，走路都走不穩了。在下痛心之餘，也曾力圖為他找出個緣由來，終不得要領。近日裡，我心平氣和了些，心想，或許這曹哲永的資質才賦走到了盡頭，因而前進無方，全失了準頭。就如咱們兒時玩的沖天炮，一沖上天，等火藥燒得將盡，就見他擺頭甩尾，不知要沖往何處去了。資質才賦有限，或許天命如此，曹哲永自身也難左右。不過，何以至此他卻又有許多聰明才智生出這些個不堪聞問的事端來？這就不是我邱某人能夠一探其微的了。」

楊君平不由問道：

「是些什麼事端呢？」

「唉，還不就是一個『貪』字作祟！據聞，不管是官銀私財，只要有隙可入，他無不上下其手。而他手段極其高妙，明知錢財已入了他府中私庫，卻無人得知他用的啥五鬼搬運法。民間傳言，就這幾年功夫，他府中累積的財富不下百萬兩之多，真是匪夷所思！」

楊君平說：

「邱爺提到民間傳言，以楊某這兩日所見，竟似有各持己見的兩造在針鋒相對，其一似在護衛，另一則在攻訐。依邱爺的解說看來，這要護衛的與攻訐的，都是這曹知府。楊某不解的是：這護衛的一方，放言直論也還罷了，這攻訐的一方言詞犀利，出語不遜，難道不怕得罪當道，致遭羅織麼？」

邱浩業一拍桌子，說：

「著呀，楊爺，真是一針見血之論！當初在下也是先有疑在此，四處探訪，然後將探訪所得，一一拆解，方知這曹哲永陰險奸詐毒辣之處正在於他的故示放縱，這是攻守兼具的高招。」

楊君平不禁「哦」了一聲。

「要知天下事若要人不知，除非己莫為。曹哲永斂財兇狠，他自己也知道遲早會洩了底，如果流言蜚語傳入朝廷言官耳中，非同小可，不如故縱其言，另則壯大原先一幫護他的人，形成兩軍對峙之勢，他自己脫身事外，佯裝不知。他不鎮壓反他之人，便不致有官逼民反的質疑，且又可坦蕩蕩以示天下：他們刻意誣陷，故而激起公憤，群起護衛我，足見我的無辜。屆時御史真的要藉此彈劾，他也可以大作文章。依我看來，他雙方都埋伏了臥底的人，生怕兩邊息事寧人，因而沒事就煽風點火，唯恐天下不亂。此人居心之惡，可見一般！」

楊君平搖頭說：

「這曹知府果然城府極深，用心極險。不過，他為了自己挺而走險，不怕民心激盪，鬧出大亂子來？」

邱浩業長嘆一聲：

「這是我深引以為憂的。咱們市井小民仰以渡日的，無非半生心血，戔戔祖業，只怕這微末希望都要壞在這曹妖手裡！」

「曹——曹妖？」

邱浩業苦笑道：

「是曹哲永的綽號。妖者么也。曹哲永自小被人叫作『曹么』，他是家中獨子，如何獨子變成了『么』，那就不得而知了。至於『曹妖』，則據說是他家中那位悍妻亂呼成習，只要她一生起曹知府的氣來，當著外人，她也不假辭色，直呼他『曹妖』，他連個屁都不敢放，你說奇也不奇？」

「邱爺說她『悍妻』，莫非她十分兇悍？」

「傳聞如此。這位恭人終生殘廢，半步兒行不得，生來一副破鑼嗓門，加以性情難測，可以想見是個啥樣兒的婦道。又有一說是，曹府家產萬貫，實則她才是真格兒他們家的功臣。不過，這有關一個婦人的名節，邱某不敢妄加附會。」

楊君平點頭道：

「足見邱爺仁厚肚腸！本就如此，就算曹恭人貪得無厭，本領通天，沒有她夫婿的呼應，她如何能這般得心應手？歸萬咎於她一人，於理不公。」

邱浩業只是搖頭嘆息。

楊君平憂心忡忡地說：

「經邱爺一說，我倒委實替貴寶地憂心。要是這曹知府一心只為出脫他自己，不惜把對立之勢故意做大，形同戰場兩軍對峙，到時灤口一地的繁華榮景怕不要蒙受重挫？」

「誰說不是？」

「邱爺是有心人，誰是誰非心中自有定見，想必總有應對之策罷？」

邱浩業眼睛一亮，隨即又黯然：

「承兄台看得起！在下世居濼口有數代之久，此地榮枯與在下一家有切膚關係，哪能不關切？為了這曹妖，我日日苦思在心。治他的方兒是有的，只是苦於無從下手。」

楊君平點點頭：

「法不傳六耳，不過楊某是局外人，來此遊歷，刻日便走，能聽聽治此惡徒之法，也是人生快事，絕不致多舌，傳入他人之耳！」

邱浩業說：

「其實兄弟恨不得哪位能人異士聽了去，依我想的法子把這惡徒除了，倒遂了咱們濼口一地善良百姓的心願。」

楊君平微微一笑說道：

「楊某洗耳恭聽。」

「我籌思了兩個法子：其一是找言官參他。不過此法行之不易，因為管著咱們濼口這一道的監察御史，恐怕早被曹妖買通，唯有進京告狀去。據說京城督察院右督御史蔡大人言路極寬，也極得萬歲爺的信任。問題在咱們拿不到曹妖貪墨的真憑實據，焉能三言兩語就讓蔡大人接了狀子？就算蔡大人接了狀子，派人查案，這也是曠日費時的事，最終恐怕還是要被這狡詐多計的曹妖脫身而去，難消咱們心頭之恨！」

楊君平問：

「那第二個法子呢？」

邱浩業倏地站了起來，端起茶杯一飲而盡，似是要振臂高呼，卻終於無聲。好一會他才又坐下，低聲說道：

「這才是斧底抽薪的根本之法，也是最快人心的法子！」

他比了一個揮手一斬的手勢：

「將他一刀除了，永絕後患！這首惡一去，對敵的兩方群龍無首，自然就作鳥獸散，而有了這前車之鑑，便不敢有效尤之輩，咱們灤口從此天下太平。」

楊君平心中一動，數日來心頭的疑點頓時廓然一清。原來郭若豪想盡辦法將自己引來灤口，是為了曹哲永這起案子。不過，他自己既然是嫉惡如仇，手段果決，何不逕自一劍將曹哲永刺了，豈不快哉，為啥硬拉我打橫裡介入？想著想著，才理清的思路又是千頭萬緒起來。

邱浩業痛快淋漓說完，一下子顯得落寞萬分，看著楊君平苦笑道：

「真是讓楊爺見笑了！在下這番話說了等如沒說，我所謂的法子等如沒有法子，徒逞一時口舌之快而已，唉！」

楊君平竟是答不出話來。忽地想，郭若豪是在測自己分辨是非忠奸之力，還是決斷力行之能？而自己這一遲疑不答，似乎證明郭若豪自始便一手掌握了自己。

楊君平懇切地說道：

「竊意以為，天下事不管眼前如何，終歸會有妥善解決之方。就如方才邱爺的高見，難道竟沒有第二人跟邱爺想法相同？有第二人就有第三人，話語傳開，聽入專愛打抱不平的俠義人士耳中，說不定真的就有人挺身而出，為灤口除害。」

邱浩業無奈地說：

「但願如楊爺所說，也只得這樣想罷！」

顯然把楊君平的話當作書生之見，並未認真去聽，楊君平不以為意。又說了一會話，楊君平便道：

「楊某此次幸遇邱爺，長了不少見識，方知世間竟有勤讀聖賢書者不為修身養德，只為增益其貪瀆的機巧，也可謂奇聞了！楊某指日便要他往，不能在此目睹此人下場，頗引以為憾！」

邱浩業抱拳說：

「灤口原是寶地，不意被這曹妖沾污，但望他日楊爺再臨敝地時，此惡已除，灤口已回處子之身了！」

楊君平也抱拳說：

「一定，一定！」

於是楊君平辭別了邱浩業，逕回旅邸。

楊君平前腳才踏入大門，帳房便迎了上來說：

「楊爺，方才一位郭爺留下一封信函要小的面呈給您，說是十分緊要！」

楊君平接下信函，問道：

「這位郭爺還有別的話交代麼？」

帳房說：

「他只說楊爺看了信函自會明白。」

楊君平點點頭。他的護身真氣迄未示警，耳目所及也無異狀，以楊君平之能，若無任何警覺，送信的事必定發生於他在「梅花閣」之時。郭若豪算是知道了楊君平的厲害，似乎十分忌諱在楊君平周遭出沒。

楊君平進到房內，拆開封蠟，信封內只有一張薄紙，紙上畫了一張街圖，街名羅列，十分仔細。在一條大街的尾端用硃筆塗一個圈圈，下註「妖宅」兩字。除此之外，別無文字。

楊君平心想，郭若豪設局之巧，拿捏之準，令人嘆服，就此而論，我不如他遠甚，他自己也應該看得明白，卻偏偏不放過我，死纏在「天下第一」這個本來就沒有的虛名上，何苦來哉？

忽然有一個可怖的念頭掠過心頭：曹哲永逐利，你郭若豪追名，爭名奪利，你跟他又有什麼不同？你要殺曹哲永，就不怕有人要來殺你？想到這裡，不由得不寒而慄。

心中煩躁，遂關起房門，盤膝坐在榻上，凝神運氣。平日他一運氣便入無我之境，頃刻便可功行完畢，今兒卻彷彿一燈在前，穿虛入冥。這燈極明確的便是他的自我。他的自我在前領路，眨眼便騰空而起，半雲半霧，不知來到何方。雲絮飄渺間，一峰高聳，楊君平恍然而悟，這豈不就是久違的「飛雲峰」？他又悲又喜，身子不由自主，隨著雲霧起起伏伏向飛雲峰迎上去，以為轉眼就至的飛雲峰不知怎的若即若離，總在原處。倒是雲消霧散，眼前一亮，看見了當日恩師跟他埋身雪中的那塊巨岩，忽然……那盤膝坐在巨岩上的白鬚老僧不正是恩師無念上人他老人家麼？一見恩師慈顏，心內熱血澎湃，喉頭哽咽，高叫一聲：師父，平兒來拜見您老人家了！可是就連他自己都聽不見自己的聲音。他又連呼幾聲，恩師恍如不聞，白眉垂覆下，雙目微閉，嘴唇微張微合，唸唸有詞。山風呼嘯，有時把恩師的唸辭送入耳中，有時又吹入虛無，一個字都聽不見。這剎那送入耳中的是：

「……煩惱暗宅中，常須生慧日。邪來煩惱至，正來煩惱除……」

逆風勁吹，把師父的言詞捲入山坳之中。許久，又聽得恩師的低沉嗓音：

「……若真修道人，不見世間過，若見他人非，自非卻是左。他非我不非，我非自有過，但自卻非心，打除煩惱破。憎愛不關心，長伸兩腳臥。……」

語漸式微，楊君平大急，高呼：師父師父，不要停不要停啊，求您老人家繼續教導平兒……卻哪裡由得楊君平的懇求？茫茫霧靄起，無念上人化身一片白雲不見了。而楊君平卻跌坐在方才恩師盤膝而坐的巨岩上。他禁不住伏岩痛哭著說：「師父，師父，您老人家是要點化平兒什麼，卻怎地老是在緊要關頭就擦身而過啊！」哭著，哭著，一驚而醒，原來自己是在一場夢中，只是胸前淚痕猶在，是當真從睡夢哭醒過來的。想來自己是思念恩師心切到了魂牽夢繞的地步了。可是恩師乘風而來的警語字字清楚，是他自幼熟讀的壇經「無相頌」。到底是真是幻，是虛是實，他竟糊塗了。

他開門招呼櫃檯送進一盆熱水來，洗了一把臉，把淚濕的衣裳也換了。

他顏面清爽，衣履新鮮，心底不知怎地，有一種奇特的清澈澄明。

這日夜裡，他就在這不沾不染的心境下登上了曹知府宅第的屋簷。

他已察知曹宅附近沒有夜行人。他向燈光喧嘩處飄身而去。由下而上，是令人詫異而肆無忌憚的話語聲，一個怒氣沖沖的婦人嗓門，迸裂破碎，射向每一個角落。

「事到如今，曹——妖，你就聽我的，叫他們照我的話去做！」

投入於楊君平眼中的是一副異常淒厲的景象。大廳內燭光照耀得如同白晝，卻是失血的蒼白，許是那毫無遮攔的破裂嗓音，那耀眼的燈光透出一種目中無人的狂妄。燭光下只有兩個人，男的站著，女的坐在推椅上。像兩隻不動的木偶，慘白而陰森。

即使是在夜間，即使屋中無外人，那坐在推椅上的婦人也是珠光寶氣——翡翠耳墜子、翡翠鐲子，兩手手指各戴一只碩大金戒鑲嵌著一棵碩大的翡翠。

在梳理得極光亮的高髻烘托下，這婦人一張瘦削的臉，兩顴高聳，塗著兩圈胭脂，加上抹得豔紅的嘴唇，越發襯出她灰白的厭倦。一襲簇新的錦衣批在她身上，彷佛只剩一雙尖銳的肩膀在撐著，肩膀以下，空空洞洞什麼都沒有了。

厭倦卻絕不放鬆，絕不放棄。這強烈的企圖從她的破鑼嗓子四射向大廳前前後後、上上下下，絕不許否認，絕不可有異議。大廳除了那諤諤的破鑼的敲打，是難堪的無聲。

一旁那個微微發福的男子，兩手交叉擱在小腹前，雖像是在傾聽那婦人的話，兩眼卻斜斜地瞄著地上。這極其微小的不敬立即被眼尖的婦人逮個正著。

「我在跟你說話，曹——妖！你把我的言語當耳邊風，不要以為我不知道！我當初怎麼跟你說來著？」

曹知府陪笑說：

「你儘管說，我留神聽著哪！」

「哼！你自始就不在聽！我當日有沒有要你重用魏禾茂？如果你聽了我半句，委以重任，參贊咱們家裡的機要，不光丟給他那空舖子叫他看門，你忖量會是個啥局面？你當我不知道外頭是怎麼說他的？那一幫人就差指著他鼻子罵：你家老爺不是皇上，你倒白日夢裡當起司禮監來了？這可是罵了他一家子！如今可好，這個人走得鬼影兒不見，走得邪門。他能去哪兒？上京城去了麼？那可不是鬧著玩兒的！聞說京裡有個啥蔡大人，專找碴兒的，要是他心一橫，上門去掀了咱們的底，你這四品官兒，豈止紗帽不保，只怕腦袋瓜要落地！曹妖，你儘管不信，你只記著我的話就是！」

她一口氣裂著嗓門說到這裡，一眼瞧見曹知府斜著眼瞄著地上。她最熟悉、最恨之入骨的表情：他不行諸於語言的輕蔑，因而才有最後那句毒辣的話。

他立時警覺，陪笑說：

「不用瞎操心。這魏禾茂沒有這大膽子。你先頭的話固然有道理，不過，我用人唯才，魏禾茂他有多少斤兩我能不知？此人鑽營取巧的小聰明是有的，要如你說的『委以重任』，只怕要出事！」

「你就是一張利嘴！『只怕要出事』，這如今已經出事了。我瞎操心麼？你且說說，魏禾茂無緣無故不見了蹤影，灤口掀翻了地皮也找不著他一個腳印兒，這是怎的？要是潛逃也還罷了，萬一真上了京裡……我們府裡的事可是打這個人起頭的，他雖然知道不多，這來龍去脈他總曉得，他要是起了那個心，他會空著雙手去麼？……」

她抬起頭，耳墜子前後擺動，綠光閃爍，煞白著一張瘦臉，利眼緊緊盯著一時沒有了言語的曹知府。大廳之內聲息俱無，看在屋簷上的楊君平眼裡，是一種令人汗毛直豎的悽厲孤獨。

曹知府終於垂著眼睛說：

「諒他不至於……」

曹夫人彷似一直憋著氣，直到這時才長吁了一口，冷笑了一聲：

「哼，原先我也『諒他不至於』，如今倒相信他此刻已在京城內了……我且問你，管著咱們灤口這一道的監察御史那兒，你有沒有去走動走動？」

「這不勞你費心。張科道好親近，我已……」曹知府比了個手勢：「他必不至多言。」

「京城裡呢？」

「京城除了蔡大人，餘不足慮。我在上月暗運了十萬兩銀子上去，據回報，形勢不惡。」

「就剩了蔡老兒了，唉。」蕭恭人這一聲「唉」，彷彿比她的厲聲詰責還令曹知府心虛，他連忙傾著上身說：

「這，我也籌思了對策！」

「你有啥對策？人家不收銀子，翻臉如翻書，你等著叫人收拾罷，曹——妖！」

曹知府傲然一笑。由於不是針對蕭恭人，他的輕蔑充分寫在臉上，毫不收斂：

「笑話！誰敢收拾我？我實跟你說罷，小六兒，言官依據者，無非明查暗訪所得，尤多來自街談巷議。我老早佈下許多樁子，清議發動，如火如荼。我近日還擬再下他兩劑猛藥，如果真有京官來查訪，我便要鬧他個滿城風雨，叫他莫衷一是，難於定案。我已著領頭那幾個人準備好手下，只要我暗令一到，即時動手。」

蕭恭人低下頭，有好一刻不作聲。那傴僂的身形，就如一具骷髏。

「你倒打的是滿腦子如意算盤。」突然間烏鴉的叫聲又在大廳嘎嘎作響：「你可想想去，身為一個地方官，竟無能於地清民安，光憑這一點，言官就要參你一本！」

曹知府說：

「我何嘗沒有想到？小六兒，我且問你，這一參與那一參，你寧可要哪一參？如今也顧不了許多了，果真事發，唯有越亂越好！」

聽得屋簷上的楊君平咬牙切齒，冷汗直流。竟有這樣的父母官！貪贓枉法已屬可殺，竟意圖淪地方安寧為淹滅己罪的器具，這與禍國殃民有何異？想到這裡，只覺心頭沸騰，恨不得一躍而下，立斃兩人於劍下。

底下卻又響起了鴉雀之聲。那婦人說道：

「關於銀子的事，我有幾句話要說給你聽。」

曹知府先是欲語又止，終於應道：

「銀子你管著就好了，何苦又說給我聽？」

「不然，此一時彼一時，如今你大小事都得知道。知道是一回事，如何處置又是一回事。他們真要查出什麼端倪，不管哪一樁，你都說不知，一概推給我就是。」

曹知府這會真有些不知所措。

「小六兒，這，這咱不懂。」他支支吾吾地：「就算我裝矇懂，難不成他們就信了？他們不信，我怎地推也沒轍！」

這裡就顯出曹知府即使與妻子，也要步步為營的精巧計較，這是此人的天性，即或他當年果真連中三元，恐怕也要淪入他今日他自營的絕境。

「信不信在彼，你只管往我頭上推。我一個半身不遂的殘廢，就算他們夾朝廷的威勢，又能奈我何？」

曹知府不語，偷偷又把兩眼斜瞄著地上。蕭恭人又逮他個正著：

「罷了，曹妖，」她冷笑了一聲：「不要滿腦子盤算。都走到這地步了，你有更好的法子？這先擱下，我還有話沒說完呢。」

她想了想：

「你去給我倒一茶碗茶來，不要涼的，不要燙的，要溫的。」

身邊沒有丫鬟小廝，曹知府只好去茶几上倒了茶，捧給蕭恭人。她接過喝了一口，眉峰一皺，把茶碗還給了曹知府，一推一送，頗有力道，茶水都濺了出來。

「我且先問你，我前兒給了你一百萬兩銀子，叫你去打點，現今還剩多少？」

曹知府嘴唇掀動，是在默默計算。這他可一絲都不敢馬虎。蕭恭人於錢財銀兩，比鬼都精靈。

「十萬兩運去了京城，咱們灤口這裡用了十七萬兩，總共二十七萬兩，庫裡應有七十三萬兩結餘。」

蕭恭人點了點頭：

「你明兒都交回咱們總庫去。總庫原有五百六十萬兩，加上你的七十三萬兩，總數六百四十三萬兩。我已著人尋妥了四處可靠的所在，這幾日裡全數都會分運過去。總庫留下的銀子不得超過五萬兩。這些事我自會料理，你可知道了罷？」

曹知府說：

「小六兒，你想得周全！」

蕭恭人理都不理他，只顧低首沉思。好半日，她抬起頭來，露齒一笑，虎牙在耀眼燭光下閃閃一亮，異常悽厲猙獰。她嘶啞著嗓子說：

「要抄家麼？就那麼五萬兩銀子，抄罷！」

曹知府不由得打了一個哆嗦。屋簷上的楊君平聽她說得這般井井有條，冰冷絕裂，也是汗毛直豎。

「還有，」她冷冷地說：「我才也想了個通透。既然咱們一家子都豁了出去，要鬧就鬧他個萬年黃河水難清。你的法子也打不定是咱們絕處逢生的路子，不過，佈署要趁早！」

曹知府精神抖擻地說：

「這個自然！我這裡找了十個頭兒，每個頭兒各自找了兩百來人，我許他起事時每人每日一兩銀子。兩千來人鬧他個四五日，有萬把兩銀子也儘夠了。不過……」

曹知府停了停說：

「不過，我看咱們是杞人憂天，未必就落到那地步！」

蕭恭人哼了一聲：

「要全身而退？只怕難。我看魏禾茂是鐵了心，他這一走我就知道不好。再說，這兩年你一張利嘴，得寸進尺，得罪了多少人？你捫心自問，你啥時候有過那慈悲惻隱之心，饒過給你逮著把柄的人？如今這吃過你的虧的，還不一個個想狠狠挖下你身上一塊肉來？」

曹知府低頭不語。蕭恭人嘆了一口長氣，全身鬆垮，連撐著那一襲新衣的肩胛骨都消溶不見了。

「這也不去說他了，事到如今，咱們走一步算一步罷。」

她又垂下頭，萬念俱灰的樣子。

「我乏了，得回房去睡一會兒，看能不能夠睡得著。我——」她抬起頭，利眼瞪住曹知府：

「我回頭叫荷花過去侍候你！」

彷彿不知從何處飛來一枚巨石，避無可避，曹知府只好接個正著，狼狽地抱在懷裡。這枚巨石的投來不是第一次，但每次都是令人驚詫的意外，而每次，曹知府都莫名其妙地透出無辜的神情。每次，曹知府的臉色都莫名其妙地漸漸由青轉紅，好似那巨石之重，重到無以復加。

蕭恭人盯了他好一會，終於把眼挪開，拍拍掌，候在廳外的丫鬟應聲推門進來。她說：

「推我回房罷，叫他們把燭火都熄了！」

隱在屋簷上的楊君平見大廳燈光已暗，卻猶怔怔地不知道要離去。

這一對男女，尤其那嗓門撕裂的婦人，說出這些駭人聽聞的話，不知怎地，讓他覺得他們是赤身露體的兩個粗暴醜陋的人，在廳內白花花的燭光圍睹下，公然肆無忌憚地宣淫。一股疼痛打心底升起，把他初初登上屋簷時的圓融純淨，掃向伸手不可及的遠處，一如那是一個殘缺不全的奢華美夢。

除了疼痛，他心中似乎有那麼一個不明不白的處所，他自己想進去偏又進不去的，找不出它的確實所在，卻讓他有芒刺在背的不自在。在回客棧的路上，這莫名之惱一直糾纏著他。

時近四更。曹府門首這條街乃與灤口的熱鬧市集緊鄰，夜深到此時，路上除了急趕路的過客，行人無幾。踽踽緩步而行的更只有楊君平一人。他想，曹知府如要製造事端，這鄰近幾條街應是必爭之地，屆時自己該當如何處置？是挺身而出，力挽狂瀾呢，還是聽其自然，一任他爛到底？想到這裡，他茫然無主，心急如焚。

才踏入客棧，值夜的小廝一見楊君平，忙迎上來說：

「楊爺您可回來了，這裡有您的一封書信！」

突然之間，那扎膚的芒刺、不明的懊惱，撥雲而出，無可懷疑了。那是郭若豪的一雙目射酷評的眼睛，隱在不可知的遠處，一眨也不眨地向自己窺視。

楊君平問：

「可是一位郭爺要你面交給我的？他啥時送來的？」

「二更初這位郭爺便來了。」

楊君平點點頭。心想，是了，你總不願跟我當面打交道就是了。吩咐小廝打一盆熱水進房來。他不忙看信，先擦了一把臉，再運了一會氣，這才緩緩拆開封蠟。信封內套了四張信紙，每張草草幾個大字。

第一張寫的是：

得識妖孽真面目乎

第二張略多幾個字：

禾穗茂矣　鐵證如山　蔡聖震怒　指日到滦

第三張是：

藏匿處我知之矣

第四張：

十個頭兒　且看今朝

楊君平驚佩莫名。你郭若豪勝我何止百倍！你又何必定要跟我決什麼勝負呢？我服了你就是了。真想也捎他一封信函，直抒心中的佩服，可惜不知他暫寓何處，只得一嘆作罷。

心內憂慮看似紓解了，其實不然，因為另有一個結忽然開始糾纏自己。情狀是這樣的：彷彿有一個重責大任之將臨，自己正待奮勇以對，忽地從旁伸來一隻手把那重責大任一兜就兜走了，而這正是尷尬之所在：那紓解的一臂不啻給他當頭一擊，直指規避責任才是他暗藏的真意。對這指責，他竟然欲辯乏力，這又是尷尬之餘的荒謬無解。

「煩惱暗宅中　常須生慧日」

蕪雜的思緒中冒出這一句。隨即便如噴泉一般，對恩師的思念孺慕無歇無止冒湧而出。他嘆了一聲：恩師您老人家吝於跟平兒一見，平兒只有來夢中尋您了。於是盤膝榻上，屏除雜念，運氣一周。

然而，恩師竟真的化身為飛雲峰那一片雲，連他的夢境都不肯一沾了。

腦中一遍又一遍流瀉而過的是他背得爛熟的「無相頌」，到了那幾句：

「……若真修道人　不見世間過　若見他人非　自非卻是左他非我不非　我非自有過　但自卻非心　打除煩惱破……」

正是那日夢中恩師唸唸有詞，浮沉雲霧間的那幾句，他極欲追問時，師父已隨風而去了，似是有意避問，卻又是慈暉遠被。此時恩師遁跡於幽微，堅決依然，而愛意瀰漫，他幾乎又要痛哭出聲了。

「他非我不非」，是恩師假六祖之口要我不要計較他人之非麼？「我非自有過」，設若我一心去計較他人之非，過錯便在我自己了。然則以曹哲永之惡，難道竟也不能「非」他，任他欺上罔下，敗壞紀綱，一意逞惡麼？如此則我輩俠義道人，所為何來，又如何能卻除非人之心，「打除煩惱破」呢？

先時因郭若豪把艱難一手攬去而生的紓解的快意，一變而竟真的成了自己規避責任的黑暗意圖。如今我若依頌袖手，其貌堂皇，不定就成了懦怯的盾牌。進退都生煩惱，何能「憎愛不關心，長伸兩腳臥」？

恩師的深意到底藏匿在何處？

楊君平盤膝榻上，反反覆覆、進進出出地思維著，竟然如縛繭中，不知要怎地才得脫身。他心中一亮，或許癥結在這裡，是與這「進」「出」有關的。可是隨即一陣混濁，那隱約成形之物，又熄然而逝，感觸不到了。

窗外曙光已現，楊君平只覺自己在若有若無之間，一無所獲，也一無所失。

梳洗完畢，便離了客棧。街角有一家賣吃食的，小小店面座無虛席，楊君平進去竟無處可坐，正猶豫著要不要退出另覓他處，一邊有人向他招手，嘰哩呱啦說了幾句話，楊君平一句也不懂。不過這人的手勢倒是懂了，意思是請楊君平與他共桌。楊君平道了聲謝，便在一旁坐下來。那人指著他自己盤中一塊油餅之類的麵食，說了幾句話，點點頭，滿臉讚賞之色。楊君平回以微笑，招手叫那忙得不可開交的店小二過來，指指對面那人盤中的油餅，再指指自己桌前。不料那店小二竟會說京腔：

「客倌，您也要一份蔥麻掛爐燒？這就給您上！」

楊君平大喜：

「好一口官話，難得，難得。」

心中感慨，語言之為物這般重要，尤其地處要衝的一個大城鎮，外地人進出頻繁，地方官竟不能推行官話，以易其政令的施行，只知一味貪墨取巧，即此一端，這曹哲永就罪不可恕。

店小二送來一盤蔥麻掛爐燒，另加一海碗熱騰騰的芝麻糊。

「客倌，這餅就芝麻糊是小店一絕，您嚐嚐！」

楊君平依言逐一品嚐，果然其味不俗，不亞於「梅花閣」的蟹殼黃。旁邊這位客人先是傾神注視楊君平吃餅的神情，見他面露讚賞，不時點頭，知道已獲這外地人的歡心，不禁與有榮焉，又是拍掌，又是大笑，嘰哩呱啦講了一串話，楊君平仍是半句不懂，只得以點頭微笑相應。

兩人正熱活著，楊君平的護身真氣一動，集成一束，疾射向店門側角。他的目光跟著掃過去，只見門側一人正急急把眼睛從自己身上移開，而且邁步便往前疾走。這人面色寡白，一綹山羊鬍。

這人正是戴了面具的郭若豪。

楊君平嘴唇微動，對著郭若豪離去的方向，單音入密說道：

「郭兄且慢，楊某有話請教！」

郭若豪左閃右挪，人已在數十丈外，回首對著楊君平，也以傳音入密說道：

「你已知大概，日內真相便將大白。你稍安毋躁，哼！」

竟是那日夜裡楊君平手寫短箋的口氣。楊君平無暇作答，因為旁坐這位熱心客人見他目注行人漸增的大街，遂又比手畫腳，口沫橫飛說個不停，想必在數說灤口的種種好處，楊君平只好暫且放下郭若豪。好不容易那人說得盡了興，起身走了。待得楊君平吃畢要付帳時，店小二告以方才那位爺已幫他付清了。楊君平老大過意不去，竟連一聲謝都不曾說得。心想這灤口當真是塊寶地，可惜竟被曹哲永橫加利用，越覺此人之可恨可誅。

因郭若豪信上有「十個頭兒 且看今朝」之語，楊君平便前往「梅花閣」一帶市集走走，看看有無異狀。一路行來，但見繁華熱鬧一如前幾日所見，倒是「梅花閣」似乎生意清淡許多。他在路經牌樓時，刻意運功細聽，也無爭辯吵鬧之聲，如說有什麼異狀，這就是了。

當日夜裡，他展開輕功，踏遍全城，一無所獲。他在屋簷間飛閃騰躍，縈縈心頭的，是郭若豪晨間那回首一瞥的含意，如今在全城寂然的襯比之下，這寂然與郭若豪的眼神均十分詭異。迥然不同的兩端，卻彷彿有一線相連，息息相關。

次日，一如前一日，並無任何異狀，安祥得越發一絲兒譟亂也沒有。

彷彿都在郭若豪那一雙極其霸道而傲慢的眼睛掌握之下。那一雙眼不分青紅皂白、不管你喜或不喜，都照他自己的意思，前後左右，一體分開擺好，像擺棋子似的，他要放哪，棋子兒就溫馴地停在哪。

灤口上下是這樣一種一致而無爭辯的安靜，而這安靜跟郭若豪又是這樣一種息息相關的連接。

而且，楊君平覺著這人是用這些棋子來對付自己，來證實他事事在前。而你，楊君平，就是落在我後。否則，他大可以輕率其性，要殺要剮，舉手之勞，解決於頃刻間，何需大費周章，精心設計，一步一步把自己從長樂引來灤口？

走念至此，頓覺興味索然，轉身返回客棧，當晚哪也不去，飯後黑甜一覺直至天明，也無心再去打探，竟有他去的打算。

但是，他去何處？楊君平不由茫然。這是他從未之有的事。往日，說走就走，步步為營、步步扎實。今日怎地好似離了灤口竟然無處可去了？難不成自己也受制於郭若豪了麼？這豈不荒唐！

這個郭若豪動作快捷、積極、周密，凡此一切，他都將之推到了極限，猶自左衝右撞，彷彿他被封在緊繃的鼓內，只見鼓面鼓鼓凸凸，他要破鼓而出而不可得。

他令人厭煩疲倦，卻如一副無形的枷鎖套在楊君平脖子上。

楊君平的護身真氣已練至能收放自如，自行搜索偵測的地步，二十丈方圓之內的風吹草動，無不在其察覺範圍，卻輕易不示警，一旦有任何異狀或敵對情勢，楊君平立時就會警覺，即在睡夢中也不例外。

夜巡的次日，楊君平萌生退意，退意又不堅決，這都因他心中有一種鈍感。他的護身真氣欲伸又縮，欲示警又猶豫，對不能確知其距離的遠處某種萬馬奔騰的轟轟悶響，顯然有無法釋其可疑的無奈。

楊君平少有這坐立不安的情狀，這連櫃檯內的帳房也瞧出幾分來了。

「楊爺悶得慌？」他笑容可掬地朝站在門口，仰首望天的楊君平問說。

楊君平笑道：

「不瞞掌櫃的，倒果真有些無所事事了。一連幾日，灤口幾處熱鬧所在都走了個透。不知可還有什麼好玩的去處？」

掌櫃的歪頭想了想：

「要說出名好玩的，爺也都知道了，要不……」

他眼一亮：

「眼下倒有一個地方。在下今兒一大早聽說那裡熱鬧得緊。爺要有興緻，不妨去走走。」

「什麼好地方，有什麼熱鬧好瞧的？」

「南門菜市，爺總聽說過罷？那可是江洋大盜斬首示眾的所在。」

「怎麼，今兒有人要遭斬麼？」

「倒也不是。不過，也差不離了。」掌櫃抿嘴笑著說。

這一笑有點離奇。隔了一會，他才又說：

「其實，也不過就是一張告示罷了，可趕去看的人可多著呢，都說曹知府要吃不了兜著走了！」

楊君平說：

「這告示與曹知府有關麼？」

「干係大著囉！」

好似拂塵撣灰，楊君平心中頓時光亮如鏡，而且距離縮短，如在眼前，清楚明白，一目了然：郭若豪又動了手腳了。

「哦。」楊君平點點頭，故意問道：

「久聞曹知府是當朝能員，想必是一紙歌功頌德的告示，這有啥好瞧的？」

掌櫃的笑得越發奇特，像是彎著腰，要躲起來一般。

「要是這麼著倒好了。」他咳嗽了一聲：「沒聽剛才小的說，這遭曹知府要不好過了麼？」

「哦？」楊君平又問：「依你看，這曹知府為官如何？」

掌櫃連忙搖手：

「不好說得，不好說得！小的啥身份，豈能斗膽論人是非，道人長短。何況，何況，曹知府是何等人物！」

楊君平便不再發問。於是出得客棧，一路向南門菜市行來。越近菜市，人潮越擠。有朝那個方向湧去的，有從那裡出來的。楊君平初以為會重見「梅花閣」攘臂對罵的局面，誰知看到的，竟是一片知心會意的祥和，有一種相互體貼的謙讓。楊君平深以為異。

這南門菜市供應灤口當地居民一應蔬果魚肉以及其他日用之需，佔地極廣。商舖櫛比相鄰成馬蹄形，拱圍著中央極大一個半圓廣場。由於是人煙輻湊之處，府衙每有政令宣示，都張貼在廣場周邊的告示牌上。而被處極刑的江洋大盜或姦淫擄掠的首惡，都在此斬首示眾，以儆效尤，因而廣場石板上血痕累累，與市場內牲畜的血跡遙相對應，雖然凶厲異常，大家倒也習以為常了。

楊君平來到廣場時，只見人頭鑽動，簇擁在告示牌前。告示牌上懸掛著一大幅告示，一筆端正的楷書，用字遣詞，淺顯明白，凡識字的，一看就懂：

敬告灤口諸鄉親父老

我灤口知府曹哲永　多年來口口聲聲為我鄉梓鞠躬盡瘁　骨子裡胡作非為　勝過血流

此石板的極惡頑兇百倍　近年來曹妖哲永越發肆無忌憚　明裡暗處將我府庫庫銀巧取豪奪

而入於他私庫者　已有幾百萬兩之多　我等已有真憑實據　不日便有處置　而尤為可惡者　曹妖值此醜行將揭之際　收買鼓動他的附從　假街談巷議之名　為彼罪行掩飾強辯　不惜賠上我灤口一地百姓的安寧繁華　其心可誅　我等已將曹妖攏絡收買　即將起事的為首十人　禁押取得口供　不日便將提呈右都御史蔡大人　以為審案依據　曹妖行將伏誅　諸鄉親父老　請拭目以待

告示文後，列了十個人的名字、年齡、別號，羅列十分詳細，顯然是要取信於人。

楊君平看得不住點頭。一直到此刻為止，他深覺郭若豪處置曹哲永案頗有大將之風，是自己萬萬不及的。此非關武功，而是其行事的周密果斷。以他一人之力而能如此，不得不令人佩服。

楊君平尋思，既然別人做得這般無可挑剔，自己又使不上力，不如且「稍安毋躁」，就此放開，屆時瞧熱鬧就是了。

回到客棧，掌櫃的手持一封信箋相迎。楊君平心想：我倒想罷手，看來他卻放不過我。

「爺回來了?南門菜市熱鬧有得瞧罷?」

「是。我雖是外地人，瞧著也覺大快人心的。」

「誰說不是?喏，這信是位郭爺捎來的。還問爺去了啥地方。我回說爺去南門市場瞧熱鬧去了，他聽了挺樂的。」

楊君平笑說：

「誰聽了不樂？換我也樂。」

掌櫃只覺此原是皆大歡喜的事，並不知楊君平話中的深意。楊君平一邊走，一邊拆信。信中寥寥幾個大字：

後日至南門聽下回分解

楊君平一笑擲下。這日他索性去飯館子沽了一斤黃酒，點了幾道小菜，喝了個微醺回來，蒙頭大睡。

這樣「稍安毋躁」了兩日，第三日辰時剛過，他便前往南門市場。路上行人齊齊湧向同一方向，竟然無一人從市場出來，頗叫楊君平納悶，直至到了那廣場，方知原委。

廣場中央並列五對共十輛馬車，都以木板釘封嚴密，轅下空蕩，牲口不知牽往何處去了，車隊排列齊整，看去十分詭異。告示牌前人群擁擠，爭讀告示牌上新貼上的一張告示。楊君平遠遠運目看去，見仍是前番告示上那一筆一絲不苟的楷書，寫著：

此處十車金銀均為曹妖私庫部分財物　原擬潛運至外地密藏　幸為我等截獲　其中一至五車為黃金　六至十車為白銀　每車十足一千斤　計黃金五千斤　白銀五千斤　至於曹妖私庫中未及運出者　為此十車數倍有餘　均為其數年來貪瀆所得之民脂民膏　食朝廷祿而吮民間血　誰曰不可殺

殺　殺　殺

這三個殺字則以硃砂大筆寫出，正是郭若豪的一貫作風。圍睹的百姓在告示牌前看看，又回到馬車前看看，驚嘆之聲此起彼落。一般百姓一輩子莫說看過，聽也沒聽說過以斤論計的金銀，而今通在眼前，看也看不夠，怎捨得離去？所以進來的人多，出去的人少了。

楊君平聽得人群中議論紛紛，可惜一如在「梅花閣」中，他一句也聽不懂，不過從他們讚賞的臉色，可以想見他們或在猜測這是哪位英雄豪傑的偉業。

正看視間，楊君平的護身真氣微微一動，他雙眼一掃，在廣場的另一邊側，正有一雙眼半諷半笑，向他刺過來。這人不就是郭若豪？雖然他又換了一副面具，卻騙不過楊君平的護身真氣及他的銳眼。只是郭若豪人在四五十丈外，人群擠隔，楊君平無意驅前，也無意招呼，一任他大搖大擺走向廣場外去了。

7

此後楊君平數度前往「梅花閣」，直到第三次才如願與邱浩業再度相遇。這一連三次，楊君平所見的「梅花閣」，與前番所見大是不同，不再見暴戾之氣。而暴戾之氣一去，便見出灤口百姓的淳厚簡樸，雖有言語不通之礙，卻也是人人可親了。

既然沒有了火暴爭吵的場面，楊君平便無所顧忌，在前廳找了個座頭坐了，以免與邱浩業失之交臂。這日，果然老遠看見滿面笑容的邱浩業大步邁了進來。楊君平生怕他看不見自己，起身迎上前去。

「邱爺，這有好幾日不曾拜見尊顏，想必寶店生意興隆，不得餘暇來此飲茶了？」

邱浩業抬頭見是楊君平，大喜過望，情不自禁跨步上前，一把執起楊君平的手臂：

「楊爺，楊爺，一日不見如隔三秋！世事真個是瞬息萬變哪！」

說到這裡，他禁不住雙掌一拍：

「數日前咱們初會時，在下猶在嘆息，以為咱們灤口從此在姓曹的妖孽翻雲覆雨玩弄下，永無抬頭之日。不意，唉，這難道竟是天意？」

他仰天長嘆一聲，臉上卻是欣喜之色：

「不過幾日功夫，不知打哪鑽出這麼一位大英雄，大豪傑，一夕之間情勢丕變，把個奸詐險惡的曹妖打趴在地，看來是永不得翻身了，哈哈！」

他忍不住縱聲大笑起來。楊君平微笑看著他，附和道：

「在下也著實替灤口父老歡喜。至於這位英雄的來歷，邱爺竟然一些兒都不曾聽說麼？」

邱浩業額頭微皺說道：

「竟是連一些兒蛛絲馬跡也無。不過，可以斷言的是，這位英雄絕非灤口本地人士，不然，以曹妖多年惡行，何以到今日才揭發他？奇就奇在此，既是外地人，對灤口一地上上下下怎能知曉得這般透徹，行起事來，竟像有一幫子人聽他使喚，毫無滯礙。真是一位奇人、異人！」

楊君平笑道：

「君不聞『有錢能使鬼推磨』？拙意以為，這位外客是個極通人心的奇人，他深知只要有大把銀子使下去，加上所用得人，要在一個生疏之地做出一番作為，倒也不難。你們這位曹知府何嘗不是如此。只是他居心可誅，斂財為己，而貪念一熾，形同瘋狂，以致落到今日下場。」

邱浩業默然。

「楊爺說得甚是。」片刻他才說：「這『有錢能使鬼推磨』倒令我十分憂心。據聞右都御史蔡大人因有皇命在身，不克親來，只差了他的下屬右僉督御史前來。同為四品官兒，要查案只怕頗難。再說，這僉督御史人品如何不得而知，要真的也是個『此道中人』，到時候雷聲大雨點小，這位英雄的一番苦心，豈不要前功盡棄，咱們灤口百姓的這口怨氣豈不又得往肚裡吞麼？唉，什麼皇命在身！這當口還有啥比肅貪更要緊？這朝廷也真是！」

說著，長吁了一口氣，憂形於色。

楊君平心中一緊，不由得奪口而出：

「不好，只怕要糟！」

邱浩業忙問：

「楊爺，啥事不好？啥事要糟？」

楊君平暗吸一口氣，語轉輕鬆：

「哦，在下匆忙出門，竟忘了與敝友有約，只怕要先向邱爺告辭了！」

「既如此，楊爺先請，在下要在這裡坐他一刻，看看還有啥消息可聽。楊爺如要尋我，只管到『梅花閣』來便了。」

於是兩人一揖作別。楊君平哪有什麼友人？哪有什麼約？他一聽邱浩業的言語，莫名其妙地心裡惶急起來，說出「要糟」那句話之後，立即有滾滾而來、不可抵擋的惡兆侵入腦中，他想起了郭若豪。

設若郭若豪得知這消息，他便會有不可測的大動作。不可測？唯其可測，他才有這惡兆。一路趕回客棧，一進門便問掌櫃的可有人捎信來？

不意今日楊君平遇著的是一個大歡喜的掌櫃。他笑瞇瞇地迎著楊君平說：

「楊爺在盼信函麼？他來時自來，不來時，千盼萬盼總不來！」

楊君平說：

「掌櫃的今兒歡喜得緊？」

掌櫃笑得越發天真爛漫：

「那業障一去，無事不可喜！」

正往前走著的楊君平不由停下步子，心中細細把玩掌櫃這句實有所指，聽在自己耳中卻變成實無所指、高高在上的一句話。

他回頭向掌櫃微一頷首：

「掌櫃說得好！我這盼望信札之心倒是多餘的了。我自反求諸己便了。」

掌櫃茫然不知其意，倒以為自己說話莽撞，得罪了客倌，忙陪笑說：

「楊爺休怪小的輕浮，實在是因那曹妖作惡多端，如今眼見他要伏法了，小的喜不自勝，便手舞足蹈起來，倒叫楊爺見笑了。」

楊君平笑道：

「掌櫃歡喜得好，歡喜得好！」

掀簾進房去了，惶惶急迫之情，剎時消失得無影無蹤，進入一種廣闊無邊的無聲境界。

不多久，響起叩門之聲。楊君平已知是掌櫃的立在門外，便說：

「掌櫃的有話請進來說。」

啟門掀簾，掌櫃只伸進一張笑臉：

「爺盼的信沒來，人倒來了。郭爺在外求見！」

楊君平微微一笑：

「快請郭爺進來！」

起身大步走到門口，只見郭若豪在掌櫃的引領下，站在門口。他面無血色，頷下無鬚，戴的是另一副面具。楊君平抱拳說：

「楊某正要求見而不可得，得蒙郭兄移玉，幸何如之！」

郭若豪遲疑了片刻，也抱拳作禮，卻是冷冷地：

「郭某無事不登三寶殿，此來是訂個後約的！」

楊君平說：

「不忙。我知郭兄必然有事相告，且請先坐下如何？就煩勞掌櫃去沏一壺好茶來！」

掌櫃領命而去。郭若豪也不客套，在紅木椅上坐下來。他倒是先有一番解釋：

「郭某戴這人皮面具是為了行事方便，不是見不得人。先時，我也曾露了臉給閣下的。何況，即使我戴了面具，也瞞不過台端天下第一的利眼，哼！」

楊君平微微一笑說：

「不妨，郭兄儘管方便。」

見郭若豪總有些侷促之態，已知他為了來見自己，有過一番掙扎，眼神便不多在他臉上逗留。自在隨意，添了一份主人的誠懇慇懃，這果然讓郭若豪好過些，但他似乎對自己的好過有了警覺，立時更不肯放鬆自己。楊君平看在眼裡，表現在外的是他全然不曾看見。

「郭兄恐怕已然知曉右都御史蔡大人不克親來查案的事了罷？」楊君平小心翼翼地問道。

「我早在兩日前便得訊了，不必那姓邱的提醒。」郭若豪冷笑道：「我也知道這派來的人即將上路，是個姓王的僉督御史。」

「此人風評如何？」

楊君平是故發此問。他知道郭若豪必定老早把這件事查得一清二楚，這是他無人可及的長處，滿肚子故事刻意留待向楊君平傾吐，這是他何以掙扎了又掙扎，終於耐不住要親自端上楊君平的門來。楊君平豈能不知他的內心？戴面具為了行事方便？方便什麼？只不過為了遮掩而已。對於郭若豪那大腳穿小鞋的孩子氣的不自在，楊君平春風滿面，全然看不見。

楊君平這一問果然直中核心。郭若豪才坐下的身子，一彈而起，在房內來回走了幾步。雖有面具覆面，見不著他的面情，但是他的迫不及待，是極其明顯的，而且由於這一問，他極力鎮住的侷促不安驟然冰消雪化，他轉眼之間變得極其自信而傲氣。

他哼了一聲說：

「我今兒來此，可不是為了跟你說此事，曹案我自有處置，不勞尊駕費心。哼，楊爺的瞻前顧後，不要以為我郭若豪瞧不出來。不然，以楊爺天下無敵的身手，哪有我郭某插手的餘地？哼！」

他連哼幾聲，好一會才沉下氣來。楊君平只是微笑，藹然目視於他，並不作答。

「不過，」郭若豪傲然說：「你既然問起，我便略提一提也不礙。這被蔡大人遣來的僉督御史名叫王作功，舉人出身。家境清寒，比曹哲永好不到哪裡去。只不過此人為官之後，十分端正清廉，因而被蔡大人拔擢到督察院來襄助。聽聞他也辦過幾個響亮的案子，官聲頗佳。然而曹案非同小可，曹哲永的狡詐機智、伶牙利舌勝過王作功百倍，加之曹賊極善利用民情眾議，操作起來，只怕王作功招架不住，此所以我先斷了曹賊清議這條路子。」

說到這裡，即使戴了面具，看不出他的眉飛色舞，就從他手勢的大起大落，也知他得意非凡。

楊君平對此是由衷讚佩的，不由說道：

「郭兄的深謀遠慮真非常人可及。楊某打從起始，一路看來，若非郭兄處處佔了機先，措手不及，等如預先斷了曹哲永的手腳，只怕灤口要被此人攪得天翻地覆！」

郭若豪仰首望著屋頂，彷彿自言自語：

「等如麼？真斷了他的手腳也算便宜了他！」

轉而大聲說：

「秉公辦差，王作功的初衷我不致有疑。我聽聞此人事母至孝，自小唯母命是從，因而養成他拘謹內斂的習性，守成有餘，開創不足。然而查辦曹賊，卻需大開大闔，無懼於霹靂雷霆手段之人。王作功麼？畏首畏尾，來到灤口，只是以卵擊石。蔡大人竟然慮不及此，令人費解！」

郭若豪忘了一刻兒前他才說他來此不是為了談曹案，一開口卻滔滔不絕，激烈非常。

「依郭兄之見，事到如今，倒要如何處置方好？」楊君平越發小心地問。

「這何用問？明擺著只有兩條路子好走。其一，就任那王作功『謹慎將事』，拖死狗慢慢兒拖罷，後果如何，不言可喻，另一嘛……」

郭若豪忽然警覺，住口不語。

「楊某願聞其詳？」楊君平敦促道。

郭若豪冷笑了一聲，並不作答。

「收拾爛攤子需得一雙髒手。」他悶了老大一會才意興闌珊地說，像是厭倦已極的模樣：「你楊爺是個乾淨人，不問也罷！」

楊君平正色說道：

「你我都無非一堆臭骨頭，有什麼骯髒乾淨之分？郭兄不說我也猜得幾分。只是……」

郭若豪仍然是那副慵倦的樣子，打斷楊君平的話頭：

「楊爺的高論請留待給有緣人罷，郭某是個至鈍至迷的人，點撥不透的。」

楊君平接口道：

「『前念迷即凡夫，後念悟即佛』。迷悟一念之隔而已。」楊君平一笑說：「聽去這像是『高論』了。暫且拋卻這不談。楊某且就教於郭兄，郭兄這一路手刃了幾個奸惡？」

郭若豪不解楊君平此問的用意，目注他說：

「楊爺跟隨在郭某之後，不都已知曉了麼？」

「是，總不下十個罷。敢問這十個人罪不過在己身，有誰比得上曹哲永的禍延上千乃萬人呢？」

郭若豪不語。

「楊某忖量曹哲永終難逃郭兄之手。這個爛攤子必被郭兄收拾得乾乾淨淨。郭兄自謙一雙髒手，拙意以為這正是郭兄乾淨的地方。不過，這裡是乾淨了，那邊不又是新塵又生？曹賊除了，下一個趙賊、錢賊、孫賊……又來，郭兄，你就一路殺將下去麼？」

郭若豪毫不猶豫：

「殺到哪算哪！」

楊君平嘆道：

「如此，倒也不枉你的一身武功！」

郭若豪不耐道：

「楊爺你說得夠了罷？別忘了我此來是與你訂約的，你倒偏偏顧左右言他，沒完沒了的。」

楊君平默然低頭，只顧擎杯飲茗。好一會，他抬起頭，眼中光芒一閃：

「郭兄既然把楊某看得如此之重，就請訂個時日地點，楊某定然準時奉陪。」

極奇怪的是，郭若豪眼神中迅快閃過一絲似有若無的失望，彷彿鳥棲枝頭，棒落鳥飛那種失落。楊君平看在眼裡，心裡自問：「難道我該推託迴避，才合你之望麼？」

郭若豪乾澀地說：

「爽快！早說不就結了，偏有那麼些繞彎兒的話！我此刻也無定時。待此間事了，我自親來相請便了。」

郭若豪把與楊君平相約的事看得如此之重，同時又似毫不以為意，這一出一入之間，楊君平看出其脆弱性，像是一層極薄的紙，一戮就會破。而他，郭若豪，就會砰然而頹。但是，不知為什麼，楊君平彷彿護短似地，不願去細究，只說：

「悉聽尊便。」

郭若豪似是在同一當口進入那極其微妙之境，直接體認到楊君平近乎溺愛的一種廣大的不忍。他甚是迷惑不解，出神看了楊君平好一會：

「怎的，楊爺有更好的法子？」

楊君平微笑道：

「我的法子郭兄會聽麼？」

易地易人，這話便十分不中聽，而此時由楊君平說來，卻有兄長般無限的包容。隔著面具，看不見郭若豪的面情，但是他兩目朦朧，注視前方，顯然頗為動容：

「那你要我怎麼著？」

不用明說，兩人都知道此話意何所指。楊君平沉思了一會，一聲長嘆：

「此事頗難。能者如郭兄你，想必早有斟酌，我的一些話竟是多餘的了。」

他心中一陣椎刺一般的痛，竟是想起恩師無念上人。他閉目虔敬地一個字一個字說出當年恩師說給他父親楊嘯天的那句話：

「郭兄，用一『忍』字，眾惡無喧。凡事但請三思而行。」

郭若豪木然站立了一會，人皮面具的嘴角掀動了一下，顯見得那掀動極大，才會連面具也帶動了，不知那是鄙夷的一癟嘴，還是無聲的嘲笑？

「都是你們這『忍』字害人！你不曾聽說『姑息養奸』？曹妖之所以坐大，都是拜你們的仁慈所賜！仁慈麼？你仁慈了奸人，卻戕害了無辜。你於心何『忍』！再說，那手無縛雞之力的人忍忍也就罷了，你習得一身武功所為何事？竟也去附和『忍』字，你仗什麼義，行什麼俠？」

這一番話隆隆震耳，把楊君平聽出了一聲冷汗。這不也是他質問過自己的話？他一路行抵灤口，都是受郭若豪的指引，自己一無作為，其情一如該做的都叫郭若豪做盡了。然則，他之所以會覺著郭若豪做盡了該做的，是否表示他心中密藏了對郭若豪的默許？又因為有這情不自禁的默許，所以一路上才一無異議地被引導前來？

如果這就是實情，這直指核心、毫無異議的，是他心中也密藏了一個相同的殺戮欲望。

他心頭掠過那熟悉而捉摸不定的痛楚，那擦身而過、痛悔不及的感覺。就在這時，他聽見郭若豪在耳邊說：

「恕我言語無狀。郭某告辭了。」

大步走出房門。楊君平的隱痛頓然被驚散，郭若豪卻走得不知去向了。

一如以往，他全身立時充滿一種寬裕豐沛、無遠弗屆的源源銳能，只要他一發動，頃刻便可跟上郭若豪，而也一如以往，他動也不動。

事態轉眼揭曉。其急轉直下的快速，直叩楊君平腦門，給予他剎時的光輝燦爛，此正足以證明他私心中是何等期盼這件事的大白。真相大白是一個大解脫，儘管其形猙獰，宛如一人突然冷不防一絲不掛裸裎在眼前那般不測而尷尬。

訊息最初得自結結巴巴，語焉不詳的掌櫃，這人瞬間表現出那種莫名其妙的盤根錯節的複雜，不知怎地，讓楊君平一逕想起邱浩業，於是撂下半瘋的掌櫃，直奔「梅花閣」。前往「梅花閣」的途中，但見街頭巷尾一片混亂。話語是一句也聽不懂的，然而顏面表情的一致，卻讓人一目瞭然，自己竟是欲避之而不可能。

先是，楊君平覺得那是大喜、大懼的混合，兩造互相侵襲、佔有，慢慢坐大成一種肥腫，浮泡的奇特組合，白赤赤暴露著極其淫猥的隱晦內在。

一路上他看著的是不同臉上這一致的赤裸、坦白和尷尬。舖子關了店門，大夥一個個都站到街心，兩隻眼四處張望，一個個恨不得把心掏出來鋪在臉上，每一個人因此都把自己貢獻到那一致無二裡去。

「梅花閣」卻反其道而行。不但牌樓敞開，人潮湧進，而且彷彿一進入那牌樓，人便得到安慰，那一致性頓時破裂，化為千百張表情豐富的個別臉譜，像是聽曲兒聽到心坎兒裡，每人都有他自個兒的感觸、自個兒的喜怒哀樂。

由於門口人群擁塞，許多人進不到裡頭，猶在門首往裡推擠。這自然難不倒楊家的騰挪移位之術，他略一施展，人便如一條游蛇，在縫隙中左鑽右挪，頃刻便進到大廳。然而大廳之中早已坐滿，展望裡間也一般的人頭鑽動，座無虛席。楊君平略微打量，只見邱浩業坐在他常坐的座頭。果然他是「梅花閣」的貴客，與眾不同。

邱浩業面色泛紅，要說是臉紅被酒，此時不過辰末巳初，邱浩業這麼個正經生意人，哪有一清早就喝得醉醺醺的？楊君平運功聽去，竟覺著他也有些大舌頭，口齒十分不清。楊君平一心要把從客棧掌櫃聽來的支離破碎，以及其後街上所見，赤誠中帶著諂媚與淫猥那怪異的狂亂……要把這種種弄他個明白，因而不假思索，運功把一縷細語，傳向邱浩業耳中：

「邱爺，楊某已來到此間，急謀與邱爺一晤！」

邱浩業聽到這一縷極細極微，卻如蠶絲一般韌滑，清晰得絲毫不受哄哄人聲干擾的話聲，他是個不諳武功的人，哪曉得這是什麼傳音入密？左顧右盼，找尋說話的人。話聲才完，楊君平已經飄然來到邱浩業身側。邱浩業一見是楊君平，喜出望外，一把抓住楊君平手臂，語聲顫抖，竟是喜極欲泣的模樣，抓著楊君平的手也是抖個不停：

「楊爺，楊爺，來……來得好！」

接連幾個好，再也說不下去。這醉酒一般的舉止失了準頭，樣樣失了準頭，因而乍見楊君平的狂喜也大得不得了，像是對不準楊君平，都要溢出來似的。楊君平看在眼裡不解而又憂心。

「不忙，邱爺。」楊君平不慌不忙地說，指望自己的沉著能安撫他穩定下來：「咱們先坐下來如何？楊某來遲了一步，不意這裡竟是這般人滿為患，連個座頭都沒了，外頭店家倒是家家戶戶關了店門，這是怎的一回事？」

邱浩業這時方警覺自己還拉著楊君平的手臂，趕忙鬆開，說：

「就是，就是！今兒誰還做買賣吶？嗨！楊爺也別去尋座頭了，來，就跟兄弟同一桌罷，我這裡茶都叫沏上來了！『梅花閣』獨家焙製的一等一好茶！只是到如今還不見上茶來……這茶博士也是，都瞎忙到啥地方去了？也難怪……」

他嘮嘮叨叨地說著。楊君平只是以清澈的一雙眼看著他，也不打岔，靜靜聽他說個不停。

「……也難怪連他也喜得不見人影兒……大喜呀，大快人心呀……」

那失了準頭的大喜，不知怎的，像是漸次失去光輝的夕陽，帶著空洞和疲弱，佈上了邱浩業的眉眼間。楊君平便不遲疑，緩緩伸出右手，在邱浩業無暇顧及的情況下，輕輕搭上了他的左肩，略一運氣，一股暖流從楊君平掌心經肩胛直透邱浩業全身。邱浩業神智一清，頓時精神大振。他說：

「您瞧瞧！在下盡混說些什麼，都忘了請楊爺就坐。楊爺，請！」

手一擺肅客。楊君平微笑道：

「恭敬不如從命。倒是又叨擾了邱爺！」

「哪的話，楊爺是請都難得請來的貴客。何況今兒是大喜的日子，一壺茶算得啥？」

於是楊君平在邱浩業對面坐下。眼見話已開了頭，不再猶豫，開門見山說：

「邱爺所說大喜之事，必然與曹知府有關了？」

邱浩業點頭說：

「怎麼？楊爺還不曾聽說麼？」

「楊某今晨只聽得客棧掌櫃語焉不詳的一句話，說是罪有應得，該遭天譴，我想這話或與曹哲永案終歸真相大白有關，想要問出一個詳情，竟是不得要領，想到邱爺必然知其頭尾，便逕奔『梅花閣』來相尋了。」

邱浩業不住點頭，雖然楊君平以內力助他穩定心神，但是由於震撼太深，臉上餘悸猶存的臉色極其明顯。這倒也是奇事，既是大喜，何以楊君平舉目所見卻都是大驚大喜，甚而是七情六慾混合的大爆發，把那「喜」架空，只作為說服自己的一副華麗的空殼子？

「那掌櫃說得極是，」邱浩業說：「曹妖之除確是我灤口百姓之福，卻也驚險得緊……」

楊君平不由插嘴：

「哦？是怎的驚險？」

曹哲永被除，這是楊君平聽了掌櫃第一句話便已猜到的事，但是其後他所見所聞的奇譎，是他從未見識到的人心底蘊，倒引起他的好奇。

「這一遭險些兒又被曹妖免脫！」邱浩業嘆道：「早先原說右都御史蔡大人要親自查案，人心無不振奮。其後傳言蔡大人有皇命在身，不克親來，改由右僉督御史王大人代庖，這一變便已經透著不妙，彼時便聽聞曹妖暗中遣人攜重金上京疏通，是否此賊神通廣大，疏通奏效，近日忽傳王大人也不來了，著由咱們這一省的科道代理，這便明擺著曹案終將雷聲大雨點小，不了了之了！」

楊君平說：

「傳言說，曹府的一個心腹攜帶了曹哲永歷年貪贓的密帳實據，進京密告。朝廷對這鐵證如山的滔天巨案，竟然如此輕率處置，放任一個地方言官去審理？」

「可不是？這便是令我鄉父老驚駭莫名的一件事。楊爺所說的『心腹』，真有其人，而且非同小可。他走內府蕭恭人——便是曹妖的妻子——的路子扶搖直上。初時，這魏禾茂算得是炙手可熱，要想親近曹府，非經此人莫辦。後來不知怎的，想來是曹妖多年橫行無阻，財大膽壯，小看了此人，日漸冷落了他。魏禾茂眼見往日阿諛巴結之輩，一個個升官發財，把自己看成了看門狗，這口氣如何嚥得下？心想你曹妖因我而得大財，也將因我而身敗名裂，遂私藏了密件入京。不過據聞魏某人從此不知其下落。有一說是他密告之後便逃匿他鄉去了，更有一說是曹妖遣人追出了他的行蹤，業已成了曹妖手下的冤魂。活著也罷，死了也罷，若非天可憐見咱們，降下這麼天神一般的大英雄，他怎地也料想不到，即使他拚了一死，竟然也扳不倒曹賊！不過，今日之局，也足見老天有眼，天理循環，多行不義，終有惡報！唉，楊爺，這真叫報應不爽呀！」

邱浩業說到這裡，舉起茶杯一飲而盡，連飲了數杯，臉上竟又出現驚魂未定的神色。

楊君平伸手輕拍了一下他的肩，微笑說：

「誰說不是？那位大英雄倒是如何處置了曹哲永？」

邱浩業吃楊君平這一拍，不由自主地滿臉歡容，又擎杯滿飲了一杯香茗：

「正要說到這大快人心之處！楊爺想必也去了菜市口瞧熱鬧罷？那一溜告示、十輛運金車這一陣擺放在市場，原本是一顆定心丸，都當事已至此，曹妖指日可誅，不意連番惡訊傳來，大夥又人心惶惶起來。昨兒我特意前往市集看視，其實是懷著憑弔之心的。我聽得圍觀的人說，這幾車金銀打不定幾日之後又重回曹妖的私庫去了，從此加倍還本還不止，咱們是空歡喜一場！」

邱浩業低頭嘆了一口氣，隨而又轉昂奮：

「可咱們這位大英雄練得有順風耳、千里眼的神功，把咱們小民的苦處全聽在耳中、看在眼裡。今兒天不見亮，趕早集的人一到市集，只見運金車旁設了一桌老大的香案，案上燃著一對兒臂粗細的白燭，火光熊熊，白燭中間，兩大托盤托著血淋淋兩隻豬頭，十分陰慘慘怕人。一張白紙寫著斗大幾個字貼在案頭，那是大老遠都瞧得見的，寫的是：『曹妖夫妻斬首示眾於此！』便有膽子壯的近前一看，當場嚇得險些不省人事。什麼豬頭？是血淋淋兩顆人頭！我聽那擠在前頭的肉販子許多兒一五一十這麼告訴大家：那的的確確是兩顆人腦袋，披頭散髮，沾著黏血，睜得老大的四隻眼睛，眼珠子都要暴出來，直瞅著人笑……直瞅著人笑，許多兒就是這麼說來著……」

邱浩業抽了一口氣，頓在那裡說不下去。半晌，他嚥了一口唾沫，搖搖頭，乏得脫了神似地說道：

「是一男一女兩顆人腦袋。大夥兒縱然不識那女人頭，男人頭是識得的，不是曹知府是誰？便如晴空裡炸了一聲響雷，大夥兒魂都叫震飛了。許多兒這麼說來著。」

邱浩業才說了幾句又頓著說不下去，楞楞地瞪眼看著前面，那被楊君平擊肩而起的昂奮這時竟也了無痕跡，只剩得一臉的倦乏。他舉杯啜了一口茶。他忽然面現驚詫，一拍桌子說：

「這事也就奇了，誅殺曹妖不是人人都引頸期盼著的嗎？何以這鐵錚錚的事一來，大夥反倒慌了手腳，生像大禍臨頭一般的呢？何以，我……」

他垂首默不作聲。楊君平憶起從客棧掌櫃起，沿路目睹的萬千面情、七情六慾爆發於一瞬的渾然不可辨。他恍然若有所感。

楊君平咳了一聲說：

「邱爺，生死何等大事，曹哲永的橫死來於不備，大夥的震嚇也是人情之常罷。」

邱浩業彷彿沒有聽見楊君平的話，一個勁搖著頭，自言自語道：

「這是大喜的事呀，大快人心呀！」

然後又默不作聲。他長嘆了一口氣，才又開口：

「是開市的時候兒了，可大夥哪還有那個心開市呢，一哄散了，去報喜呀，這一傳十，十傳百，天不亮全灤口都傳遍了。許多兒飛奔來告訴我這訊兒，我才正要開店呢，連忙關了店，也跟著人群到了菜市口，只見人山人海，擠都擠不進去了，我踮起腳尖，從人頭縫遠遠往前覷，香案是見著了，那一對大白燭燃得只剩了小半截，猶自一吞一吐，叫晨風吹得一搖一晃，白慘慘燭油滴落在香案上，堆成污濁的兩堆，倒像是誰在路當中拉了兩大泡屎，叫人瞧了渾身不自在。奇的是，我聽不見喧嘩吵鬧，只有嗡嗡的交頭接耳的話聲，像是誰要大聲嚷嚷，誰就是罪魁禍首，大難就要臨頭。」

他露出傾力追索的那種出神忘我，默想了一會，繼續說：

「他們指點給我瞧哪是『那』兩顆頭，我瞧是瞧見了，卻只瞧見黑黑兩堆，想是兩撮頭髮罷。說什麼眼珠子暴出來，說什麼直瞅著人笑……這，這我沒瞧見。我剎那間只見著這供桌供得那般高、那白燭那般粗、滴落兩泡屎，還有就是那兩堆頭髮，活生生、活生生的頭髮。也不知怎麼著，就是那兩撮活生生的頭髮，透著說不出的凶厲，敢於高高在上，不即不離，跟下邊黑壓壓一群不敢作聲的人現身面對。我像是在作惡夢。聽見身旁有人在作嘔，我也禁不住一陣反胃……」

邱浩業以手遮嘴，臉色煞白。

「我左瞧右瞧，瞧見的是一張張面無人色的白臉，不見歡容，毫無喜色，這是怎麼的啦？這不是大喜的事兒麼？這不是大快人心的事兒麼？……」

楊君平看著乏得像是頭都抬不起來的邱浩業，不知該說什麼才好。兩人默默以對。

這時的「梅花閣」前後皆滿，往日的哄嚷爭吵，早就不復聽聞了。楊君平見到一種禮讓敬重，瀰漫在前廳後座。像是無人不互相竭誠以對，挖心掏肺似的，一個個唯恐自己不周，怠慢了別人。

這些都分外具體地從茶博士身上發揮出來，彷彿他充分體察了在座大夥兒的心意，於是捐出了他自己的身體，讓那心意從他身上宣洩，廣被到每一個角落去。只見那幾個茶博士滿場子遊走，隨呼隨應，細膩周延到了十分。

大廳中這漫無節制的人情以及那堆砌浪費的禮數，不知為何使得楊君平莫名地憂傷沉痛起來。

先時說了那許多話的邱浩業，此刻竟是一句話都不願說了。楊君平關切地問：

「邱爺折騰這一早上，想來十分倦乏了罷？」

邱浩業倦容滿面地抬頭望了楊君平一眼，勉顏一笑：

「不瞞楊爺，也不知何故，在下果然有些乏了。平日在小店晨昏忙亂，也不似今兒這般勞累……」

楊君平體貼地頷首無語。又沉默了許久：

「此間既然巨患已除，楊某也已遊遍了寶地各處，刻日便要他去。邱爺，咱們後會有期罷！」

邱浩業苦笑道：

「濼口重創，真不知何年何月方能回復往日的風貌了，唉！」

也無半句慰留楊君平的話。於是兩人相揖而別。

楊君平一進客棧就極在意掌櫃眼中的猜疑及隱藏著的究詰。他清晨是因掌櫃的昏昏矇矇、結結巴巴而趕去「梅花閣」求證實情的，此刻掌櫃卻凝聚了回來，且似乎有極具主見的情緒表達，何以如此？

幸而掌櫃並未忘卻他的慇懃，迎上來說：

「楊爺回來了！郭爺已在您的上房坐候了好一會了。小的見郭爺是楊爺的知交，斗膽作主，請郭爺在您房裡歇息。您老不見怪罷？」

慇懃照舊，而眼中的疑慮未除。

楊君平道：

「我知郭爺要來。掌櫃的做得極當，我豈會怪你？」

楊君平說得沒錯，他料定郭若豪必定會來與自己見面。他設想到的局面之一是郭若豪如何逼現在自己眼前，極力按捺著他的昂奮，力持沉穩內斂，卻因其不可得而變調為譏諷嘲世。

但是楊君平尚不忙進房去，因為掌櫃面情複雜，寫滿了一臉的話語。楊君平不由看著他：

「掌櫃的，可有什麼話要說？」

掌櫃的一震，面容一整，陪笑道：

「沒……沒……小的在等楊爺您的吩咐！」

「既這麼著，就請掌櫃沏一壺好茶來罷。」

掌櫃忙回道：

「是，是，小的這就去！」

楊君平略一沉思，不再說話，舉步掀簾入房。

實際上，不是郭若豪逼現到自己眼前，而是自己逼現到他面前去，這是因為房中的郭若豪茫然不察快步入內的楊君平，只來回在房中踱步，直到楊君平說出這句：

「郭兄，楊某早知你定必光臨……」

直插他內心的話，他也不因而止步。楊君平深知以郭若豪的武功，他是故意不睬，因此話說了一半便住了嘴，站在簾下，靜靜看著困獸一般走個不停的郭若豪。

「既然你楊大俠料定我會來，」他一面踱步，一面說，正眼也不瞧楊君平：「當然也知我是來相約一戰的。」

這樣一個開頭，也不怎麼出奇，倒是那句「楊大俠」的口氣含意多樣而不測。像是把自己拉到極疏遠處，不願與楊君平有半點瓜葛，又像是總有那麼一點似疏又親的牽扯橫亙在兩人之間，因而才夾諷帶刺地戲弄楊君平。

楊君平微笑說：

「若只是為了要與我比試一場，倒也不勞郭兄大費周章，移玉親約。我的行蹤郭兄不是瞭若指掌麼？隨時隨地一語相招，我焉敢不附驥尾？」

郭若豪不答，來回走動得更加快速不耐。掌櫃叩門送來一壺茶，探首進來，以這日他一貫而奇特的究詰眼神，向裡偷窺，被楊君平擋在門口，把茶壺接下了：

「瞧，掌櫃的沏了一壺好茶，郭兄一宿無眠，又兼程趕來與我相約，正好稍事歇息，喝口茶解渴潤喉罷。」

楊君平雖是若無其事，輕輕一語帶過，郭若豪卻陡然立住腳，轉身與楊君平面面相對。戴著面具的臉一無表情，但直視楊君平的雙眼是毫無遮攔的赤裸裸。赤裸裸地射出兩股受辱的怒火，彷彿楊君平的平淡溫和是在袒護他，而他不甘於被袒護。楊君平依舊兩眼含笑，並不閃避，也是直視著郭若豪，緩步跨前數步，一撩衣襬，自己在椅子上坐下來，輕輕在茶几上放下茶壺。

楊君平毫無煙火之氣的舉動，對郭若豪是一記看不見的軟綿綿的重擊。

「這茶是掌櫃的一位至親，從杭州西湖捎來的龍井。俗云『龍井茶，虎跑水』，此地雖無『虎跑水』，不過這掌櫃是位雅人，歲逢臘月，他必親收臘梅花瓣上的積雪，每年所得不過一罈梅花雪水而已，以之沖泡西湖龍井，幽香四溢，益增龍井茶的深奧渺遠，妙不可言。我前日叨擾了他一壺，今日得郭兄光臨，當以此無上絕品待客！」

囉哩囉嗦說了一大套，又親自執壺傾了一小杯，送到郭若豪座前：

「郭兄請先聞此絕妙好茶的香氣，再以舌尖略沾茶湯，以品其味。」

兀自嘮叨個不停。郭若豪先是極端不耐，似乎又要踱起步子來，繼而看見楊君平不厭其煩地又是解說又是倒茶，珍重其事，只當他是應邀來品茗的，不由得抬起頭，瞇起兩眼盯住他，眼中尖銳的怒火，慢慢代之以鈍鈍的茫然不解。

楊君平專注在茶道，他不慌不忙地在自己杯中也倒了一半，舉杯在鼻尖左右橫移了兩下，深吸了一口氣，再撮唇淺啜了一口，咂著嘴好一會才說：

「香幽而偎鼻不散，味甘而依舌沉潛。的確是好茶！」

到了這時候，他才算是有了個了結。他上身略微後傾，輕倚椅背，兩手交叉擱在前腹，雙眼微含笑意，看著對面銳氣頓失的郭若豪。

郭若豪也是不眨眼地看著楊君平，越看越入神。在他眼中，楊君平不是在品茗，他從頭到尾在施展一套近似拳法又似近身搏擊的武功，苦於找不到他的破綻，因此看不出所以然來。

但是他發覺了楊君平眼中的笑意，不由脫口而出：

「不管無念老和尚的『浮雲十八式』如何博大精深，如何天下無敵，郭某都要傾力一戰！」

說畢，那刹那間的勇猛，忽然黯淡下來，暗得那般迅然，他整個人像是縮小了下去。實情是，郭若豪這時退到了椅邊，在椅子上坐了下來。一手扯下臉上的面具，彷彿突地察覺到這時戴著面具的荒謬。整個情勢的趨於荒誕不經，都因這面具的媒介而具體起來。

這是因為掌櫃正好在這時敲門，探頭進來說：

「楊爺，要不要添……」

一眼瞧見坐在房裡的不是郭爺，竟然換了一個人，驚得話都說不下去了。

是這樣一個荒誕不經的局面。

楊君平回頭說：

「掌櫃的，多謝你的好茶！不過這壺裡還滿著，要加水時我自會前來索取。」

掌櫃只顧盯著郭若豪，竟不知回話，半晌才警覺過來，結結巴巴地：

「是……是……小……小的明白……」

這顆驚慌的頭這才縮了出去。而退掉面具的那張臉，宛如脫了一層皮，竟比原先戴面具的臉更加眉目模糊，刻滿了橫豎相間的複雜線條，與上次所見的本來面目相比，郭若豪顯見得蒼老了許多。

郭若豪對掌櫃那顆驚詫莫名的頭，以及被那顆頭一觸而發的全面荒謬等等，全然不在意。他全神著力在跟楊君平毫無道理的置身事外，以及他似有若無的一股張力周旋。而郭若豪卻總也找不到他的破綻，讓自己可以乘虛而入，一鼓作氣，重振他之前藉以與楊君平分庭抗禮的那種憤嫉的銳氣。

楊君平微笑道：

「此茶宜熱飲，冷則其香去了六七分，恐不能品出這茶的至味了！」

這是催促的意思。催促便是耐心漸失的表示，這或者是一個破綻，在交手對陣的場合，是稍縱即逝的反敗為勝的良機。然而待他正要去捕捉，卻只見到楊君平的微笑，毫不做作、一無矜持，清風徐來，爽潔至極的微笑。

這便是一張看不見而無處不在的幔膜，它因你的進而退，你的退而進，伸縮自如，隨遇而安，真是毫無煙火之氣。郭若豪奮起的精神又沉落下來。

「是則又怎樣？」郭若豪冒然說了一句，冷笑一聲，沒有接續的話。他擎起茶杯，一飲而盡，對於茶的好壞，一無評語，只是全神思索。

楊君平執起茶壺，趨前為他斟滿了茶杯。郭若豪並未因楊君平的舉動而分神，倒是伸手又把斟滿了茶的茶杯端起來飲了個涓滴不剩。他精神一振，像是在這極微妙的一瞬，他冷峻的飲茶，劃清了他跟楊君平之間的界線，遂又能獨立自主地與這強敵重回分庭抗禮的局面。

他冷冷地說：

「我實告訴你罷，我本不打算殺這一對狗男女的，也不願殺。不過，哼哼，他們要自取滅亡，我別無他法，只好成全了他們！」

楊君平這才收起了他清俊無染的微笑，身子慢慢又向後倚向了椅背，自他全身散發出一種無所不包的關心和體諒。

郭若豪不會不警覺到楊君平無孔不入的滲透，但是他走在楊君平為他鋪起的那條坦途上，無比舒適，而且受盡了誘惑，不由自主地向前越走越深，走向那暢通無阻卻看不到盡頭的核心裡去。於是他忍不住開始說起那日在曹宅裡一整夜的經過。

楊君平以他的寬宏習慣了郭若豪的嘲諷，雖不盡信他形之於外的種種，也無意進一步揣摩，此時對他迥異的口氣卻大為詫異。

郭若豪一向來語出驚人，舉止突兀，無不以出奇制勝為標的，這時的他則是按步就班，自始至終娓娓道來。之前他是粗略激憤，我行我素，這時的他則是體察入微，感觸細膩。

在那獨行道上披露內心的那個截然不同的郭若豪，讓楊君平覺著他內裡也是個沉鬱善感，自我掩埋極深的一個人。

郭若豪連番以迅雷不及掩耳的手法揭穿了曹哲永製造動亂的奸謀，截獲了曹哲永圖謀偷運出府秘藏的金磚銀錠，轟動灤口上下，他遊走傳頌不絕的大街小巷，驀然有一股孤獨刺上心頭。

「我行事從不欲人知，」郭若豪這樣說：「然則做了這兩樁爽快俐落之極的事之後，何以我竟然一些兒也不痛快？那就是所謂的高處不勝寒麼？」

郭若豪說話時的內省，以及一點驚詫意外，是楊君平第一次見到，也是他第一次明白如今他要面對應付的是一個深一層的郭若豪。

在頌聲不絕的全然寂靜中，游刃有餘竟是這樣一種孤獨的感覺。於是他想此或許是他該見好就收，放棄曹哲永這一窩腐臭無趣的單調，轉而向楊君平尋求雋雅有味的多彩的時機了。這就是他說：「我本不打算殺這一對狗男女」這句話的第一個原因。

旋即傳來朝廷責成地方科道偵辦曹案的消息。頌聲盈耳的街坊剎時一片錯愕。

「滦口一夜變色，」郭若豪回憶說：「這都因我而起。」

楊君平不知滦口如何變色，但他看見了回憶中的郭若豪如何從沉靜中變得急躁不安。他這句「這都因我而起」似乎把先前的憤世嫉俗全部召回，而與楊君平雋永有味的對峙則被席捲一空。這一日，他好不容易耐心候到初更，逕奔近郊的曹宅而去。

曹哲永連番在神不知鬼不覺情況下，宛如被抄家一般之後，日日如驚弓之鳥。一個堂堂知府，在府衙裡竟一如被活逮的慣竊小偷，頭都抬不起來。抬不起頭那是自然，試想，菜市廣場現擺著自家庫裡的數十萬兩金銀，自己目前雖然可以抵死不認，但人言鑿鑿，一向言辭犀利，得理不讓的曹哲永竟找不出半句理直氣壯的話語。何況自己埋下的親信暗樁，至今音訊全無，這不啻是陰天裡藏暴雷，什麼時候霹靂一聲劈向自己，誰也不知。

郭若豪腳尖一落曹宅屋簷，便看清了裡裡外外的情勢，這不光是因宅中燈火通明，連屋旮旯都點了燈籠，還因那屋裡的極其空洞。那空洞是被襯托出來的，被蕭恭人粗嘎刮耳的嗓門襯托出來的。那嗓門像是為了把屋裡塞滿，惶惶地、暴怒地追逐著每一個空隙。

屋外園子裡站滿了親兵守衛。他們似也曉得危機四伏，三五結夥，不像在守衛禦敵，倒像相互依偎取暖。忽見一個揚首挺胸，面無表情的男子無聲無息，鬼魅一般現身在院中，不約而同齊聲喝問是哪一個，這人一眨眼不見了蹤影。眾人倒吸一口涼氣，又不敢聲張。

郭若豪現身鎮住了一干守衛，飄身再上屋簷，一心想要聽聽那聒噪不停的婦人究竟在嘮叨些什麼。

「……這又挨過一日了，明兒你待怎麼辦？」

他聽到的是這樣一句嘎嘎話聲。

郭若豪大剌剌挺身在明處，看著這一對被自己收拾到這般地步，宛如地上盲目鑽動的螻蟻，懵然不知捺指就可把自己粉身碎骨的人就在咫尺之內的高處。這一眼可見的愚騃無知，觸動了他自己不知也不願承認的一點哀矜，成了讓他說出「我也不願殺他們」的另一個原因。

廳裡坐在推椅上的蕭恭人深陷的眼眶托著兩顆暴出的眼珠子，閃閃發光，咄咄逼人地盯住站在她對面的曹知府。蕭恭人原本就瘦削，除了那一對格外突出的眼睛，倒也不見大變。比之於她，曹知府卻像變了一個人。他也不曾瘦削，只見一張蠟黃的臉冒出油光，虛浮鬆垮，不僅止於他的臉，他全身都顯出一種不實在的浮腫，像是身上充填著棉絮，披上一件寬袍以掩他怪異的虛張聲勢。在蕭恭人的逼視下，他兩眼黯然無光，就要沉沉睡去，但在她的鞭策下，他只得戰戰兢兢強打起精神，像一個正在受母親責罰的犯錯的頑童。

「你倒說話呀，一路來不是沒人說得過你，怎的如今倒像個半死的人了？也不見你少吃兩塊肉，精氣神兒都到哪去了？……」

曹知府垂著兩眼，好不容易等她歇下來喘息，他才嘆一口氣說道：

「我不趁此多吃兩口，只怕來日要吃想吃都吃不到了，唉！」

「喪氣！曹么，你堂堂知府的威風怎不見了？你要是在衙門也這般喪氣，不如辭官回鄉去罷……」

曹么抬頭正視著蕭恭人，眼神透著奇特的安慰：

「小六兒，此刻我要真能如你所說安然辭官返梓，我要謝天謝地！只怕，只怕……」

兩眼一暗，再也說不出話來。

蕭恭人瞪大了眼看著他：

「難道咱們幾十萬兩銀子是白砸了？你倒照實說來，京城裡你究竟使了多少？咱們灤口你使了多少？你倒說說，你倒說說！」

曹知府只是垂頭不語。蕭恭人越發凌厲：

「我記得少說咱們也運了十幾二十萬兩上京城去，灤口一地前前後後也不下十幾萬，這些銀子竟是白使了不成？這回可好，他們得了咱們的銀子，幾輩子吃喝花用不完，咱們白使了勁不說，依你的口氣，咱們辛辛苦苦了這些年的所得白叫人劫了去也罷了，身家性命都將不保，曹么，你這朝廷幹才，堂堂四品大員，可做得好威風呀！」

曹知府垂得低低的頭忽地昂起來，辯白著：

「誰說銀子白使了？京城蔡大人、王大人相繼不克前來，不都是那幾十萬銀子的功勞？至於吳科道嘛，你不見他老早就服服貼貼了麼？」

「那你還愁啥？」

「我說你哦，小六兒，你真個是聰明一世！」曹知府搖頭說道：「慢說吳科道，即便蔡都御史、王僉都御史親來，我曹哲永自有應對之道，他們何足懼哉。我愁的是另一個主兒！」

蕭恭人也不說話了。她何等伶俐，曹哲永略一提示，她便知道這「另一個主兒」是誰。只見她一雙骨節猙獰的手抓住推椅把手，越抓越緊，紙片兒一般的上身披著的那件崁肩無風抖動了起來。

曹知府卻不住嘴，繼續往下說：

「咱們埋下的親信，說不見就不見，至今音訊全無，究竟叫誰架了去，不見半點蛛絲馬跡！那幾車金銀，咱倆可是在睡房裡商量的，密命曹三兒務必半夜避開耳目去搬運，難不成咱們的至親也去通了外賊了？這賊子也忒神通廣大了！我所深引為憂者，就在這賊子行事的不測。他能知人所不知，為人所不能，不定咱們在這屋裡的一舉一動都吃他看在眼中也未可……」

曹知府一驚住口，一雙眼睛骨碌碌四處轉動。

曹知府在他的親信失蹤之後，便知暗中之人絕不是單單向他示警而已。果然，他每每略有脫罪的舉措，這人便動在機先，十倍暴露他意圖要匿藏的。自此他便睡不安枕，夜裡選派重兵守衛在宅中院內院外，只要當夜安然無事，次晨每個親兵重賞一吊。而一入夜，宅門深閉反鎖，燭火徹夜通明。

曹知府一雙眼從天井、窗戶轉了一圈，落在緊閉的門扉上那把新加的大銅鎖上。唯其新得光彩奪目，透著初生之犢的不可靠。他越瞧越擔心，眼珠子越瞪越大。

不知是不是因為曹知府的聰明機智這時業已發揮到極致，就在那命定的一瞬，把那華麗炫目的嶄新銅鎖釘得牢牢的八枚大銅釘陡然一震，暴出獠牙，接著，像分釐不差對準了曹知府致命的預測，大銅鎖一歪，直落而下，轟然一聲巨響，摔落在青石地上。

站著的曹知府和坐著的蕭恭人全身都跳了起來，彷彿為了讓路給這兩人的魂靈出竅，兩扇兩丈來高的朱漆鑲銅大門呀然一聲，萬般順從地開向兩邊。然而兩人驚得幾乎四散的魂魄卻被當門而立的一個男子鎮住，眨眼凍成兩條冰柱，動彈不得。

那面無表情的人跨前一步，冷冷地說道：

「你們不是要看那賊子麼？我就是那賊子，我親自送上門來讓你們慢慢看個夠罷！」

郭若豪就在曹知府說到「這賊子神通也忒廣大」的時刻，飄然下屋，旋風一般繞屋一周，把院內院外統三十個執刀守衛一起點了睡穴，一個個呆若木雞，睡死了過去。

他緩步走到大門緊閉的大廳外，運力隔門把反鎖的銅鎖震斷落地，順手把大門推開。

「若就那第一眼裡我瞧見的曹哲永，我大可不殺這一對男女。」

說這話的郭若豪像是走在極深處，每探一步都有所見似的。楊君平記得這也是另一處讓他感覺自己是在應付一個不同的郭若豪。

依郭若豪從極深處看來的說法，他開啟大門後第一眼見著的曹哲永是一個遲歸的野孩子，鼻涕滿臉，一身污泥，野得過了頭，硬著頭皮回來準備挨皮鞭子。

這是一個絕境、一個盡頭。父親對兒子絕望的盡頭，孩子對父親恐懼的無助的絕境。郭若豪一剎那間，似乎異感到此中一種沒有雜質的純淨，因而他才會說：「我原本可以不殺那一對男女。」

然而下一眼，郭若豪卻看見了一個從野孩子天成單純，暴長成一個複雜人造怪物的曹哲永。媚俗的巧變機敏、官場的世故卑吝，滔滔滾滾，一條忽都出現在這怪物的臉上。

「是曹賊他自己明告我不可恕他。」郭若豪怒聲說。

在曹哲永無恥地出賣了自己之後，郭若豪壓抑的怒火便被一點而燃，一發不可遏制。他在憤怒中吃驚地看著曹哲永如何熟練地套用數十年來在官場中打滾歷練得來的一切機巧：下作的、卑顏的……等等，只為了求得夾縫裡一線生機。

「他就在我眼前不到三尺之地跪了下來，這就是所謂的堂堂四品知府，當朝赫赫有名的能員，他雙膝著地跪下來求我。可惜啊，這聰明的可憐蟲，他不知他是自裁了他自己！他的舉措是直截了當要我不得饒恕了他！」

然而，即然如此，這也還不是他的致命之處。

「他的無恥充其量證明了此人的可憫。為了無恥而殺他，我其實只殺了一個可憐蟲。」郭若豪說。

他從曹哲永遍佈周身，無孔不入的卑顏屈膝，見出他施展障眼法的處心積慮。郭若豪抓住了這七寸要害，一舉而盡窺曹哲永的內在。他見出此時的他，曹哲永，身上無一處不在作偽造假，無一處不藏匿著他為惡的劣根性。

「我是為了殺一隻佯僵詐死的百足蟲而殺他。如果我不殺他，一個比現今壞千萬倍的曹妖不久又將現身在灤口，甚而得意京城，戕害全國！」

郭若豪忽地緊緊瞪住楊君平，冷冷一笑：

「你可曉得倒是這曹哲永讓我茅塞頓開的？」

他有意不睬楊君平詢問的眼光，隔了半日才說：

「我殺了曹賊之後，情勢頃刻間澄澈明朗起來，這隱匿在曹賊內裡的千蟲萬蟲，從此隨他俱去，永無借體還魂之處了，這可謂斬草除根，永絕後患了！」

郭若豪垂下雙目，凝思了一會，冷冷說道：

「你先時說，用一『忍』字，便可『萬惡無喧』。在曹賊伏地哀求，百般自求屈辱之際，你這話縈縈在耳，卻陷我於天昏地暗。我此時若用了這『忍』字，正中了這賊子的奸計，我郭若豪一旦離此，萬惡必將因這寄養體的續存而群起鼓動，不如我這時引劍一快，則皮之不存，毛將焉附？這是極淺顯易懂的道理，為何我竟猶自囚在這『忍』字裡？」

他原是避開楊君平雙眼的，這時迅速抬眼緊盯了他一眼，又低下頭來，彷彿有什麼極難決疑的事，他豁然做了決定之後，瞬間心中產生一種火燙辛辣的凌厲感。

「曹哲永以他的下賤葬送了他自己一條命，卻也以他的無恥助我走出你的堂皇迷殿。」

沒有聽見楊君平的答語，他又加了一句：

「走出你那個高高在上，荒唐滑稽，虛無縹緲的迷宮！」

說完這話，他就站起身來，似乎有意要走出去。楊君平微笑看著他，自己仍舊輕鬆愜意地斜靠著太師椅。

「郭兄，」他說：「楊某只知你在那緊要的節骨眼想著咱們六祖，餘皆無關重要。」

楊君平住嘴微笑，眼睛不離郭若豪。郭若豪昂然不屈地回視著楊君平，宛如在迎戰他的每一句話。只聽楊君平徐徐說道：

「你殺曹哲永有這許多周折，卻不聽你……」

郭若豪哼了一聲，把楊君平的話頭搶了過去：

「我就知道你終究有這句話！你倒是休提起蕭六兒這個婦道！我郭若豪打從著手曹宅一案第一日起，我便厭她、恨她入於骨髓。不錯，這妖女是這驚天巨案的始作俑者，但我所厭所恨者，在於她的無所不在。曹賊每有所動，俱見她的身影。你但覺她不吃不喝，不眠不休，無時無刻不在針砭、鞭策曹哲永向前，只為了她的貪得無厭，最後終至把曹哲永最後一滴精血榨乾，最後一點人味兒驅盡，只剩得一副空殼子，包藏一副貪婪的鬼魂。我殺她無需其他冠冕堂皇的理由。」

郭若豪停了一停，慢慢地說：

「我在劍斬曹哲永之前，先殺了蕭世蘭。」

他臉上有奇特難辨，極膩煩的神情。往日他殺一個奸徒不過是手起劍落，不費吹灰之力的事。而楊君平「忍」字說的引入，把這事弄得這般牽扯不清，竟是伸手掣劍都變得無比沉重。曹哲永以他的徹底無恥提供給他一個堂皇的詭辯，他得借以從「天昏地暗」之中出來，然而卻竟是仔肩沉重，毫無輕鬆之感。

那晚他冷冷向跪在地上，魂飛魄散，不知所云的曹哲永說：

「你起來，站到你女人身邊去！」

曹哲永不解其意，這話聽去一點意義也沒有，眼睛茫然瞪著，盯住那張密不透風的臉。忽然之間，瞪著的兩眼盲矇一片，眨都不眨，他懂了。他跪著的身子像被一道雷電抽擊，暴抖起來，接著便彷彿給剝得精光，赤條條裸現出麻木的僵硬。

郭若豪不耐煩地說：

「沒聽見麼？」

雙掌運功，把曹哲永遙遙托起，移向一旁坐著的蕭恭人。同樣瞪著一雙暴眼的她看看郭若豪，又看看自己的丈夫，一剎那，像一蓬火一般，她兇悍地爆發起來：

「你這人好不講理！曹知府為官多年，從未聽說他曾跟你這一號人物結怨，他縱然有所失閃，自有朝廷管著他，與你何干！你一心跟我曹府作對，始則擄我親信，繼則劫我金銀，這可都是我闔府上下這數年來辛苦所得，都是我曹家私產，你是何居心……」

郭若豪冷冷說道：

「我起始頗疑我的所見所聞或有謬誤，不意倒是百聞不如一見。佩服，佩服。我竟無需另尋理由了。」

一旁的曹知府臉色死灰，原本吃郭若豪遙托緩移過來的身子勉可站穩，聽了蕭恭人一番話，再也站不直，上身往前一傾，兩膝一彎，一個人便軟癱在地。

蕭恭人猶自得理不讓人：

「佩服就還我銀子來！還我銀子來……」

郭若豪叱喝一聲：

「好，我這就全數還給你了，你自己去搬罷。」

銀光一閃，椅上的蕭恭人兩手猶在揮舞，項上人頭像變魔法一般縮入腔內不見了，然後在那猙獰的缺口，極精簡、極慳吝、極滑稽地噴出一點點鮮紅，迅即止住，像是奉了誰的命令。那勇猛狂舉雙手的蕭恭人，砰然向前仆倒，那樣紙片兒一般的一個人，倒下竟發出那等巨響。

就在這同一瞬間，軟癱在地上的曹知府慘號了一聲。蕭恭人項上不見的人頭，赫然滾到了曹知府眼前，左顛兩下，右盪兩下，終於不甘心地停了下來，長髮散披一地，兩顆姆指大的翡翠耳墜子在一窩鮮紅裡閃著芒芒慘綠，怒目圓睜，盯著趴在地上抖動不停的曹知府。

「你可仔細瞧清楚，這可是你們陽間最後一面！」

略一停頓，又是銀光一閃。

「我說。」郭若豪說道：「我就送你跟你女人一道去守那幾車金銀罷，黃泉路上也不致落了單。這是我說給曹賊最後一句話。」

說到這裡，他長吸一口氣，默然無語。他慢慢擎起茶杯一氣飲盡。

「果然是好茶。」他說。

楊君平欲趨前為他加滿，壺中茶湯已罄。他起身到門口招呼著掌櫃：

「掌櫃的，煩勞再為我添一壺水來！」

掌櫃趕緊上前，面有難色地低聲說：

「楊爺，實不相瞞，方才那一壺已是小的最後一壺胭脂雪水了，要喝還得等來年呢。」

楊君平說：

「不打緊，你灤口的泉水也頗不惡，將就著喝罷。」

掌櫃歡喜說道：

「爺這話真個是金言！咱灤口除了那曹妖，無一事一物不好。這就給爺添水去！」

不一會，掌櫃提了一壺熱騰騰滾水，踮著腳尖，悄悄邁步進來。這番他臉上不再有怪異之色，瞧都不瞧郭若豪，凝神專注地添上水，垂手說：

「兩位爺還有啥吩咐的？」

楊君平謝道：

「眼下也沒有什麼，有時再來相煩。」

等掌櫃退出房間，楊君平笑向郭若豪道：

「如何？灤口除曹妖之外，無一處不好！如今妖孽既除，郭兄真可謂造福灤口萬千蒼生了。」

郭若豪不語，連頭都不曾抬起來。楊君平異乎尋常地密集關注著他，也不言語。他從郭若豪面部膚顏的抖動抽搐。鼻翼的一脹一縮、嘴角的一牽一扯，到胸脯的大起大落、緊握兩手指頭的交纏糾結、膝蓋忽抖忽停，到兩足交互移動……他把這個裸露了臉卻近似虛假的這個人身上的種種看在眼裡，反覆玩味。於是，他決定只等郭若豪一句話。

他等的是郭若豪約他一戰的話。如果郭若豪此時仍持倨傲酷冷的高姿向他下戰書，則他對郭若豪的結語或許便大有謬誤，他理當從頭對他再作推斷。

郭若豪固守他的緘默，失去了面具的強詞奪理，肉身的他，似乎連言語都難於分神兼顧了。於是楊君平端了端身子，正心誠意地說道：

「郭兄，楊某忍不住要直言幾句，只怕不甚中聽。我遲遲不知是說好呢，還是不說的好？」兩眼直視郭若豪。郭若豪猛然抬頭，睜眼盯著楊君平。那種洞開、接近，一如他沒有戴面具的臉一剎那間給人的貼肉的感覺。

「天下第……你有什麼不好說，不敢說的？」

想要延續他先前的詞鋒，但是倏忽之間，他又遠引而去，全其身退到一個遙遙之處。

楊君平微微一笑：

「既然郭兄不以為忤，我就放肆實說了。」

郭若豪熠熠發光的兩眼，配上他的臉，他的肉臉，合成一副戒備森森的嚴酷。

「郭兄，你自始就在自欺。」楊君平輕描淡寫，卻權威獨具，不容搖撼地說道：「你劍鏑染血，殺了倪君釵三人，意圖轉嫁於我，卻又不敢明目張膽，巧留暗記，明裡的用意十分堂皇，要誘我入彀，實則一言以蔽之，你是自陷於殺與不忍殺而又必殺的無休無止的大論辯之中，最終乃假借我的名字，落荒而逃。自此你便越陷越深，不可自拔。」

楊君平說得十分平靜，這時他感覺郭若豪用他全裸的眼睛向自己大包圍過來，大包圍之中，火光驚跳，迸散又復聚，卻只遠圍而不近攻。

「這才是你的迷宮，你自設了迷宮卻不自知。」楊君平慢慢說，對於郭若豪的包圍毫無設防之意：「待我那句話一出，迷宮之說自然一舉而套在我頭上了。於是這殺而不忍殺而又必殺的矛盾之爭衍生的因循苟且，全歸在我身上，是我的婦人之仁為你築了那座迷宮。幸得曹哲永夫婦的無恥下賤，為你指出一條出宮的道路，否則，我竟成了縱放那對夫婦的罪魁禍首了！」

楊君平語意明確，思路清晰，太過如此，便有些不可思議的簡單容易，令人不信。這不信立即出現在楊君平四側的郭若豪大包圍之中。

楊君平微微一笑，續以他平穩、安靜、不容搖撼的口氣往下說著：

「然而你殺了曹哲永夫婦卻並未讓你『乾淨』。你比先前越發的絲纏線繞，糾結不清。你精心佈置了曹氏夫婦的死，意圖一清心中的雜蔓蕪籐，此舉也真足以震動灤口萬千百姓，可是……可是……」

楊君平說到這裡，眼前這個郭若豪現出狐疑、困惑、猶豫，恍然像個不諳武功的普通人。

「不意，竟是雲深霧重，氣住風凝，那清心滌腸的豁然開朗無蹤可覓！你不過從一個小迷宮走進了一個大迷宮，一切如舊，只是小尺寸換作了大尺寸。」

原本面帶微笑的楊君平，漸漸謹慎嚴肅起來，以面情來襄助他用語的精確。

「你匿跡街頭巷尾，尋覓足以破除你心中疑竇的歡愉，然而觸目所及，盡是那種怪誕詭異。」

楊君平住口沉思了一會，微微一嘆說：

「不錯，盡是那不解的怪誕詭異。整個灤口百姓便是一個碩大無朋的你自己！」

他目視郭若豪：

「郭兄，那真是獨居廣寒宮的孤冷啊！你來我這裡，難道不是要尋一個有別於你自己的人來傾吐探測麼？」

到此，楊君平臉上再現微笑，似乎無意再往下說了。

郭若豪先時並無受制的感覺，這時卻突地呼吸自如起來，彷彿一股來自楊君平的無形力道，驟然如潮水一般退去，瞬息不見。

「你諸般臆測，不過是想當然耳。」冷傲又回到郭若豪臉上，他冷冷地說：「然而，你是天下第一英雄好漢，自是想到什麼就可以說什麼，誰膽敢攔阻你？」

楊君平向他傾身過去，極懇摯地說：

「郭兄此話甚是。想來我是以小人之心度君子之腹了。對與不對，郭兄都請一笑置之罷。」

那是潔白無瑕的誠懇無偽。郭若豪低首無語。楊君平的泱泱之風，溫煦柔和地飄拂著他，毫無奪人心志的意思，但是郭若豪感覺自己雖非情願，卻獻身上去，一寸一寸拱手讓出他的疆土。這種情形自楊君平一進屋內就開始：他的談笑論茗、他的凝聽自己的殺戮情懷，乃至於他的直言無諱……這一切無關其他，是渾然天成的一種不可抗的氣度。

郭若豪輕嘆一口氣，欲言又止。楊君平舉起茶杯，啜了一口冷茶，雖不言語，而神態意含豐富。兩人沉默以對者許久。楊君平等不到郭若豪開口說話，於是溫和地開始他真正的試探：

「郭兄，這灤口一地，你較之於我更其熟稔。南去五十里處有一座峭崖名叫二重天的，郭兄總聽說罷？」

「什麼？」

郭若豪一怔，隨即說：

「哦，是，二重天。郭某久聞其名，倒是不曾去過。」

楊君平說：

「是座奇峰。如在其上對陣較技，再好不過。我此刻倒頗想跟郭兄在二重天切磋切磋呢。」

「哦，是。」

他恍然一驚，應了一聲，卻無端地潮紅滿臉。過了好一陣，他才又喔了一聲，說道：

「是了，咱們的生死之約！甚好，就在二重天！」

楊君平說：

「既然郭兄也說好，咱們明日子時，準定在二重天見面，如何？」

原是郭若豪步步相逼的一件事，忽而之間，主客易勢，變成楊君平在主導。其實，今日自楊君平一進房內與郭若豪面對，他便已隱隱然重如泰山，風從而雲隨。他自己無意如此，郭若豪卻在無心之中，不得不如此。

8

「二重天」這一座絕壁，因其形而得名。楊君平到灤口的第二日便風聞其名而作了初遊。乍見它寸草難生的崖壁，幾疑回到了「大悲寺」那座峭峰。只是此崖較之他二度飛攀的舊識猶高出不少，約近千丈，崖頂時被飛雲覆蓋。雲消嵐散時，便見出了此崖的奇處。在陡峭的半山腰，平平凸出一塊方圓約四五十丈的巨岩。因何憑空伸出這麼一塊，竟是無理可追，無跡可循。再越空而上約百丈，又伸出一塊越發巨大的岩臺，兩岩上下遙遙相對，真所謂天外有天，因而得名「二重天」。是灤口名聞遠近的奇景。

楊君平約郭若豪半夜在此峰相見，是因荒僻之地，絕峰奇崖，人跡罕至，兩人論劍，不涉第三者。楊君平刻意較子時正稍晚了片刻方到，因他深知郭若豪必定準時，如不在峰腳，便在一重天，甚而以他的習性，極可能上至二重天，以炫他之能，而自己則可逐層尋去。

郭若豪不在峰腳。楊君平不假思索，飛身上崖。此時楊君平的功力早非當年大悲寺的他可比，這五百丈峻崖，他不曾運功換氣，眨眼便到。

一輪明月耀照下，岩側站著一身緊身夜行衣的郭若豪，背上斜斜插著一柄長劍。楊君平如一頭夜鷹，展翅湧身而上，悄沒聲息落在他身邊。郭若豪兩眼銳光一暗，顯然他一直在觀注楊君平飛身上崖的身形。

「楊爺訓令郭某在此相會，卻未明言在何處，是一重天呢還是二重天。不過，竊意以為，楊爺素來尊崇中庸之道，必以一重天為相會之地，故而在此相候！」

捨嘲諷的「楊大俠」、「天下第一英雄好漢」，代之以「楊爺」，其謹慎、收斂的轉變，顯然因前一日楊君平無為而治的泱泱之風，也或因他這一日之間心中有了某種微妙的變化也未可知。楊君平抱拳笑道：

「郭兄好說。其實楊某也不曾上得此崖，一重天、二重天均無不可，倒不曾想過什麼大道理。」

郭若豪面現好奇，說道：

「方才郭某見楊爺一路上來，身後有一道極純極淨，近似透明的紫氣相隨。仔細看去，這道真氣，藍中有紅，紅中有藍，油水相融，結而成紫，卻又不失其本色，這是郭某從未見過的內功，郭某真的是孤陋寡聞了！」

楊君平說：

「郭兄好眼力！家父在我幼時即為我打下內功底子。家父內功走的是陽剛路子，練至某一層級便色呈豔紅，其後我恩師又授我以佛門內功，柔細綿遠，其色呈藍。因而兄弟攀岩時難免露出馬腳，也由此足見楊某功夫尚淺。內功練至極境，是絲毫不露形跡的。」

郭若豪搖搖頭，雖然力持鎮定，然而月輝如水銀瀉地，他臉上的一絲豔羨之色是掩藏不住的：

「楊爺忒謙了。如果郭某所見不差，楊爺這護身真氣可細察百丈以內的敵蹤。怪道郭某每次都難逃楊爺銳眼！」

這是郭若豪低估了楊君平。以楊君平現時功力，五百丈以內，敵蹤難以遁其形。楊君平微笑道：

「唯能者識之！郭兄一眼見出楊某這一點道行，足證郭兄所能遠高於楊某！」

郭若豪終於忍不住冷哼了一聲：

「郭某戴不得這頂高帽子！能與不能，嘴說不準，唯劍上分出高下才算數。楊爺不是來比劍的麼？怎不見佩劍？難不成要空手與郭某過招？」

楊君平正色說道：

「郭兄此話差矣！楊某縱然無知，尚不致狂妄到這地步。這便是楊某的佩劍。」

不知何時，楊君平手中顫危危多了一柄軟劍，無聲無息，連郭若豪這等高手都不曾看清這劍從何處而來。

楊君平解釋道：

「此劍為我恩師所賜贈。當年家父是我恩師的方外至交，兩人並肩行俠江湖時，巧遇一位遁世鑄劍奇人，因他十分敬仰恩師及家父的武功、為人，特將他費時二十餘載鑄就的兩柄軟劍，分別贈予兩位老人家。恩師那一柄前些時他老人家轉贈給了在下，家父那一柄……」

楊君平神色一黯，胸前大起大伏。他長吸了一口氣，半晌才續往下說道：

「家父那一柄被在下所毀。」

說了這麼一句又停下來，因為他察覺郭若豪目光閃閃，盡在自己臉上打轉。他刻意住口，候他發問。但是郭若豪雖然神情怪異，卻不發一語，於是楊君平接著說下去：

「因而我手中這一把是當今獨一無二的一柄奇劍。此劍柔極而剛，如注以內力，可以削鐵如泥。」

郭若豪卻在這時低聲吟道：

「柔極而剛，柔極而剛……」

楊君平恍如不曾聽見，只顧說他自己的：

「因其極柔，套以麂皮特製的劍鞘，扣纏在腰間，攜帶堪稱方便。郭兄請看。」

兩手一合一張，嗡然一聲，劍已出鞘。月色之下，劍身輕顫，泛著瑩瑩藍光，雙手遞給郭若豪。郭若豪情不自禁伸手接了過來，又情不自禁低下頭來細細把玩。郭若豪自然是一等一的行家，他自上看到下，反過來又自下看到上，愛不釋手的表情躍然臉上。

楊君平任他把玩了許久才說：

「楊某今夜便要以這柄軟劍向郭兄討教幾招。」

郭若豪這才警覺過來，將軟劍遞還給楊君平。

「也請楊爺以聞名天下的『浮雲十八式』給郭某開開眼界！」

「謹尊郭兄吩咐！」

說到這裡，原是契友談心，把劍憶往的輕鬆氣氛頓時端凝起來。郭若豪不由自主向後退了一步，伸手將背上的長劍拔在手中。

「郭某今日有幸與楊爺過招，固得一償宿願，也兼為家師了卻一樁心願。稍待郭某便要以家師的一套『青禾劍法』向楊爺請益。背負師門重望，屆時請恕郭某要全力出手。楊爺亦請不必顧忌。我今晚來此只有兩途：一是必勝，一是必死，兩者之間，不存折衷妥協之心。」

月華如水，山風呼嘯，這一段話聽去儘管十分悲壯，卻令人不知怎的對他有一種無依無靠的酸苦孤獨之感。

楊君平不禁動容，懇摯地說：

「郭兄把勝敗看得忒重了，又何至於此呢？再者，前番也曾聽郭兄說及尊師與家師曾有過從，只是我恩師從未提及此事，不知尊師是何名諱？」

郭若豪說道：

「家師道號『青禾』，手創一套『青禾劍法』，名重一時。與尊師『無念大師』的相會應在二十餘載前，二人以武會友，相約切磋劍藝。無念大師以浮雲十八式與家師的青禾劍法過招，對拆到第九式，兩人同時住手，家師對無念大師盛讚浮雲十八式的博大精深，自承落敗，從此絕跡江湖。郭某從家師習藝時，家師說他老人家一生只服過一個半人，這一個人自然是無念大師了，這半個人依我師的說法，便是掌劍雙絕，號稱宇內無敵手的楊嘯天，之所以是『半個人』，乃因家師從未與他謀過面，遑論交手，只聽聞此人當年曾與無念大師併肩仗義江湖。既與無念大師相知，此人絕非泛泛之輩。不意郭某竟然得遇無念大師的傳人，兼且又是楊嘯天的獨子，郭某真是幸何如之！」

楊君平聽他說到這裡，便搖手打斷了他的話頭：

「郭兄，剩下的你我都已知曉，就不必再說他罷。不過，有一事是有關郭兄的，郭兄自己或許不以為意，楊某旁觀者清，知之甚深，景仰佩服得緊，今日實在是不吐不快！」

郭若豪不解道：

「關於我自己的事？」

「一點不錯。」楊君平微笑點頭。

郭若豪瞪著他看了半日，搖頭說：

「郭某行事力求謹慎，唯恐草率壞了大局。難道我竟如此不濟，壞了事洩了底還不自知麼？」

楊君平笑道：

「郭兄叫楊某佩服的，正是這縝密謹慎。遠的不說，我只提曹哲永一案。郭兄看來不費吹灰之力在短短十數日之間便把曹哲永的行徑查得一清二楚，進而毫不遲疑一舉而擒住他的要害，把一個奸滑刁鑽的狗官整治得疑神疑鬼，惶惶不可終日，終至於伏誅。郭兄佈局之巧而密，行動之迅而準，神人也不過如此！郭兄何克臻此，這是楊某百思不得其解的！」

楊君平滿臉敬佩豔羨之色。郭若豪卻有不同的表現。他一開頭還十分專心聽楊君平的話，像是好奇地想知道他究竟看出了自己甚麼底蘊，及至聽他說到曹哲永，便露出不耐，逐漸有失望之色，到後來竟有些憤憤不平的樣子。

他淡淡地說：

「雕蟲小技而已，不值楊爺這般謬讚。」

「這豈能以雕蟲小技四字來輕描淡寫！楊某以為這是大將之才的偉作，了不起，了不起！」

郭若豪嘴角一癟，有難抑的鄙夷之色：

「什麼大將？充其量是個稱職的軍師而已。」

楊君平不解他何以反應這般意外而且極端，正思索間，郭若豪又說話了，語氣清楚，彷彿他要說的話無時無刻不咀嚼在心，卻始終得不出結果來：

「郭某十歲入師門習藝，十八歲時，家師以一警語相贈，他老人家說：你俗務上精明絕倫，恐來日必有所短。這句話我謹記在心，卻總不十分明白其中的深意。」

「方才楊爺那句話倒像是跟家師的訓誨遙相互應，只是家師似乎語含憂思，楊爺則是傾力吹捧。」

楊君平十分注意聽郭若豪的言語，格外在他提及他師父的訓誨時，自己恍然若有所悟。但不宜點破——時地不宜、自己身份不宜，衡以郭若豪的個性則更不宜。

「這是老人家求全的意思，別無所指罷。」

郭若豪苦笑搖搖頭，並不作答。過了片刻，他毅然昂首，一擺手中長劍說：

「我們盡談這些作什麼？倒像是忘記咱們此來的目的了。咱們只在這劍上見高下便了！」

楊君平說：

「郭兄說得是。我們只需專心切磋劍藝便是了。」

於是兩人不再言語。楊君平一面清理心思，一面等郭若豪動作。郭若豪面對了畢生未遇的強敵，則是運氣凝神，準備傾力一戰。

風聲已止，月華越發沛然不可禦地嘩嘩傾瀉而下，直入心脾。

郭若豪冷冷地說：

「楊爺，請！」

楊君平也說一聲：

「郭兄，請！」

兩人互一抱拳，緩緩拉開架勢。

不知怎的，那無聲卻喧嘩的月色忽地一靜一暗，像是有平地而起的一個異象，讓天地為之變色。

這異象起自於兩人的內心。在楊君平，自他上次施展這套浮雲十八式，釀成不可彌補的悲劇之後，他就將這套劍法鎖之於深心之中。此時自己猶未啟開重扉，其門自開，彷彿某種成熟豐滿已經形成，門未啟而滿室芬芳：這是楊君平的異象。

郭若豪則在全力備戰之際，陡然不知來自何處的一種奇妙的慵懶舒適，熨貼他的全身，簡直要他甜甜睡去，卻又簇擁他到一個極端清醒明辨的睿智境界。

這，是郭若豪的異象。

並無源頭，也無起始，永恆就在前面。一片荒漠無盡延展，在微微澄明的天邊，幾絡淡紅，透現著晨曦的初跡，與層層峰巒相攜，發出夐遠而寧靜的凝視，投向天這一邊的郭若豪。四遭號聲沉沉，時有時無，是大地巨大的呼吸，讓人生起毛骨悚然的敬畏，一種貼地的臣服。

然而在無盡的大漠中，毫無敵意，卻隱藏著似可聞若無聞的一聲慈藹的呼喚，誘人前往尋覓。郭若豪應聲而起，落身在那片永恆的荒漠，而荊棘滿地，不能舉步。呼聲沉沉，堅決而持續，使得不往前追尋便是大罪惡，大不孝。在巨洪般壓力的催動下，他揮動長劍，斬荊除棘，盡是青禾劍法的精妙招式，青輝霍霍，圓融整齊，毫無瑕疵，是一套近乎帶有潔癖的劍法。

那被無盡慈藹溺愛而恣意叢生的葛籐野蔓，被潔癖的青輝任情休葺成跟它一般的潔淨。沒有一點抵抗傳來，在慈音的呼喚引領下，只感覺到全面的承認和退讓在前方展開，像至友的眷顧、嚴父慈母的垂愛。

郭若豪，酣暢在他自己那一套劍法裡，正如頭一次師父為他掀起青禾劍法的神秘面罩，展洩了這套劍法的完美，他不禁神為之馳，陶醉在其中。是那時，師父青禾道長向他說，青禾劍法的長處正符合了自己的癖性。自他第一日演練起，這神奇的，量身定製的合宜，把他抬升到舉世獨尊的境界，他在其中的悠遊自如、予取予求，足夠讓他確信這套劍法的無敵，他見及了未來自己倚仗它縱橫天下的燦爛前景。

此刻他面對的退讓，或他所認定的「撤退」，在在都向他快活證明著青禾劍法的凌厲、它的潛力無窮。唯一可疑之處在那遙遙前導的微微呼喚，他竟不能接近分毫。然而其聲委實慈善廣大，無微不至，雖然遠不可即，卻又似近在貼膚，只為陪伴他一路向上。的確，那正是一條坎坷不平、一路向上的山徑，其廣無比，無處不可直逼山巔，然而，不知生自何處的新枝舊幹橫三阻四，堵塞在途，他滾動長劍，把青禾劍法使得渾圓熟透，至善至美，無瑕可擊，劍劍指向那發聲所在，它卻瞻之似在前，忽焉又在後，自己竟是不能劍及履及。而在迷離飄忽之時，唯一能使得自己劍擊不懈的是聽去越來越清晰的呼喚，看去越來越確切的那種無私的退讓。他竟是為了聽得清楚、看得明白而揮劍，除此之外，他不知他忽然來至此山徑是為了什麼原因，什麼巨大到他看不見全貌的原因。

突然感受到這「為什麼」的龐大，心頭如受重擊，他大喝一聲，奮力挺劍一刺。

霍然之間，他已立身在山巔。金色朝霞新鮮而宏壯，似乎早在藍天一側靜靜候著他的現身。自恬藍的遠天，一聲沉冷的輕雷，隱隱滾動到他的耳側：

「晨曦初露。」

彷彿不容他有絲毫餘暇去思索、去進一層追究，霞彩披天蓋地，瞬息罩滿了他全身。在片刻之間璀璨的暈眩裡，他發覺所有的光與熱都非來自於外，與藍天無關、與朝陽無關，唯他自己才是這光與熱的源頭。他急切地燃燒，只為了追求一個答案——那引他到這山巔來的人在哪裡？那柄集萬千驚詫於一身的軟劍在何處？他費盡心機一路行來，只為求得與此人此劍一戰，最終卻發現自己把自己陷入一個如此難堪的大尷尬之中，而且忽然之間，那人那劍化入了廣大的烏有，自己揮舞了半日，竟是刺空擊無，這是何等譏諷可笑的事？一念及此，心火越發熾旺，燒得竟似滴血不存，汽化於空無中去了。

這時候，響自空無的那一聲清冷，自然更其如雕塑一般的具體明確，入耳清晰。那聲音說的是：

「苔乾露盡，豈干朝陽，悉因心火。峰極既登，曦光已老，何不縱馬臨空，滌胸蕩臆，快意彩雲間呢？」

此話方了，郭若豪身不由主，由峰頂狂瀉而下，但其實這只是斜滑蓄勢，不旋踵，他就覺著自己昂然再起，逆勢向上，帆滿翼振，輕盈流暢，無所不至。然而在無垠浩瀚之中，自己依舊奮力不懈，揮動長劍，招式不斷，也依然是他傲然的青禾劍法。青禾劍法不改它的渾圓飽滿，完美潔淨至於纖塵不染。雖然那舞劍的人是他自己，他卻不知怎地躍身高處，俯視那一團無懈可擊的劍影，在漠然無情，又若默默有情的煙波浩渺之中，那是看之不解的一團獨影，它所到之處耀眼生輝，卻是自求完美，獨來獨往，孤立於外。這就是自己。之前，他在那一團完美潔淨中，只覺左右逢源，豐沛無比。此刻居高臨下，看到的是小白鼠在踩輪圈，自己便是那隻小白鼠。

而他從未知覺自己傲然尊為天下無雙的劍法竟然是眼下的輪圈，他精巧絕倫的劍招一如小白鼠四隻腳令人眼花撩亂的踩動，旋轉又旋轉，循回又循回，在那小輪圈裡，永遠沒有破綻。

「永遠不許有破綻。」這便是師父自第一日起訓誡自己的話。

師父說：

「我把你路邊一個棄兒帶回身邊，養育你到十歲，日日觀察你的性行，見你確實嚴密謹慎，又是天生嫉惡如仇，與我手創的這套劍法竟如影之於形，所以才決定將這套劍法傳授於你。為師創此劍法之初，參酌了今世既往，各門各派的傳世劍譜，取長截短，加以凝聚融合，千錘百鍊，成為我一家言，其為別家所不及者，便是它的完整無缺，毫無破綻可尋。我既無破綻，對手便覓無空隙可以進擊，我已立於不敗之境，然後伺機可以一舉而潰敵。」

師父這一番話聽在耳中，句句貼心入肺。一方面感於師父知己之深，一方面又確實覺著這套劍法合了自己的脾胃，因而一上手便廢寢忘食。師父自小誇他聰慧，於習練劍法時，他向自己證明了這一層，不只快樂地證明了這一層，也快樂又憂心地進一步證明了另一層——他的無可救藥的求全、他吹毛求疵的精密仔細。

他把青禾劍法日夜錘鍊，以敵視的挑剔目光，只為求出其瑕疵。這套由嚴師精心手創的劍法本就完美，再經他不眠不休打磨，古怪地被打造成一種特異體質——一種不耐纖塵的潔癖。他的憂心起自於此，這豈不就是所謂的玩物喪志？由憂心而生警覺。他突然意興闌珊，斷絕了練劍，卻對俗務極其熱心起來。師父暗中留心他的舉止，於是向他說出那句令他驚疑莫名的話：你在俗務中精明絕倫，但我深怕來日此或將不利於你。什麼將不利於自己？他思索不透，但他的反躬自身之能，讓他立即在俗務的快活中，發掘了潛藏的驚險。是這驚險不安會不利於自己麼？師父竟再也不言語。

他從青禾劍法的潔癖的觀點，認定他在俗務中的左右逢源乃是可斷然而言之的墮落，這便是驚險不安的來源。於是如失足的浪蕩子，他從俗世的迷亂裡，回歸於青禾劍法。師父對於他的去而復回，渾不在意，卻向自己說起他敗在無念大師手下的往事。吃驚之餘，不服地質問師父：「就算師父你老人家敬重無念和尚為人，又何須在劍法上讓給了他？」師父搖頭說：「無知癡兒，我豈是讓他，為師與他鬥到第十招上，連他人影都未見著。你知青禾劍法長於守，而寓攻於守，然而縱然我劍式渾圓，我也明知無念就在周邊，卻從不見其現身，遑論向我進擊。我在第十招上住了手，我一收手，無念大師已立在為師身前。我說，大師何以不出招？大師微笑以答：貧僧不出手，道兄何以能展劍式至此？我說，然則我縱躍前後，均不見大師一招半式，卻是何故？大師只是不答，雖作微笑，寶相莊嚴。我一再相詢，大師雙手合十頌一聲法號說，道兄道行高深，無所不知！貧僧唯舉壇經數語聊供參酌：『心量廣大，遍用法界』，『一切即一，一即一切，來去自由，心體無滯』。說畢，大師自此無語。為師當時如雷灌耳，自知休為淺薄，從此絕意江湖。」

師父說此掌故時，自己的不服，突然再現在這時心中，不是以感覺或語言，而是以一幅圖畫的鮮明。

彷彿在回應他心中那幅畫，忽地輕雷隱隱，從四面八方由遠而近，驟而凝聚成清冷的一句話：

「一切即一，一即一切，來去自由，心體無滯。」

郭若豪應聲而起，這才察覺自己思潮如湧，大起大落，而手中長劍竟是片刻都未曾停歇，也如師父與無念大師對陣時一般，跟看不見的敵人周旋了許久而不自知。如今雲聚雷鳴，隆隆沉沉，彷如俯首在耳際，藹語諄諄，卻不知語中何意，然而那如磐石般堅實不可撼，遍佈身側的善意、慈祥，引著他積極向上，循聲去尋覓那無處不在、遍尋不見的巨大對象。

於是風聲呼嘯，他聽到沉沉低語：

「前奔後逐。」

他浮沉前進，身不由己，究竟是他在前奔，還是在後逐，是一個夢中之謎。那謎因是在不可捉摸的夢中，求解而不可得，不執意去求解反倒變成令人竊喜的苟安。

這樣迷糊冒進，不知身在何處，不明奔向何方，混混沌沌之時，突地，沉雷轟響，就在耳側：

「性迷眾生！」

乍見莽莽一片荒原展延在前以至於無極。他一步便溶沒於其間，四肢百骸分崩拆解，眨眼遁入到蒼松古木中，再也收攏不回來。

於是他看見自己踽踽而行在那險徑上，氣血高漲，揮動雪亮長劍，一式一式展出那豈可落敗的青禾劍法。他看見自己把一條命悉數匯集在此一件事上——找到那使得師父絕足於江湖的浮雲十八式的傳人。他詫異地看見自己日日身陷在那尋覓的瘋迷中，彷彿畢生習藝只為了尋找此人。他高高在上，瞧見在險徑上的自己，如何歡喜又憂心地施展他的絕藝——師父口中的「俗務」，偵得楊君平的行蹤，跟隨在蒙在鼓中的他身後。居高臨下，他看到自己的俗務能耐真如師父所說的，是「無與倫比」，其精銳遠超越自己的青禾劍法。這，觸到了他心中極痛之處。然後，在楊君平的身前身後，他見到了此人其行若愚的泱泱之風。他見到自己如何幾番在激奮之餘便要出手與他一戰，卻每次都被此人似有若無的春暖花開的閒閒一瞥，徹底把自己封凍而住，那是何等不可解的一種氣勢。他見到自己惶惶不可終日的無奈。然而那個底下的自己，如中魔蠱地發現了自己的制勝之道，在楊君平力所不及的處所，在所謂「俗務」的範疇，他輕易地佔了絕對上風，無可置疑地擊敗了楊君平。那種絕對的世俗的飲宴之樂佔滿了自己的胸懷，而在高處的他，則從這裡見到了墮落的開端。這墮落一開了頭，便不可遏抑地漫延，把他一步一步帶向墮落的勝利：他一舉斬倪君釵三人於劍下。就在那時，那個底下的自己，如何發現那些受難的店東掌櫃，乍聞三個惡賊的慘死，瞬間出現的不是快意，而是驚疑恐懼。即使其後的快意，也是被勸服的，有節制的。但是這一絲一絲躊躇不前的快意進到渴盼歡呼的自己眼中，卻把這個自己積極帶向更狹窄的險徑上去，他強力求證，終於向自己證實了他做這件事的正確性，堂皇大道理下的絕對正確性。

在那條詭辯的險徑上，他藏匿在他說理的純粹性中，一如他長劍揮動，舞起一團青禾劍影，他藏身在那完美潔淨的中央。

他看見那個底下的自己如何在說理的空靈崇高與俗務的精密實踐這兩極之間，把一個毫無心機、尚未從三條人命的困惑中解脫的楊君平，一步一步引向一個又一個的殺戮。他看到自己在潔癖的保護下，如何大方接受那墮落的勝利。他看到一個心中不解、卻毫不鬆懈、高度準備的楊君平所展現的那種奇異而難解的龐大。

只見那個越發光芒四射的自己，在完全實踐的甜美下，風風光光前導，把一個茫然的楊君平帶到了自己設謀完整的灤口。

「日華正茂。」

居高臨下的郭若豪頓時覺得被大力驅動，不知是傾力向下，還是舉臂捧迎由下而上的那個自己，總之，那是不情願而詭異的合而為一。他又覺得熠熠耀眼的光芒不是來自於外，而是發自於自己，發自於一個淺顯的洞穴，一個一目瞭然的肇因。這一切並非如此，他感覺到心中那股抗辯的強勢力量，聽見自己憤憤不平的聲音在越增越強的呼嘯山風中竭力掙扎，以求與那遠來的沉雷相抗衡。

「這光華非我所有，非我所求，因何強加於我身？」

只有呼呼山風，蕭蕭葉鳴自外回應他的聲嘶力竭。而他自己的緊密結合，才是真正的回應。他由外而內，由內而外，看見自己完美無匹、華麗絕倫地下手處置曹哲永這一對在天幕密罩下，猶不自知，一任其貪贓之心橫行無底的賊男女。他們的所作所為無一逃過他的掌心，他們心中所思所想無一躲過他的臆測。這近乎神機妙算的準確與縝密在他內裡喚起一種震顫的酥快，伴隨著一個不解的謎。

全然不在他預期之內，隆隆輕雷就在耳側，是衷心的讚嘆：

「單人獨騎，尤勝一營策士，神算至於此極，天下真不作第二人想矣！」

突然，那酥快之所以震顫，那不解之謎之所以伴隨而來，到此都一清二楚了：俱都起因於那墮落的滿足歡快，那所向披靡的世俗勝利。而這些竟然就是那時他心中的一切，他竟把他最初且是唯一的目的置諸腦後。他之孜孜於經營設計的，是把他夢中之敵誘來此間一戰。如今，彷彿手段倒成了他的目的，手段成功的歡快迷昏了自己。

「雕蟲小技耳，何足掛齒！」

他聽見自己揚聲說，卻發覺自己置身在無人聆聽的寂靜之中。然後，他進一層發覺真正的寂寞在於他以俗務的能耐愚弄了楊君平，卻換來了他慷慨的讚佩，感覺此人無限龐大，高昇而去，離自己越來越遠。而他自己在技巧的玩弄中則越陷越深。

是這樣一種孤寂。

「在峰之巔。」

輕雷自高而下，迴響隆隆，他全身都在回應。

是這樣一個無人能企及的高度，一種無人能體念的孤獨。

「到此高度，前不見古人，後不見來者。唯我獨尊，所思所為，唯自性可以戒丈尺量。退無退路，唯一徑在前。淨土在萬里之遙，亦在咫尺之邇。」

輕雷忽然隱去，寂然無語，一發連山風葉鳴都噤聲了。徹骨寒生自於內外，他幾不克自持。交逼之下，他看見自己如何在天幕密蓋下，左奔右逐，其情又何異於曹哲永？

至此，情勢突然急轉直下。

是極速、極深的沉陷。一下子沉落在五光十色濃密處的那個他自己，正氣浩然，雄辯萬分，視楊君平為一顆棋子，任意擺佈。而就在他設局佈署，施展到酣暢濃甜的時刻，他從楊君平眼中看見他的讚賞。那讚賞中的容忍、退讓，釋出了一種無限制的慷慨給予一片廣闊的空間。這突然而來的無限自由，把他擲入一個被溺愛、被保護的驚恐中。於是他奮力舞劍，目的在掙脫廣被四周的慈暉與呵護，堅持他的凌厲衝刺。

然而，當揮劍的積極目的被澄清之後，他驟然感覺一切都業已不能改變，一切都已經大到極處，飽滿充實，如一顆巨大水晶球，晶瑩剔透，定於盈盈的一點。

這驟不及防的頓住，把他猶在衝刺的五臟六腑都攪翻過來，但他的思緒卻停不住，無法停住，因為一瞬間，他猶如被勒令回首：他看見街頭行乞的自己，一個衣衫襤褸，髒污滿身的瘦小乞兒，看見一個青衣道士執起自己的手，細細瞧滿自己全身，然後如何在一個道觀中引水潔地，像是對先時的污髒全面反叛，他如何一日甚於一日地雕鑿出他的潔癖，他又如何把這潔癖引入師父的那套緊密的劍法，終於成為獨樹一幟，風格奇特，圓渾內斂到極致的劍法。他看見師父雙眉打結地看自己演練這套變調的青禾劍法，似讚許又似疑惑，搖頭輕嘆，不發一語，他如何悟及這便是師父要他辭別下山的最大理由。

回首看盡雲霧散去的過往，回憶頓然也靜止不動，驀然變成一種嚴格的檢視：檢驗自己的過往是一片潔白，還是斑點滿佈，而導引他去檢視自己的，是這時隱隱微現，高在雲端的那雙慈暉矇矇的眼睛。

於是耳中響起：

「嵐生霧起。」

一陣遠引，彷彿潮水退盡，然後一聲悠悠的慈母呼喚，起自無窮黑底，無源可尋，卻細細直入耳鼓深處：

「風招雲喚。」

他惶惶四顧，不由心中大慟。自己的父母是什麼樣子都不知道，這一聲呼喚把自己的魂魄都叫得豎立了起來，禁不住淚如雨下，幾乎痛哭失聲。

哀傷一點而燃成為一股悲憤，如急湍奔流，嘩然不可阻遏，越來越義正詞嚴。滾滾劍花，先是吝嗇而精準的幾番嚐試，或許因其速急逾閃電，葉落庭階，輕劃細觸，悄然無聲。究竟他的義正詞嚴是震耳轟雷，還是哼哼蚊吶，他無暇細辨，只一味舞劍滾向前面越來越浩廣無邊、越來越暖柔綿軟的一片蓊鬱濃蔭裡去。

「胡不歸去……」

他如一枚細針，潛入曹哲永的命途中，潤物無聲地全面浸透入於曹哲永的生活；物換星移，把曹哲永轟轟烈烈操持掌控的情勢，滑溜溜悄然無聲地轉入自己手中。奸詐狡黠的曹哲永從此是束手待斃的愚癡之徒。你俗務精明絕倫，唯恐不利於你的未來，那慈暉隱照，忽地變得如此貼身緊隨，十足是方才那慈母的悠悠召喚。然而實踐他的俗務是他命中的註定，覆水難收。他為曹哲永編撰的新命運，每一頁都反映在街頭巷尾。如潮歡呼，佐證了他編撰的正確完美。於是劍花滾動，越發修飾得辭藻華麗，精純乾淨，把他的潔癖發揮到了極致。

「雲送霧迎……」

殺機終於如排山倒海一般不可抵擋，固然由於那荒誕無恥，而真正把殺戮推到間不容髮的極限的，是他越來越雄辯、無可置疑的正確性，以及把他自己騰架到難於置信的高度的潔癖，他在青禾劍法裡將之千錘百鍊的潔癖。

殺曹哲永及其妻，此事從起始的絕無可疑，到剎那間的費解，這令人詫異的歷程，他不由自主地將它向楊君平作了憤怒的告白，但他失控道出的只是一部份，另一晦暗艱澀的部份，是那時他自己都還不曾進入的。此刻，在他的青禾劍法發揮到完美的極致，將其內在雜質清除殆盡的時候，他看清了那個難題。

整體情勢之所以剎那間費解，是因為原本凝聚在他周遭，讓他得心應手的熟悉，驟然變冷，向四周驚慌散去，以一種毫無緣由的陌生向自己搪塞。

他看清了那緣由，解開了那難題，倏忽之間，身心俱疲。

9

這是乍不及防，暴雷一般的全盤暴露的明白，是你從伸手不見五指的暗夜，一步跨入燈火通明的屋內，所見的是眩目的纖毫畢露。

他看見那被自己製造的浩然正氣，如何脫韁而去，變成面目模糊的龐然巨物，如何它帶動被寵壞的潔癖，奔向一個呼風喚雨、獨斷專橫的高處，別無旋迴空間，只剩下揮劍一斬的選擇。

在劍斬曹哲永夫婦之前，他與大眾之間，仍隔著一層曖昧，他仍有高不可仰望的遙遠的尊嚴。在這之後，忽然那曖昧消失，兩造緊緊面面相對。忽然，那浩然正氣，那所謂的絕對正確，夥同他的潔癖，龐大沉重而荒謬，變成完全不可辨識的一種恐懼。

他的正氣和他的潔癖太絕對、太巨大，掉落到人間，無人能承接，而莫名其妙成為一個錯誤。

被逼處在高處的郭若豪，覺悟到自己的存在，俯視底層，只見雲霧飄渺，「雲送霧迎」，瞬息不定，卻又是千古不變。他不由得在身心俱疲之餘，悲從中來。

忽焉萬物皆靜，幻影悠然而逸。一條忽之間，這山崖乃平凡實在的二重天，一丁點也不見奇幻變化的遺痕。銀月瀉地，山風輕嘯。

一聲清澈簡潔的話語，發自前面：

「浩哉其氣，微微其皿不足承載其重，非子之過，郭兄又何必自責過深呢？」

人隨聲現，楊君平倒提軟劍，往前輕跨一步，飄然站立在郭若豪身前數尺，嘴角含笑。郭若豪茫然，竟不知自己前此究竟有沒有跟這人交過手。若說自己一直在跟他過招，何以自己眼中所見，心中所想盡然只有自己呢？此人在何處？他是使的什麼法子，化身自己，激起自己的千百般思潮？

楊君平似乎已知郭若豪的心意，也不刻意說破，只微笑點頭說道：

「郭兄的『青禾劍法』已入化境，晶瑩圓融無有其匹，恐非尊師原璧，是郭兄一家之言了罷？在下傾十七招之功，招招試探，未能得窺其密，不得不由衷讚佩！」

郭若豪猛然抬頭，目注楊君平：

「楊爺是說，楊爺並未作壁上觀，一直在與在下交手過招麼？」

楊君平點頭道：

「是，郭兄何以有此問？」

郭若豪又猛然低下頭，面情極其複雜。沉思一會，他才開口說話：

「在下方才有一段稀奇古怪的經歷，這且不去說他。楊爺這十七招何以無形至此？在下只覺足踏一方土地，柔綿廣闊，我可以為所欲為，並未遇著絲毫阻礙，不要說一招一式了，難道這就是『浮雲十八式』了麼？」

楊君平十分注意傾聽郭若豪的話，等他說完，他點頭說：

「這是我恩師潛修多年的心法。在施展這套劍法時，務必正心誠意，不得有一絲雜念，否則也跟一般劍法並無二致。記得在下跟隨我恩師初習這套劍法時，雖蒙我恩師傾心相授，我也正襟危坐，不敢疏忽丁點細節。然而招式雖然是習成了，我恩師了無歡容，我自己也覺招式熟稔，卻平庸凡俗，半點威力也無。直至，直至……」

楊君平面色忽地大變，他咬緊下唇，連番運氣，才見平緩下來。停了半晌，他續往下說：

「直到一場滔天劇變之後，我才深悟其中道理。我知唯以纖塵不染的至真至誠之心，始能上合我師這蘊藏萬般的劍法，成就無上威力，如更能上體劍式中的無限禪機，則更可臻於無形，到得彼時，敵我合一，內外戾氣盡皆去除了。」

郭若豪聽得如醉如癡，楊君平停下話頭時，他意有未足，不禁問道：

「以純淨之心淬練劍法，這道理我也識得一二，只是我在其上用功甚久，自覺我師父這套『青禾劍法』已被我打磨得雜質全無，何以總覺縛手縛足，不能揮灑自如？」

楊君平雙眼深注郭若豪，接著移眼向天，訥訥自語道：

「此之謂『過猶不及』者乎？」

然後回視郭若豪，展顏微笑說：

「兄弟這『浮雲十八式』已使完了十七招，郭兄難道不想試試這最後一招麼？」

郭若豪彷如自夢中驚醒，精神一振，連忙說道：

「是，是！在下正要領教楊爺這壓箱絕招，這就請楊爺賜教罷！」

說著，姆指緊按劍格，全神貫注在楊君平全身。

楊君平微微一笑：

「且慢，郭兄。我師這一套劍法走到第十八招已近尾聲，一如前面十七招，這一招亦有一個提綱挈領的名兒，叫作『暮靄入岫』。我這一路跟郭兄過招，有所見、有所感。我師在這最後一招，其實似無意收尾，而是面對廣大宇宙，敞開了門戶。只要招式一經啟動，風起雲湧，有萬千條通路可直通彼岸。今日郭兄與我切磋，我便擬另闢蹊徑，與郭兄同在這二重天參禪。」

說到這裡，露出虔敬：

「不過，這擅動恩師的原創，其事非同小可，請容我先上告恩師之後，再來向郭兄就教。」

郭若豪不解，又不便細問，只在一旁靜觀楊君平行事。只見楊君平雙手橫托軟劍，先東而南，再西，每邊跪拜行禮，最後面北跪下，嘴裡說道：

「弟子楊君平跪啟恩師無念上人尊前曰：平兒今日與您老人家舊識青禾道長弟子郭若豪君切磋劍藝於滐口二重天，平兒重溫師訓之際，於『浮雲十八式』似頗有領悟。平兒於前次施展第十八式時，冥頑急躁，錯失恩師教誨，犯下天不可赦的滔天大罪。此次得與郭兄切磋之便，一招一式，彷彿均見恩師慈顏一旁啟發。平兒擬在這第十八招上秉承師訓，做一點與『暮靄入岫』異途同歸的發揮。懇請恩師恕平兒……」

楊君平忽地面露詫異，閉目垂首，有一種提心吊膽的極度尊敬之色；靜默了好一會，他輕嘆了一口氣，繼續往下說：

「懇請恩師恕平兒大膽擅改您老人家原作的褻瀆之罪！」

說畢，恭恭敬敬叩了一個頭，起身時，軟劍自他雙臂緩緩上升至五寸的高處，懸空靜止不動。敬謹肅穆更甚於前，楊君平雙臂一沉，只聽嗡然一聲虎嘯發自軟劍劍身，緊接著軟劍便如水蛇旋舞一般，軟腰一彎，畫了一個半圓，劍尖朝下，劍柄正好落在楊君平五指伸開的右手掌。這一手內功可謂驚世駭俗，但由正心誠意的楊君平使來，毫不見炫耀誇張。郭若豪雖然目為之眩，但不知怎的，感覺發自楊君平那一股至純至真的虔敬直滲透到自己骨子裡去。

楊君平身形飄起，全身便如有燭火自內燃起，澄亮明澈，清晰得彷彿一幅細緻的工筆畫。衣衫飄飄，不見他移動，其實他已繞平台一圈，回至原處。郭若豪茫茫如在夢中，雙眼只在楊君平似飛躍又似靜止不動的身形上，急於傾聽發自楊君平周身，滔滔不絕的許多話語。楊君平迴旋一圈，飄然一定，郭若豪恍然回至方才如夢似幻的前十七招的情境中，一似他跟楊君平的談話根本不曾發生。

原來，楊君平這許多動作的用意在此。

楊君平左手食中二指一併，在軟劍劍身上一彈，只聽得叮噹兩聲，其聲空遠，久久不歇。楊君平清冷的話聲悠悠響起。不是結論，而是永恆的開頭。只聽他說：

「郭兄，從這裡起始，便要進入這『浮雲十八式』的第十八招了。」

在郭若豪跟楊君平徐徐交談的莊重肅穆之中，交錯著奇特的豐沛情感和複雜的思潮起伏，那是難得的際遇，這正是郭若豪當時極明確的心境。可是一經脫離，他立時發覺自己在那境遇中通體的不自在。

更清楚明白起來的是，那不自在實際是一種畏懼，對楊君平的畏懼。他並非畏懼於楊君平的無敵，他畏懼於楊君平的無可畏懼、他寬不著邊際，深不見底層的無所不包。

此時，楊君平一飄身彷彿要把自己帶離不自在，鬆去恐懼的桎梏，回到他熟稔了的情境去。

他突然就立身在一座大廳堂之中。仰望其上，穹隆而高，左瞻無極，右顧無涯，但大廳確然是它終極的形象。大殿宏偉岸然，卻具有一種聆聽的專心，一種遙遠的親切。他被寬大地縱容，卻未被過度溺愛。節制和提醒，如午後輕雷，隆隆響於殿宇，響於每一處空曠伸展、足以誘引想像誤入歧途的角落。

他就這樣被保護在大殿的至正至中的心腹地帶，燈光齊聚，為他把思緒翻回到前面，帶出隱藏在心中一個又一個的激辯。

他振臂慷慨陳辭的是，何以他把有憑有據、有恃無恐、一絲不苟而又無可置疑的正確，放諸於至邪至惡之上時，驟然便有那不可思議的後果，使正確質變為錯誤？

他向他自己質疑，卻被回應在殿宇的無窮大之中，那不是話語的回應，是無聲的嚴肅。他看見那回應，從織密的嚴父的嚴肅中找尋到寬大無限的空隙，看見了穩穩長流，不止歇地向他透露的真實回應：那是慈祥卻絲毫不苟的暗示，絲毫不堅持，卻一如穩穩長流的流瀉不盡，具有溫和不易的說服力，終於讓一切明白起來。

一切都從溫和的暗示裡明白起來。從那顆長髮散亂的頭滾落在地上那瞬間的銳利開始，一切都被推向極端，毫無轉圜的餘地，推到一個極小的尖端，因此與其說是他的太大造成錯誤，不如說是他的太小造成了他的錯誤。

殿堂的啟示凝結成一句語言，在他起疑的那一刻，響在他耳側：

「讓則尊卑和睦，忍則眾惡無喧。」

過了一會，又響起一句言語：

「聖人後其身而身先，外其身而身存。」

然後，一片宏大的絕對之聲，如洪水潮汛，淹蓋了此起彼落的吱喳吵嚷。接著，萬籟歸於寂靜。

巍巍宏殿以含飴弄孫的慈祥順應著他的滾滾劍影。這慈藹而巨大的默默注視，使他難以自棄地回視自己，回視他一路揮舞過來，小心翼翼，嚴密防範，絕不令其染疵的絕頂完美。他看見自己把他的劍法修飾到這樣近乎自戀的程度，因而發出詭異的奇豔之色。此時在宏殿披覆下，他的幻動劍影越發豔光四射，色彩炫麗，卻是堅實頑強，緊貼地表的一顆小小金鑽。

他回首到地表上那一團精美，因其小而精美得荒誕不合理。他不禁驚極而悲。

那同一個聲音，藹然又說起來：

「何名摩訶？心量廣大，猶如虛空，無有邊畔，亦無方圓大小，亦非青黃赤白，亦無上下長短，亦無嗔無喜，無是無非，無善無惡，無有頭尾。」

語聲又歸寂然。在無喜無哀，但慈藹遍佈的偉殿之下，那一無用處的荒唐華美，令他冷汗直流。這椎心一刺，把他從甜美自滿的酣酣沉睡中一痛而醒。

在頓醒的的剎那，殿堂之內慈暉濛濛，遲緩溫暖如老祖父的愛撫，殿堂之高忽地緩緩下沉，迎向地表那燦爛激奮，堅不可破的純淨一團。那頓然的醒悟便如發自體內的一記閃電，導引了一股火山的烈焰，嘩然激射而出，直向那至高的殿堂噴湧而去。

一個天高，一個地遠。由高向下容易而安祥，低處的掙扎向上，把原先的燦爛光華一泯而盡失，成為暗夜裡一段騷亂的摸索，如一團亂麻，而無聲的激辯撕裂了早先的圓渾潔淨，那是危險的決心與安逸的自滿的激辯。

隆隆其聲，但聞一語鑽之入耳，未可抵禦：

「持而盈之，不如其已，揣而銳之，不可長保。」

高殿越顯其下沉的必然和堅穩，似乎不達目的絕不止歇。而其下，光芒盡失的一團混亂，慌惑驚恐，即將迸然而散。

隆隆的語聲緊隨高殿的沉沉下降，字字如重鎚擊耳：

「去其成心，去其成心！去其成心始得見宇宙之闊！」

但聽郭若豪一聲銳呼，從那一團混亂中力拔而起，直上下沉的高殿：

「我知之矣，我知之矣！且助我一臂之力！」

這話一出，下沉中的殿堂，疾然一落，彷彿一雙巨臂，左右合抱，把那一團驚恐無著的幻影一擁而起，轟然一聲雷閃雷擊，繼而鏗鏘一聲脆響，光華暴長，一重天平台頓時如同白晝。

只見郭若豪挺然而立，雙眼圓睜，似狂喜似惶惑，望著前面數尺處的楊君平，手中長劍完好如初，只是不知何故，劍身宛如被烈火所灼，發出灰暗之色。

楊君平嘴角含笑，徐徐說道：

「這是『浮雲十八式』的最後一招，『晨曦再現』。若說這就是第十八招，此話不實。我師原創的第十八招原不是如此的，因而我一起始便向恩師稟告，我要因情適狀，略作更動。誰知我恩師早有卓見，他老人家在第十八招留下的伏筆，我一啟動，便如水到渠成一般，等不到我的杜撰，自成格局，其宏偉或郭兄也有所感？」

郭若豪眼中的狂喜和惶惑合併成野獸般不馴的狂野，馳騁在他執著的思潮中。他盯著楊君平久久不放。好一會才迸出一句話：

「我大處是想通了，不過有些細微末節，卻是……」

楊君平微笑打斷他的話語：

「郭兄，何必急在一時……」

正說著，忽地臉色大變，從沉穩冷靜，一變而為赤子的奔放，大叫一聲道：

「師父，師父，您老人家到底是來了。」

一語未畢，身形暴起，疾射而上。楊君平心中這一急，使出了十成功力，從一重天到二重天這百來丈高度，楊君平竟是兩足略沾崖壁，如巨鵬大鵰，眨眼便上到了二重天平台。

這邊楊君平才叫了一聲「師父」，一側的郭若豪也隨聲吼了一聲「師父」，縱身一躍，跟在楊君平後面飛身向上。他功力究竟不如楊君平，這一路縱躍，百餘丈距離他落後了一二十丈，等他上得平台時，楊君平早已跪伏在地。

只見白鬍飄飄的無念上人，一身灰布僧袍，背對熠熠金色曙光，盤膝坐在一塊方石上，滿臉含笑，慈祥溫暖如晨暉，望著拜伏在地上，早已淚流滿頰的楊君平。

距他數丈的另一塊方石則坐著一位青衣道長，臉容清癯，也是笑意盈頰。郭若豪一見到自己師父，不由得也是一陣激動，噗地一聲跪倒在地。

無念上人唸了一聲佛號，藹聲對楊君平說：

「平兒，你先來拜見你青禾師叔罷。」

青禾道長呵呵一笑，也說道：

「若豪，你也來拜見你這位當年名滿天下的無念師伯罷！」

無念上人笑對青禾道長說：

「道兄，當年年少輕狂的往事，你還提他作甚？」

青禾道長嘆道：

「上人，彼時你我雖都年少，你卻從未輕狂過。這是貧道最是敬服的一點！」

當下楊君平和郭若豪分別拜見過兩位尊長，各自站在自己師父身側。郭若豪只是目不轉睛看著楊君平，十分著迷。他所極其傾倒又困惑不解的是，何以先時那等沉穩世故、歷練極深的楊君平倚在無念上人身側忽然變得這般童稚又充滿了孺慕之情？

青禾道長早知其意，笑對他說：

「你這位楊師弟雖較你年幼幾歲，但其人生歷練，較之於你，又是另一番辛苦滋味。不過縱然造化弄人，你楊師弟秉性至純，永不易其赤子之心，你們方才交手之際，想必你也有所體會罷？」

郭若豪與楊君平的交手，對他來說，真是驚天動地的大事。在那如真似幻、過往今來的交錯替換之中，他藉由一隻看不見的巨手，為自己做了一次大檢討。他如何不知師父話中之意？他的求全、他的求純，處處俱見雕鑿的痕跡，雕鑿過甚，終成一病。

他一路回想，真個是五味雜陳。而他從中獲得的，又如一個千斤之重的橄欖，含在口中，回味不盡。

青禾道長卻與一旁的無念上人續上了話頭，顯然在他們倆上崖之前，兩老已經談論多時了，而且所談各節極為要緊而饒富趣味。

青禾道長右手撚鬚，思慮極深地說：

「這『浮雲十八式』劍招似有若無，竟是以氣為主。我聽楊賢侄以名易招，實則氣貫前後，一氣呵成，無間無隔，無有前後，把應情而生的場景，繁衍鋪陳成一個幻實不分，其大可比天，其小則入於人心之幽微的生死歷程。這竟不是過招比武，而是一場點化大戲了。大師在手創這套劍法時，難道是以渡化眾生為標的麼？」

無念大師搖頭道：

「老衲彼時縱有此心，無有此力。不過修習佛法之心至堅且誠，似亦略有所悟，因而在研創

『浮雲十八式』時，每每設法在緊要處所，秘佈禪機，期盼這套劍法在練至精純、身劍合一的時候，只要念轉意動，即可觸動禪機，收舉一反三之效。老衲的初意也不過就是如此而已。」

青禾道長嘆道：

「大師倒是輕描淡寫得緊，其實談何容易！即『秘佈禪機』一端就遠非貧道能及！這也暫且不去說他。貧道極為欽服的是，豪兒在『青禾劍法』上鑽研頗勤，有些地方甚而見我所未見，不過我見他為此劍法竟是日困愁城。以其形觀之，他似已將這劍法練至極境，無可再進一步，但他內心虛空不實的情狀我知之甚詳，卻也想不出是何道理。當日他決心辭我下山，我就知其中必有原因，不料他竟是上天下地，立意要尋覓楊賢侄，逼楊賢侄使出『浮雲十八式』，以印證他的『青禾劍法』，誰知卻又惹出這許多事端來！方才那一戰，據貧道看來，應釋了豪兒心中之疑，就連貧道也如茅塞頓開，這是貧道所極欽服之處，卻也甚是不解，何以楊賢侄竟能直入豪兒臟腑，通識他的內外，何以又能以無形而又無處不在的招式，隱藏暗示，終於引發那頓然一悟？難道這就是大師秘佈的禪機麼？」

無念大師口宣佛號，並未作答，只是以目向楊君平示意。楊君平知道恩師要自己回話，然而兩位前輩聳立在面前，以他拘謹的天性，他焉敢放膽言語？只是恩師慈命難違，不得已囁囁嚅嚅說：

「弟子以至誠之心發動恩師劍式後，便如入了一座大花園，身不由己，隨手摭拾，無不對應眼前發生的情境，或讚頌或針砭，全由不得自己。而舉手投足，遣詞用語，看似無足輕重，卻自成一體，氣韻連貫，一經發動，遇輕則輕於鴻毛，遇重則重逾千斤。弟子在園中所作所為，似乎都是秉承了天命，毫無弟子的私人意旨在內。」

青禾道長聽得十分專注，一面細聽，一面細察楊君平，由踵及頂，無一處放過。楊君平說畢，他回顧無念大師，點頭說道：

「君平賢侄果然秉賦異常，唯其有這等慧根，方能入得這『浮雲世界，浮生花園』，遍歷奇景。」

無念大師白眉覆眼，簡直看不透在其覆蓋之下，慈悲有多廣，摯愛有多深。

「善哉，道兄此言！老衲則尤矜憐平兒這一點慧根。他為了這一點天命所託，歷經的折磨真非常人所能想見的呢。」

青禾道長不禁默然。過了一刻，他才又說：

「大師這一套『浮雲』劍法不啻一部佛典，一本道經。出語平凡，而涵蘊天下，一語出而雷聲動。依貧道看來，這果真是一套天下無敵的劍法！」

無念大師雙掌合十，白鬚掀動，隱見嘴唇微張又抿者數次，才聽他開口：

「阿彌陀佛！道兄『無敵天下』這話亦假亦真。若說這套劍法能傷人卻敵便是『天下無敵』，這乃欺人之談，老衲敢說古往今來，沒有這樣一套劍法。不過，老衲敢請道兄易位以觀：道兄當可見出平兒在劍式初展時，一語可以概括其狀，那就是一個『讓』字，你得一尺，我便讓你一丈。平兒亟亟欲一探的是我佛遭歌利王節節支解時，如何能不生嗔恨。因而其實平兒是以這套劍法試煉他自身：如果『退』無極處，嗔恨無由生，便無『己敵』；『退』無極處，進擊之人進無可進，其敵自消，便無『他敵』。無『己敵』，無『他敵』，自然就是道兄所謂的『天下無敵』了。」

青禾道長撚鬚沉思，不住點頭。

這時，只聽一聲悶哼，郭若豪額頭青筋暴露，牙關緊咬，卻還是禁耐不住，終於一字一頓，吐出聲來：

「忍──則──眾──惡──無──喧！」

青禾道長一手把他扶養成長，對郭若豪自然無所不知，即無念大師及楊君平都是內功絕頂高手，一看郭若豪情狀便知他內心激動，百般壓抑不住，才有這一聲宣洩。三人互望一眼。青禾道長輕咳一聲，目注郭若豪說：

「豪兒，灤口事已了，你與你楊師弟相約的心願也已完成。我知你此時心事起伏，為師即日便要返觀，你便隨為師一起返觀閉關，如何？」

郭若豪噗地跪倒在地，長時禁錮的情感，頓時如堤之決，全然把持不住，失聲痛哭起來，斷斷續續說道：

「徒……徒兒的……心事，唯有，唯有……師父……最……最明白。徒兒這數……數月來……真……真個是感……感觸千萬……憂疑……憂疑滿心……是非難決，不……不知如何是……是好！幸虧今兒……得有兩位師尊前來……斷非……決疑……更兼……楊……楊賢弟的不……不棄……明宣暗示……這如今……徒兒……猶如……猶如重生！」

青禾聽他說完，點頭嘆道：

「豪兒，你秉性至純，卻因幼失怙恃，養成你自斂的個性。加上你要好之心太切，因而日日縈繞我心，憂懷難釋的，是怕這兩者逼你入於死巷，轉身不得，終成你的大患。幸而今日這段奇遇終於讓你豁然開朗。瞧你這稚兒一哭，我心中那顆石頭都落了地了，呵，呵！既然如此，豪兒，事不宜遲，我們何不就此辭了你無念師伯跟你楊師弟，取道回觀去呢？」

說著，轉頭來望無念大師。無念大師一雙慈目也殷殷地望過來，笑道：

「老衲這一趟雲遊，也算是功德圓滿了，也正想返寺一行。不過，我與平兒有好一晌未見面，倒有幾句話要交代予他，道兄與郭師侄不妨先行？」

青禾道長欣然說好。倒是郭若豪囁囁嚅嚅的，似有話要說，又不敢啟口。青禾道長便問：

「豪兒，瞧你是有什麼話要說給我聽的麼？」

「是，既蒙師父問起！」郭若豪索性爽快地說：「徒兒還有幾句話想要跟楊師弟說，師父請先啟駕，徒兒隨後就來！」

青禾道長撫鬚呵呵一笑：

「也好，你們師兄弟多親近親近。大師，貧道這就拜別了，咱們後會有期！」

單掌當胸一揖，轉身飄然而起，落崖而去。郭若豪和楊君平一旁跪送，等青禾道長飛得不見蹤影，兩人才起身。郭若豪識趣，慢慢步向崖邊，離無念大師師徒遠遠的，獨自遠眺一輪緩緩上升的金黃朝陽。
無念大師的一雙慈目自始就未離開楊君平左右，關懷憐愛，源源不絕如春風暖泉，遍灑在楊君平全身。楊君平如何不知？只因青禾道長在一旁，不敢放肆，這時卻哪裡還忍得住？翻身拜倒在無念大師僧袍前，連叩了三個響頭，哽咽道：
「師父，平兒想您老人家想得好苦！」
無念大師藹聲說：
「為師何嘗不想念你哦？只是苦海人生，總有這許多不得已的事情。經過這一翻經歷，平兒，你必然更有感觸了罷？」
楊君平道：
「平兒此時一心只想返回大悲寺，陪伴您老人家修行唸佛，不再涉世，遠離諸般污濁淫穢，眼不見心不煩！」
無念大師嘆道：
「說的什麼傻話。眼不見並非無所住心。『若心有住，則為非住』。平兒，你能做此自欺欺人的事麼？不過，這是題外話，他日你自會有許多體認。你起來說話罷。」
於是楊君平站立起來，躬身侍候在無念大師身旁。
「平兒，為師其實這一路都跟隨在你身後，見到你待人處世，日漸圓融，觸角廣伸，得其新異即反饋於內，助你的心智臻於極熟。這些你自己恐怕一概不知，為師冷眼旁觀，看得甚是清楚。為師極欲一知的是，這些外來的滋補，究竟在你內裡會有什麼助長，而這唯有看你施展『浮雲十八式』才能得知。因而為師也十分急於觀看你與郭師侄這一戰。恰好，這時遇上了你青禾師叔。他也是放心不下郭師侄，尾隨於他，因而咱們相約來此觀戰。你一出手為師便知道這『浮雲』劍法已非我的原創，而是平兒你自己的論著。你取了為師的骨架，敷以你的血肉，因而這新的『浮雲十八式』風格迥異，全套定然大有可觀。果然，你青禾師叔與為師越看越奇，無不驚嘆劍式竟可發揮到這等程度！連你青禾師叔與為師都深受啟發，這就難怪郭師侄身歷其境不得不著迷於其循循善誘，不得不受其引領而五內激昂了！」

無念大師這一席話把一個楊君平聽得汗流浹背，半晌他才結結巴巴地說：

「師父，這恐怕是您老人家太高估平兒了。平兒在思索、重整這一套劍法時，無一處不是遵從您老人家的格局，即或小有創意，也以師父您老人家的原意為依歸，不敢稍有逾越。若因而創出一些格局，都是您老人家的誘導啟發，豈是平兒的功勞！」

無念大師說：

「你有這虛懷若谷的胸襟固然不錯，不過此殊非真相。我實跟你說了罷，為師在手創這套劍法時，心中只有一套『大般若經』，尤以『金剛經』為主。每有所悟，即溶入劍式之中，即我說的『秘佈禪機』。因而在施展劍式時，遇此隱晦之處，若不能有相等之悟，即可能因詰聱難解而施展不開，若勉力而為，極易誤入歧途而肇嚴愆。當年我遲遲不願授你這套劍法，就因你羈念太多，怕有失閃。唉，也是我一時心軟，禁不起你爹跟你的一再相懇，教給了你，也虧得有你的天賦，才得衝過層層窒礙，幾乎上衝雲霄臻於大成。可惜，唉，可惜終究還是鑄了大錯，唉……」

無念大師連嘆兩聲，搖搖頭：

「天也，命也！」

楊君平在一旁聽得渾身顫抖，緊咬嘴唇，強忍悲痛。等心中這一陣劇痛逐漸淡去之後，他才說：

「是了，平兒當時只覺師父您老人家擦身而過，有千言萬語要說給平兒，卻怎地也聽不清楚。恨只恨平兒其時一意孤行，要是我能停得一停，說不定我就能聽見您老人家的言語，我爹他老人家就……」

終於忍不住了，楊君平雙膝一跪，嚎啕哭了起來。

無念大師一振袍袖，一股內力直湧跪在身側的楊君平，輕喝一聲：

「平兒，往者已矣，還不徹悟麼？」

楊君平頓覺心中一清，以袖抹臉，緩緩站了起來，低頭說道：

「平兒慚愧！」

無念大師也不再提舊事，只續著前面的話題往下說：

「你說你在劍式中一路見我，這是幻相。這套劍法以有形始，終於無形，欲以無形之大，釋人間萬象。你在劍式中見我，郭師侄在劍式中見他自己所作所為，因人而異，無非是試為已終結之事，另啟光明。今日見你能把這套劍法的精義發揮得如此淋漓盡致，遠遠超出我草創時的預期，為師真是無比快慰！」

說到這裡，白眉一揚：

「是可喜亦可憂！」停了一停，又微笑道：「即或後繼之人無你的秉賦，淪此劍法於村夫把式，有了你的絕響，也足堪告慰，是亦無足可憂的了！」

說畢，一臉和煦，映著朝陽，祥和親切，直透楊君平內腑。

師徒倆說話並未刻意隱藏聲量，郭若豪縱然遠遠站在崖邊，他們的一言一語也都聽得清清楚楚。聽到「為已終結之事，另啟光明」這句話，心內激盪不已。只覺一肚子的話，加上滿腹那股奇怪的跳躍之情，使得他站立不住，只在崖邊來回走動。

楊君平忽然在他耳側說道：

「家師有請郭師兄過去說話。」

連楊君平什麼時候到了他身邊，他都不知道，但他絲毫沒有慚愧之心，對他們師徒，他如今在敬服之外，另添了一層至親般的暱近。

他跟著楊君平一起到了無念大師盤膝坐著的巨石旁。

「郭賢侄，」無念大師一雙慈目溫煦地看著郭若豪：「令師青禾道兄跟老衲在觀戰時，曾多次與老衲言談及你，關愛殷盼之情溢於言表。並說旁觀者清，囑我觀後務必要跟你說幾句話。我現時要跟你說的，乃是老衲的老實話，一字不假。」

郭若豪全身緊繃，背脊弓得高高的，兩目盯著地面，抬都不敢抬，狀極可憫。

無念大師見他如此，輕嘆了一聲，憐愛地望著他。

「郭賢侄，這就是你的病根，得失功過之心太過，以致步步必思有成，故而步步踟躕。其實你資質秉賦與你楊師弟相若，這是毋庸置疑的。而青禾劍法是天下劍式中的精品，如果你能心領神會前此受到的諸般質疑，以及與你楊師弟交手時所經歷的無人無我之境，則青禾劍法可自你手中創為傳世的經典。郭賢侄，你焉能不好自為之！」

郭若豪弓起的背脊早已平復下來，彷彿受驚的稚兒在慈母的撫慰下，恐懼不再，只有滿腔的孺慕和敬仰。無念大師說畢，他雙膝一屈，跪在地上，眼中閃著淚光，一臉堅毅之色，說道：

「若豪敬謹受教！若豪此生絕不辜負師伯您老人家及家師的教誨與期盼！」

說著，恭恭敬敬地叩了一個頭。

無念大師唸了一聲佛號，說：

「好孩子！起來罷。」

又轉頭對著楊君平：

「平兒，為師現下就要返回大悲寺去。我已知你把家業作了安頓，這倒也是不得已的兩全之策。為師已倦於世途，今後多半會在大悲寺與你父作伴。你但凡思念為師的那幾味素齋，便儘管來尋我便是，呵呵！」

一笑而起，坐姿不變，只見僧袍飄飄，在朝陽中緩緩升起，到得兩丈來高，才改坐為立的姿勢，一聲佛號，飄然下崖。兩個人連忙跪下來恭送。

這裡楊君平才起身，忽見郭若豪對著自己直拜了下去，慌得他急忙去扶住他，嘴裡說：

「郭師兄，郭師兄，你這是做什麼？」

郭若豪只是不言語，執意拜下去。楊君平不便運用內力阻止，只好也拜了下去。兩人對拜了一拜。郭若豪起身執著楊君平的手說道：

「賢弟，愚兄自遇你以後，便如自斗室一步邁入一座大花園，胸臆為之一寬，而花團錦簇，真讓我目不暇給。初時因我自幼孤僻，雖然心中佩服，嘴上不願服輸。今晚一戰，始知宇宙之大，又迥異於那花園。老實說，賢弟在劍式提示的，愚兄或多或少也有所知，以前總當他是聖賢之言，與自己或無切身關係，但不知為何，賢弟在劍式中娓娓道來，式式如冰雪貼膚，透心入肺，直覺所有言語均是針對我的所作所為而來，我無從規避。我一路深思過來，原因無他，乃是賢弟一顆至誠之心！」

楊君平誠懇說道：

「若說君平有什麼長處，恐怕也就是這個『誠』字了。其實正如前所說，君平一展劍式便身不由主，秉承這誠實無偽的心，心無旁騖，切實遵行而已。」

郭若豪點頭嘆道：

「想不到這『浮雲十八式』博大精深如此！」

眉頭一揚，精神極其昂奮地：

「愚兄歷此一戰，不敢說已學得武學的精義，但心中確實是靈思泉湧，恨不得立時飛回青禾觀內，一面閉門思過，一面整理這連日來的心得！」

說到這裡，緊握楊君平手臂：

「賢弟，愚兄這裡有個不情之請。我這番決心返觀閉關，圖以一年為期，在這一年裡，愚兄心不二用，務必將日來覺悟所得溶入師門的『青禾劍法』。一年期滿，愚兄擬約期與賢弟再會，共同印證愚兄一年內的成效，不知賢弟願撥冗賜教否？」

楊君平欣然應道：

「師兄說哪兒的話！只要君平有略可效勞之處，師兄只管交代就是，君平無不樂於從命！」

郭若豪忽然激動異常，握著楊君平手臂的手顫抖不已，許久才說：

「起初我見賢弟武功見識無一不在我之上，心中甚是不服，這如今，倒覺賢弟一切乃是天成，愚兄心悅誠服極了！對賢弟另有一股至親之情，你便如我的親兄弟一般！」

說著，說著，語帶哽咽。楊君平不由得也伸手緊握郭若豪另一隻手臂，兩人心靈交會，言語竟是多餘的了。

過了一會，楊君平說：

「既然約定一年，咱們便定在明年此日，在我恩師清修的『大悲寺』見面，如何？我恩師的廚藝高妙，幾味素齋，真是人間絕品，師兄屆時一定會為之傾倒的。」

郭若豪大喜道：

「如此大妙，如此大妙！」

隨之神情一黯：

「然則咱們就此分手了麼？」

楊君平微笑說：

「一年之期轉眼便過，兄弟倒恨不得立時便到重會之日呢！」

「賢弟說得是。咱們就此別過罷！」

他鬆開楊君平手臂，決然掉過頭，邁開大步便走，然而才走得幾步，又立住腳，回首看著楊君平：

「賢弟，我實跟你說罷，愚兄這次閉關，其實另有一個極其重要的原因，那就是我劍斬曹哲永夫婦的事。我要深思以辨的是，何以一開頭那等清楚明白的事，一到了地頭，便忽地面目全非、是非不分了？我不被敬重也就罷了，何以我倒覺得自己跟曹賊夫婦一般罪孽等量？究竟這只是我的自責，還是千夫所指的罪愆呢？」

「因而我進一層要深思的是，是世道假我之手遂了其意旨呢，還是我假世道之名遂了我兇殘之性？

「不把這些釐清，不剔除這紛紛擾擾、糾纏不清、打橫裡來的種種干擾，我即使有心，恐也不能重返我師門的『青禾劍法』。這是愚兄極其沉重的心底之話，我一起說給了賢弟，當知來年其實是愚兄生死攸關的一年！」

他向楊君平淡淡一笑，不知為何，楊君平心中猛然一震，一句話也說不出來。郭若豪略一點頭，轉回身大步向前，頭也不回地走向崖邊。

此時，一輪朝陽已漸漸由金黃轉為豔豔赤紅。郭若豪朝東而去，楊君平只見他的背影被朝陽長投於青崖，越拉越長，在地上也鐫刻得越來越鮮明。

楊君平忽然心中廓然一清，再無所疑。對自己、對郭若豪、對疑慮所自生的以前種種，都無所疑。不由得提聲卻未運內力，向往東而行的郭若豪說道：

「郭師兄，明年此時，小弟一準在『大悲寺』恭迎師兄！」

耀目的金陽中，但見郭若豪高舉右手作答，大步走到崖邊，一躍而下，沒入茫茫朝霧中。

釀文學30 PG0537

無敵天下・下卷

作　　者　賴維仁
責任編輯　林泰宏
圖文排版　蔡瑋中
封面設計　王嵩賀

出版策劃　釀出版
製作發行　秀威資訊科技股份有限公司
114 台北市內湖區瑞光路76巷65號1樓
電話：+886-2-2796-3638　傳真：+886-2-2796-1377
服務信箱：service@showwe.com.tw
http://www.showwe.com.tw
郵政劃撥　19563868　戶名：秀威資訊科技股份有限公司
展售門市　國家書店【松江門市】
104 台北市中山區松江路209號1樓
電話：+886-2-2518-0207　傳真：+886-2-2518-0778
網路訂購　秀威網路書店：http://www.bodbooks.com.tw
國家網路書店：http://www.govbooks.com.tw
法律顧問　毛國樑　律師
總 經 銷　聯合發行股份有限公司
231新北市新店區寶橋路235巷6弄6號4F
電話：+886-2-2917-8022　傳真：+886-2-2915-6275

出版日期　2011年08月　BOD一版
定　　價　400元

國家圖書館出版品預行編目

無敵天下 / 賴維仁著. -- 一版. -- 臺北市：釀出版,
2011.06-2011.08
冊； 公分. --（釀文學30 ; PG0536-PG0537）
BOD版
ISBN 978-986-6095-26-9（上卷 : 平裝）.--
ISBN 978-986-6095-40-5（下卷 : 平裝）

857.9 100010050

讀者回函卡

感謝您購買本書，為提升服務品質，請填妥以下資料，將讀者回函卡直接寄回或傳真本公司，收到您的寶貴意見後，我們會收藏記錄及檢討，謝謝！

如您需要了解本公司最新出版書目、購書優惠或企劃活動，歡迎您上網查詢或下載相關資料：http:// www.showwe.com.tw

您購買的書名：______________________________

出生日期：________年________月________日

學歷：□高中（含）以下　□大專　□研究所（含）以上

職業：□製造業　□金融業　□資訊業　□軍警　□傳播業　□自由業

　　　□服務業　□公務員　□教職　□學生　□家管　□其它____

購書地點：□網路書店　□實體書店　□書展　□郵購　□贈閱　□其他

您從何得知本書的消息？

□網路書店　□實體書店　□網路搜尋　□電子報　□書訊　□雜誌

□傳播媒體　□親友推薦　□網站推薦　□部落格　□其他________

您對本書的評價：（請填代號　1.非常滿意　2.滿意　3.尚可　4.再改進）

封面設計____　版面編排____　內容____　文／譯筆____　價格____

讀完書後您覺得：

□很有收穫　□有收穫　□收穫不多　□沒收穫

對我們的建議：______________________________

____

____

____

請貼
郵票

11466
台北市內湖區瑞光路 76 巷 65 號 1 樓
秀威資訊科技股份有限公司 收
BOD 數位出版事業部

（請沿線對折寄回，謝謝！）

姓　　名：＿＿＿＿＿＿＿＿　年齡：＿＿＿＿　性別：□女　□男

郵遞區號：□□□□□

地　　址：＿＿＿＿＿＿＿＿＿＿＿＿＿＿＿＿

聯絡電話：(日)＿＿＿＿＿＿＿＿ (夜)＿＿＿＿＿＿＿＿

E-mail：＿＿＿＿＿＿＿＿＿＿＿＿＿＿＿＿